一九九六〜二〇〇五

# 陳長慶作品集

小說卷（五）

【陳長慶作品集】

# 小說卷‧五

# 目次

# 再會吧！安平 《秋蓮》上卷

## 1

去年初冬，我偕同堂弟，搭乘遠東航空公司的班機，由高雄小港機場輾轉來到臺南灣裡，參加相識相交三十餘年的摯友杜大哥二公子的婚禮。

杜大哥家中經營的是理髮業，因有理髮的專長，在金門服役期間，被調來「九〇一營站」屬下的理髮部擔任領班；那時，我在政五組協辦福利工作。二年的役期中，朝夕的相處，友情在逝去的歲月裡自然地成長。在他退役返鄉後，我們仍舊守著那份得來不易的情誼，保持著從不間斷的連繫；甚至三弟和堂弟先後在臺南就讀醫專、師專時，每逢星期假日，來往杜家，如同自己的家一樣；杜大哥夫婦對待他們，就如同自己的兄嫂一般，讓他們遠離家門的遊子心靈，倍感溫馨。

依照常理，我們該搭乘大華航空的班機，直飛臺南；然而竟為了我廿餘年，未曾重遊港都、坐過火車，堂弟也能體諒與理解我長久默守家園，難得出趟遠門，毫無怨言地應允

相陪。

雖然是初冬，南臺灣的氣候猶如春陽般地溫煦。我的情緒也隨著熾熱的天候與一波波來來往往的人潮而煩躁。久未重遊的港都，除了增加幾棟高樓外，光禿的半屏山，惡臭混濁的愛河，儘管楊柳低垂，河邊花木扶疏，內心感到的卻是空有詩意的河名，沒有河的莊嚴與美感。老舊的車站，擁擠的人群，候車室裡的霉味，遂使我們快速地進入北上的月臺，夢想中的港都，美好的印象已在腦海裡幻滅；倒是心儀已久的自強號火車，卻讓我有捨不得下車之感，當然，我並沒有忘記此行的主要目的。

「灣裡」是臺南市南區郊外一個臨海的村落，人口雖然密集，商業卻不熱絡，依靠的是近海的漁業。杜大哥雖然兒女已成長，擁有新式的店面樓房，卻依然獨守上一代留傳的剃刀和剪刀，果若與廿餘年前，雇用十餘位女理髮師相比，套用數學上的任何公式來演算，不知將成什麼比率，或許連最基本的個人維生也成問題，更別說養家活口。幸好杜嫂料理家務外，兼做時裝縫製，大公子從事水電工程，即將成婚的二公子則是《臺灣時報》的體育記者。孩子各有事業，生活也不成問題；而他們仍然守著那把日漸式微的剃刀和剪刀，或許是延續著理髮世家與為人服務的創業精神吧。

蒙受杜家兄嫂照顧甚多，時任「臺北陳內外骨科」副院長的三弟，也專程趕來會合，除了獻上虔誠的祝賀外，他與堂弟將當嚮導，陪同老哥參觀遊覽號稱「文化古城」的臺

南。當然，孔廟、延平郡王祠、安平古堡都是我們的重點行程；然而，當我們輾轉來到安平，古堡卻在維修而停止開放。仰望圍籬旁長滿青苔的磚牆，盤繞在壁上的古榕，幾片綠葉，幾處斑剝的紅牆，如同我失望與茫然的心境——來到安平，見不到古堡！

我們順便參觀了鄰近的文物館，對於古文物的維護保存，各有所長，雖然種類不多，所知有限，見不到古堡的失落感，則在此處獲得聊勝於無的補償。古都溫煦的陽光已在門外相迎，紅牆下是古榕的倒影，一幅活生生的圖畫，正在內心裡衍生，它是否能在我腦海裡長久地盤桓，抑或是像雲煙般地消失。走過下坡的轉角處，高大的樓房遮掩住古堡和紅牆，來時的喜悅，竟對上敗興的歸程，而就在我心中充滿著矛盾與茫然的時刻，騎樓下一塊綠色的市招卻觸動了我的心靈，——

秋蓮檳榔！

我情不自禁地唸著，轉頭對著同行的三弟和堂弟笑笑。他們見怪不怪地陪著我笑笑。

然而，我腦海裡卻一直想著秋蓮、秋蓮這個熟悉的名字，一個美麗的影子也同時在我腦中浮現，那影子美麗如秋蓮。而在我眼前，低頭削檳榔的婦人，竟是我青春歲月裡、失聯的異鄉情人——吳秋蓮。

她低著頭，卻遮掩不住左腮旁那顆曾經讓我輕撫過的小小黑痣；她不必笑，卻依然能讓那對淺淺的梨渦浮現出來，她的美，不在外表而在內心。我斷定，她就是秋蓮！我的內

心隨著思維起伏激盪，我的腳步停滯不前，終於她抬起了頭，卻抬起了一臉的憔悴，也沒

有把視線對準我：

「先生，新鮮的檳榔，包葉仔、包青仔、雙子星、紅灰、白灰都有。」她說著，又低

下頭，熟練地剖開，塗上「紅灰」，塞上「老花」。

我走上前，雙手扶在擺滿檳榔的玻璃櫃上，忍不住地喊了一聲：「秋蓮。」

她猛而抬頭、站起，久久地凝視著我，一絲興奮的微笑掠過唇角，尖聲激動地說：

「小弟，是你！」她隨即挪開椅子，走了出來，緊緊地握住我的手。而那雙我曾經握

過、牽過的手，已不再細柔、光滑；密佈著深皺的紋路與粗糙的痕跡。當我們的視線再度

重疊，魚尾紋旁是一對無力的眼神，一張歷經滄桑的臉龐，這可曾是人生必經的過程？無

數的問號在我內心裡盤纏，她是否也發覺歲月在我臉龐銘刻的痕跡？這都是自然的老化現

象，不能怪罪光陰的無情。

我簡單地為他們介紹，三弟和堂弟的眼神裡，同樣閃爍著茫然與迷惑。年輕時的老哥

果真處處留情，還是見不到古堡而衍生的夢幻？不管他們做何解讀，擺在眼前的是偶然的

巧遇，不是刻意的尋求；是真實人生的寫照，不是空有的虛幻。只是此時，佇立在異鄉的

騎樓下，我該從何思索起，好告訴他們這個美麗纏綿的愛情故事⋯況且，我能敘述的也只

是故事的一半，而另一段呢？是否該由秋蓮來傾訴，才能構成一篇完整的故事。此時，我

的情緒凌亂，思維空白；沒有結局不是故事，只是心靈上的片段、點滴……

她引領我們進屋，沖來熱茶，幽雅的客廳，仿古的傢俱，簡短的問候和交談，似乎有了第三者在場，讓我們的話匣子不能打開。屋內冰凝的氣氛，熱茶繚繞的蒸氣，廿餘年前烏黑細柔的長髮已剪短，簡樸的衣著，清瘦美麗的臉龐，襯托出家庭主婦的味道，而門外的檳榔攤，是維生？是補貼家用？是撫養子女？還是打發無聊的時光？儘管有著許許多多的疑問，答案並未刻畫在她臉龐，亦未寫在她的身上。

「老馬呢？」我飲了一口茶，關心地問起她的先生。

「走了。」她淒迷地一笑。

「到那裡？」

「天國。」

天國？我重複她的語調，猛而地站起，她卻低下了頭，識相的三弟、堂弟也跟著站起，這冰凝的氣氛似乎該由我來化解。我坦誠地告訴他們，決定放棄延平郡王祠與孔廟的行程，必須留下求取答案，倘若得不到結果，永不向安平說再會！

儘管秋蓮再三地挽留，並沒有打動他們先行離去的決心，而我獨自留在安平，已沒有青春時期的戲碼可演：我們的相逢，也不再有青春時期的浪漫和激情，就彷若是多年不見的老友，那麼地坦然。我也不能單刀直人地詢問老馬遠赴天國的原因，也不能庸俗地問她

的生活起居，一切源於自然、順於自然、歸於自然。

她收拾了檳榔攤，掩上房門，已逝的時光讓我們蒼老，此時默守的是什麼？希冀的是什麼？上天安排的是我們的巧遇，不是老情人的再相逢、再重聚，更不能重燃已熄滅的愛情火花。

我們無言地相對，遙隔的彷彿是一道衝不破的冰牆。歲月已把我們的距離拉得好長、好遠；一在海的那一邊，一在山的這一頭；兩顆赤誠底心，一塊蒼老的心田，不久即將走完人生的道路，不久即將歸回塵土，我們留戀的是從前，不是現在；從前默記在我們心靈的最深處，現在卻在茫然與遙遠的深邃裡。

故事的前半段，已逐漸地從我塵封的記憶裡甦醒，我沒有理由不為自己留下青春時期美麗的回憶。雖然無情的光陰已腐蝕了我的腦細胞，那僅存的，是否足夠讓我把已啟封的故事說完，誠然我顫抖的手，笨拙的筆不能作更完美的記載。故事本身也趨向於平凡，但我始終忠於良心、忠於真實、更忠於即將失去的記憶。如果用美麗的謊言來虛構故事，我心中不會有秋蓮的存在，而是一朵朵，在大海裡浮浮沈沈的苦蓮……。

2

一九六五年，掌管防區福利工作的「金防部福利委員會」正式裁撤，業務回歸督導

福利工作的政五組。我接辦了由張課長撥交的廢金屬品處理業務，也是我第一次因公而

踏上寶島臺灣的土地。儘管事先調閱了許多有關文卷、法令，在金門的作業也以命令代替

協調；而到了臺灣，堆集在高雄港十三號軍用碼頭的廢金屬品，則必須依法登報招標。不

幸，我的第一次作業竟踢到了鐵板，銅、鋁、鉛，廠商搶著要，馬口鐵與一般廢鐵，卻一

連兩次流標。我青春的臉上已失去了光彩，內心承受的壓力則發洩在毛髮上和鬍鬚上，對

鏡一照，活像囚犯地令人難受。

因業務上的關係，我每天必須由下榻的「高雄國軍英雄館」步行到十三號碼頭，在

五福四路左轉的街道上，經過「日日春理髮廳」的次數不知凡幾，店裡清一色是女性理髮

師，依它不起眼的裝潢設備，或許收取的費用不會太高，我毫不猶豫地走進去。

「二號仔，所立裙。」櫃檯的中年婦人，尖聲地喚著，我也適時會意到，她以「行

話」，向二號理髮師示意客人來了。我之所以能聽懂她們行內的術語，是在我經管的「免

費理髮部」向臺籍理髮師討教學來的。比如她們說的一、二、三、四、五、六、七、八、

九、十則是：雞、身、國、原、強、王、珠、波、尻、寸。當然，一些奇怪的語辭，我還

是有聽沒有懂，再怎麼用心學，也不能會意，只因為不是她們圈內人。

一位小姐已站起，用毛巾拍拍椅子。

「這邊坐。」她看看我，喃喃地自語，「墨賊兼蔡良，衰！」她說的「墨賊」是指價格較低、不必吹風抹油的「平頭」，「蔡良」則是鬍子多，不好刮，當然要衰！我看看她，目無表情地坐下，她翻開我的衣領，圍上滿是髮渣的白色圍巾，我忍受著針刺脖子般的搔癢，告訴她要理的髮型。

「嘍嚕所！」她板著臉，自言自語地。認為我是一個囉嗦的客人。她的動作粗魯，態度惡劣，雖然能忍受她的擺佈，內心卻有一種花錢買罪受的感覺。從她笨拙的手藝，想必是剛出師不久的新手。我的平頭已呈波浪，偏頭像一只黑色的鍋蓋，當她猛力地刷去我脖子上的髮渣，正要解開圍巾時，我忍不住比了一下手勢。

「拜託小姐，邊上稍微再修一下。」我強擠出一絲笑容。

「還修？」她不悅地取下圍巾，「再修就成光頭啦，嘍嚕所！」我無語地看看她，人在倒楣的時候樣樣不順，竟連花錢理髮也必須忍受這種不能抗爭的悶氣。大吵大鬧並非是一位青年該有的處世態度，大不了再花錢到別家理髮廳重新修剪，不想與這種「半桶師仔」計較。

「小妹，」她取下圍巾，抖下髮渣，高聲喊著：「淋山！」我知道，她在叫學徒幫我洗頭。雖然小妹很用心地幫我沖洗，然而，我心想的卻是偏頭邊上皮髮黑白分明的大鍋蓋。男人的精神和氣質，得體的髮型占了很大的比率，一旦不修邊幅，常被老一輩笑稱四

犯。況且，愛美也是人的天性，既然理的是大平頭，頂上當然要平，邊上則要順，才能顯出男性的氣質和美感；如果頂著大鍋蓋走出去，還不如理光頭來得清爽。

洗完頭，小妹用毛巾為我擦乾髮絲，她卻坐在沙發上看報，從她的舉止言行，高傲的心態表露無餘，可能自認為是大師吧。然而，若依她的手藝，過不了平頭這一關，必須再做三年四個月的學徒，才能出師門。雖然她長得不難看，但這是以手藝為主，熱誠服務為輔，兩者相輔相成的一種行業，空有一個漂亮的臉蛋，有個屁用？

「小妹，順便溈良。」她指著小妹，要她順便幫我修面刮鬍。然而，先人遺傳給我的卻是理髮師最討厭的──鬍秋哥。如果剃刀不利，技術不佳，加上不用熱水敷，一旦刮過，血水會從我的毛孔溢出，熱烘烘過後，將是陣陣的疼痛。此時所感，正是內心所想的。我舉起手，做了一個不要再刮的手勢，逕自坐起，用手摸了一下疼痛的下巴，掌心果真沾了斑斑點點的血漬。我搖搖頭，苦笑著，取下圍巾，掏出一張十元的鈔票走向櫃檯。

「點耶，儉坑。」她要老闆收錢。

「賴塔？」老闆問她收多少錢。

「強仔坑。」她比了手勢，告訴老闆五塊錢。

然而，當我把找回五元放進口袋的同時，另一位小姐走過來，她留了一頭烏黑的長髮，清麗的臉龐，粉頰上是一對淺淺的小梨渦，薄薄的脂粉，樸素的衣著，給人留下一個

美好的印象。她走進櫃檯，低聲而慎重地向老闆說：

「點耶，少年真古意，是和是所，身仔號擱這款山實在歹照。」她向老闆說，這位少年很老實是好客人，二號理髮師把他的頭髮理成這樣，實在難看。

「秋蓮，你就費神幫他修修吧。」老闆說著。

「對身仔號歹勢。」她手一搖，向老闆說對二號理髮師不好意思。

「有代誌我負責。」老闆不高興地，低聲說：「這款工夫也敢到我日日春趁吃。」雖然我聽懂她們的對話，卻不好意思重新坐下來，讓她為我修剪，我摸摸頭，緩緩地移動腳步。

「小弟，」我轉回頭，是那位叫秋蓮的小姐喊我，「來，你坐下，我幫你修修。」

而我突然對這聲小弟感到好奇，依年齡，她絕不會比我年長，是否因為我理了平頭，穿了黃卡其制服，像個學生？

「謝謝妳，小姐，不好意思麻煩妳。」我停下腳步，並沒有即刻坐在椅上。

「沒關係，老闆有交代。」她拿起坐墊，拍拍椅子，「請坐。」

我向她點點頭，不客氣地坐下，如果不重新修剪一番，頂著大鍋蓋走出店門，誠然不被人笑傻，也是世俗裡所謂的「大條」。

她用手推剪，把我頂上呈波浪狀的短髮剪平，又把偏頭突出的髮絲剪下，極其細心

地由短而長順勢上推，從鏡中映照出她熟練的動作，精湛的手藝，更映照出一個美麗的倩影，品出一份古典中國的傳統之美，而非庸俗的薄唇小嘴，柳眉大眼。

修剪過後，她用脫普洗髮粉親自為我洗頭，也是她們說的「淋山」。她輕輕地用手指摩擦著我的頭皮，而不是用長而尖的指甲猛抓。用姆指與食指在我的頸上輕輕地按摩，此生未曾享受過的舒適感，剛才懊惱與不快的陰霾，也早已一掃而空。

「你是在地人？」她輕聲地問我。

「不，」我微微地笑著，「金門人。」

「金門人？」她訝異地，「來玩？」

「不，出公差。」我解釋著。

「來一趟也不容易，要坐廿幾小時的船。」她用吹風機輕吹我淋濕的髮絲，笑著說，「我們更是無緣到金門。」

我笑笑，找不出什麼妥善的言辭來回應她。或許要等到反攻大陸吧，還是嫁做金門媳婦；然而這些尖銳與肉麻的話，我並沒有出口。

她放低了理髮椅，用熱毛巾敷在我的的唇上和下巴，剃刀在長條狀的「劃刀皮」上摩擦了好幾下，細柔且含有皂香的手，在我的臉上撐緊臉皮，剃刀微微的聲響，刮下我的鬍

鬢，剛才沒有刮淨的鬍渣已被清除，熱毛巾擦淨我的臉，又抹上白雪男性面霜；在我管轄下的免費理髮部，也從未享受過如此的待遇。

她扶起椅子，為我整好衣領，用毛巾輕輕地拍拍我的背後。

「小弟，好了。」她得意地，「帥吧！」

而我不明白，她為什麼又一次地喊我小弟，雖然聽來蠻親切的，但做她的哥哥綽綽有餘；這是否時下小姐們，對陌生青年慣有的稱呼？我也不能理解她們的心意，如果是那位中年女老闆喊我小弟，倒也妥貼多了。

「謝謝妳，秋蓮小姐。」

「什麼？」她驚訝地，「你怎麼知道我的名字？」

「剛才老闆不就叫妳秋蓮。」

她思索了一下，笑笑，雙頰飛起淺淺的微紅，小小的梨渦，好迷人的記憶，深深地印在我心裡。

我含笑地走向櫃檯，準備重新付帳。

「點耶，喙闊儉坑，金門少年，真古意。」她柔聲地向老闆說，不必再收錢；而我是不是很古意，自己並不知道，至少身懷的是一顆坦誠的心，這也是金門青年予人良好印象，不可或缺的先決條件。過分的客套終將成為庸俗。除了向她道謝外，並沒有另行付

費。懷著愉悅的心情，走出日日春理髮廳，苦痛的背後是甜蜜的，經過五福四路直上愛河大橋，河裡散發的臭味、左邊港內含腥的氣流，終將幻化成一絲絲令人懷念的和風……。

## 3

來到高雄，已有好些日子了，領取投標須知與標單的廠商不知凡幾。每天陪著他們到碼頭看貨，還得花費口舌為他們解說，又要督飭押運看管的士兵，忙得團團轉。然而，每次經過日日春理髮廳，總會情不自禁地轉頭看看，如巧而與秋蓮雙眼交會時，她會含笑地向我揮揮手，親切地說聲：

「來坐啊！小弟。」

雖然她是一番好意，但我也不能厚著臉皮進去坐坐；一是因公務路過，二是做生意場所，怎能容下你進去聊天談笑，若讓老闆下逐客令，彼此顏面全失，那才丟人哩！話雖如此，但有時卻也讓我想起她那柔美的音韻，以及那對令人難以忘懷的小梨渦，這或許是我青春時期仰慕異性，內心的自然反應吧。但始終缺乏那份進去坐坐的勇氣。而就在一個傍晚，剛送走看貨的廠商，腋下夾著資料夾步出碼頭的大門，卻迎面碰上了秋蓮。

「嗨，小弟！」她向我揮揮手，「還沒忙完呀？」

「妳好，秋蓮。」我也向她擺擺手，笑著問：「散步？」

「出來走走。」她說著，看看圍牆不遠處的大門，「你到裡面幹嘛呀？看你來去匆匆的。」

我坦白地告訴她，來高雄的目的和原因，以及在業務上遇到的一些挫折。雖然不該講，但並不是什麼機密與特殊任務，藉機聊聊也無所謂，何況發發牢騷，也可消消心中的那分悶氣。

「全球的景氣都不好，急也沒用。」她安慰著、也祝福著，「願你的工作能順利。」

「謝謝妳的關懷。」我們同時緩緩地移動腳步。

「常來臺灣？」她問。

「第一次承辦這項業務，也是第一次來臺灣。」

「高雄熟不熟？」她仰頭看看我。

「每天從國軍英雄館到十三號碼頭，其他什麼地方也沒去過。」

「真的？」她提高了聲音，「如果你願意，我可以當你的嚮導。」

「謝謝妳，」我興奮地，「坦白說，第一次離家出遠門，對港都這個閃爍著霓虹燈的不夜城，充滿著好奇和嚮往，希望能找機會到處走走看看。」

「晚上還有事嗎？」

「六點半工作小組有一個小小的檢討會，二十分鐘就結束。」

「那麼七點左右，我到英雄館找你。」她壓低了聲音，「陪你到處走走、看看。」

我的體內隨即通過一陣溫馨的暖流，在這舉目無親的異鄉，在我工作上不能順心的時候，我何來的榮幸，能獲取異鄉女孩賜給我的這份情誼，該不會掉在異鄉女孩的陷阱裡吧！我也聽說過剃頭查某每天接觸的客人很多，從流氓到紳士，從官到兵，從老到少，她們摸過富商巨賈的頭，刮過達官貴人的鬍子，剃頭查某不是三三八八的阿花，就是眼睛長在頭上、不正眼瞧人的大小姐模樣。想到這裡，內心也浮起一絲淡淡的輕愁。

她有意無意地碰了我一下，似乎在期待我的回答，而我豈能未曾接觸鬼的；儘管這裡是一個異於家鄉的現實社會。人們是以外表的穿著，袋裡的銀子來衡量人的身價。我只不過是一個職位既低、收入又少的軍中聘員，不起眼的面貌和穿著，在這個拜金的社會，我能企求什麼，膽敢冀望什麼？我該接受異鄉這份得來不易且逐漸萌芽的情誼，還是不知好歹地拒人於千里之外？

「不願意？」她見我久未作答，仰起頭，淺淺地一笑，「還是怕我吃了你？」

「不，」我的思維已不允許我沈默不語，窮思獨想，「我怕耽誤你的時間，影響妳的工作。」

「不必為我考慮太多，金門青年的純潔與樸實，我早有耳聞。」她說著，竟用食指勾

住我的無名指，讓我覥覥不知所措。

「妳不覺得金門青年憨憨傻傻的？」

「不，」她正經地說，「我倒認為他們純潔可愛。」

「真的。」我高興地，「沒騙我。」

「良心話。」

我含笑地點點頭。

臨近店門口，她鬆開了我的手，輕聲而柔情地說：

「別忘了。七點左右，英雄館門口見。」

目送她走回店裡，一個美麗的倩影也同時在我的腦海裡盤纏著。回到英雄館，值班的櫃檯小姐遞給我一份電報：長官指示，這一次如再標售不成，可逕與唐榮公司議價。唐榮公司是公營事業，也讓我想起在公司擔任主任祕書的前副主任劉國禎將軍，相信老長官會給予我們必要的協助。這雖然是不得已與最後的一步棋，卻也是我們的安心棋。我趕緊告訴同受壓力的工作同仁，彼此臉上綻放的、內心所感的，是一份無名的喜悅。相信唐榮會給予我們極其合理的價錢。

晚間的小組檢討會也宣布取消，彷彿從心中卸下一塊此生不能承受也得忍受的頑石。

然而，卻也不能高興得太早，尚有好幾道關卡未過哩！是否能不再橫生阻礙，讓我們順利

地跨越過去，早日完成任務。

主計處的王少校邀我同赴「藍寶石歌廳」聽歌，我婉謝了他的好意，但也羞於告訴他我另有約；內心著實是五味雜陳，有喜，有憂，也有愁，在這異鄉短暫的時光裡，讓我心靈上有夢幻般的變化，我不敢預測未來的命運，是否要情定異鄉？或許只是一雙平凡的友情之手。

我站在低矮的圍牆裡，地上是翠綠的草坪，牆角是盛開的紅玫瑰。時而望望牆外，時而仰頭看看天邊閃爍的繁星。英雄館大廳的壁鐘剛鳴過七響，一聲悅耳柔美的聲音也同時響起：

「小弟。」

我向她揮揮手，也喊了一聲：

「秋蓮。」

然而，不知道是這都會男女的習慣，還是我們真的投了緣，她極其自然地牽起我的手，而我內心的疑問始終沒有減少，她牽的不知是大哥的手，還是小弟的手？是朋友的手，抑或是令人心醉的情人之手？這相互牽動的手，是否能縮短我們的距離，還是依然在遙遠的深邃裡。

「小弟，從現在起，就由我來安排。」她說著，微仰著頭，看看我，「你也別緊張，

不會把你給賣了。」

「謝謝妳，秋蓮姐。」我笑著跟她開玩笑，「如果你想買的話，不但是我的第一選擇，而且是免費的。」

「不，你只能叫我秋蓮，不能叫我秋蓮姐。」她正經地說，「我也捨不得把你給賣了，不管我是否享有優先選擇權，還是讓它自然成長較好。」

「我的年齡絕對比妳大，人也比妳老，妳不能叫我小弟。」

「你不覺得小弟叫起來親切又貼心嗎？」

不錯，小弟叫起來不肉麻，卻窩心；然而，我的心真能貼近她的心嗎？這是我此刻想要想，又不敢想的問題。

她招來一部三輪車，我們雖不能貼心，卻已貼身地坐在一起。微風吹來她的髮香，以及從少女身上散發出來的淡淡幽香。這美麗的夜之情愫，讓我不克自拔，彷彿我已置身在多彩的夢幻中。

她沿途為我做詳細的解說和介紹，而裝進我記憶的卻只有她的影子。這是否意味著我的青春時期，已進入到另一個感情的世界裡。

三輪車已輾過港都的精華地帶──鹽埕區的每一個角落，我們漫步上了景緻怡人的萬壽山。萬壽山也是高雄的看家山，俯瞰燈火通明的市區，讓我感受到這不夜城的雄偉壯

觀。一對對的情侶，親親密密地挽著手，從我們身旁擦肩而過，是否有負這般景色？她時而挽著我，時而牽著我，這純粹是內心自然的悸動，沒有誘惑、沒有強求。

「謝謝妳，秋蓮，如果沒有妳的嚮導，不知何時才能步上這個迷人的萬壽山。」我輕輕地捏捏她的手，由衷地說。

「我一直相信佛家所說的緣分，從學徒到出師，在外面翻滾了那麼多年，卻見不到像你這麼純潔樸實的青年，如果你不嫌棄我從事的是一份不太高尚的行業，小弟，我們就做個永恆的朋友吧！」

「職業並沒有高低之分，只要憑勞力賺錢的工作，都是高尚的、神聖的；願我們心懷的是一顆坦誠之心。倘若我回到金門，你依然是我在異鄉，在心靈深處，最美麗、最貼心的好朋友。」

她緊緊地握住我的手，頭微偏在我肩上，內心已感應到有一種微妙的情愫在我們心中萌芽，有信心，讓它成長茁壯。

「雖然我們認識的時間不長，對彼此的家庭背景也沒有深刻地瞭解；但人的相識，似乎都存在著一種自然的默契。我書讀得不多，卻看得不少，人生閱歷雖感貧乏，但體會卻很深刻。」

我默默地聆聽她發自心靈深處的剖析，卻突然感到，我牽著挽著的，是一雙大姐的手，更像是依偎在她身旁的小弟弟。或許，現實的社會把她磨練得更成熟，讓她對人生的體會更深刻，人情世故懂得更多。而浯鄉是一片純淨的白沙河，無污染的環境讓我的思維趨向單純。不懂得人心的可怕，社會的現實。在青春的時光，感情的世界，更是一片空白。我的感情是否已投向異鄉這位女孩的心靈上，還是回家等待媒婆的上門。我的理智將戰勝內心裡的矛盾，必須珍惜目前，把握現在，絕不讓萬壽山的微風，只掠過我的髮際；而是要讓它飄向我心靈的最深處。

我們愉悅地步回山下，五顏十色的霓虹燈依然在夜市中閃爍，親密地依偎、挽手，並沒有異樣的眼光，卻有羨慕的眼神。第一次搭乘電梯，在「大新百貨公司」瀏覽，服務人員的親切、貨物的齊全，我的視野已不侷限在浯鄉小小的雜貨店裡。在化妝品部的專櫃，選購了一套星期口紅，雖然是一份庸俗的禮物，她卻沒有拒絕我這份心意，更回贈我超值三倍的男用皮夾。下車時，她搶著付費；喝了飲料，嚐了美食，完全沒有我付帳的機會。是誰說過異鄉女子見錢眼開？我身旁的女孩卻為一位相識不久、來自遙遠地域的朋友，付出喚不回的時光和金錢。這是緣？還是情？而緣與情，情與緣的增進，是否與時間的長短有絕對關係？人世間裡，果真有一見鍾情的情緣？在她的思維裡心靈上，希冀的是金門青年的純潔和樸實，我不該對這份速成的感情心存懷疑，腰纏的也沒有黃金萬兩，可供人

拐騙。倘若有一天，她願意跟我回金門，我將會以虔誠的雙手來迎接她，這美麗不實的夢幻，或許要期待機緣的到來。

我們又跨上了三輪車，異鄉的夜已深沈，內心裡也無所懼怕，是她護衛著我，還是無形的熱與力，溫暖了我們的心。她沿途指指點點，不放棄一座小小的公園、一棟古老的建築，都為我做最詳細的解說。

「左邊是市政府，府後是港都有名的風化區，小弟，我是盡一位嚮導之責告訴你，可不希望你到那種地方去。」她笑著說，同時在我腿上輕拍了一下。

我情不自禁地笑出聲來，樂得三輪車伕也哈哈大笑。當然，我也深知她的用心良苦，以免好奇常存心中。我把手心重疊在她的手背上，她轉頭看看我，在暗淡的街燈下，我仍然能感到是一對閃爍著愛情光芒的眼神。

在愛河的另一個橋頭下了車，我們走在河畔濃蔭的柳樹下。草坪上，歇腳椅，一對對相擁相依偎的情侶，有的低聲細語，有的閉目享受激情過後的寧靜。我們的手也相互環過繞過彼此的腰際，纏綿在一起的是兩顆熾熱的心。愛河潺潺的流水已靜止，春風輕吹低垂的柳葉，斜靠在我懷裡的異鄉女孩雙目已微閉，我未曾沾染污泥的手，是否能輕撫她清麗安祥的臉龐，當我低頭微碰她的髮際時，熾熱的臉龐，快速的心跳，這已顯示我青春歲月裡欠缺了許許多多的歷練。我鼓足了勇氣，在她耳旁，低聲說了一句：

「秋蓮，我愛你。」

這庸俗的三個字，卻換來她緊閉的雙眼，幸福的笑靨；而我的心跳不停地加速前進，

她心所想的，耳想聽的，果真是這三個字。這個連三歲小孩也能朗朗上口的三個字，

「小弟，」她柔聲地低喊，「如果你真愛我，真喜歡我……。」她蠕動了一下唇，

在暗示什麼？在期待著什麼？在愛的園地裡我是不及格的小學生，成績單上是令人心悸的

滿江紅。而她豐富的經驗，是我少男初吻的指導老師。滿嘴湧現出愛的唾液，卻在片刻之

間，化成心中的甜蜜，以及此生的永不分離。

重新漫步在這醉人的河堤，腕錶的指針已在午夜的定點上，過橋就是五福四路，也是

愛河的出口處。珍重的是心與心的纏綿，再見則須旭日東昇時。今晚美好的回憶，明日是

否還有勇氣踏進日日春的店門，低喚一聲——

秋蓮……。

4

第三次開標的結果，雖然廠商提高了金額，但依然與我們所核算的成本相差很多，遵

照長官的指示，我們直接找唐榮公司議價，在老長官劉國禎將軍的協助下，作業出奇地順

利，任務也快速地完成。也為廢金屬的處理建立了一個新的、成功的案例。在不能獲取更

多的盈利下，爾後將援例運交唐榮，以免徒增作業的困擾。任務完成後，我們有一星期的

慰勞假，家眷在臺灣的同仁當然高興，而我在這異鄉的則是無親無戚，唯一想過的是到臺南

灣裡，看看剛退伍返鄉的杜大哥。當然，如有機會，也希望能與秋蓮多聚聚，彼此做更深

一層的瞭解，讓那已萌芽的愛情，快速地綿延。然而，我並不能天天泡在日日春，也不能

佔有她太多的時間，在不能妥善規畫運用假期下，這幾天的假期對我來說，並沒有多大的

益處，也失去了意義。當我把事實告訴了秋蓮，她的興奮掃走了我內心的陰霾。她與店家

是採取四、六分帳的方式支薪，店內的師傅也有足額，請幾天假，除了少賺點錢，並不影

響店裡的生意。她要我退掉英雄館的房間，到她租來的住處暫住幾天。然而，這突如其來

的好意，讓我不知所措。

「小弟，別考慮太多，相信我們心中只有坦然，沒有鬼，只有愛，而不是相互利

用。」

「秋蓮，妳的好意我能理解，也非常感激。妳知道我來自一個單純的島嶼，貧窮的農

家，自己也想不到在這異鄉異地，能獲得一雙推動友情的手，時間雖短，進展神速，我會

永遠地記住和珍惜。」

「不必感激，記住就好。人與人的相處，男女感情的進展，與時間的長短沒有絕對的

關係，歲月只是考驗，不代表任何形式。」

「我們生長在兩個截然不同的環境和地域，一是戰地，一是寶島，或許它將是我倆邁向愛情最高昇華的坎坷路障。」

「這些並不是問題的癥結，路途雖遠，兩心卻能相吸溶為一體，只有虛偽不實的愛情，才屈服於命運，經不起考驗。」

「倘若歲月為我們帶來美好時光，愛情未曾受到時光的腐蝕，秋蓮，妳果真願意跟我回金門？」

「小弟，不要懷疑這份速成的感情，我看多了這都會裡人們的嘴臉，男人愛的是美色，女人追求的是金錢；年輕人好高鶩遠，少女愛慕虛榮。我嚮往金門的純樸，欣賞金門青年的純潔和務實。我千百個願意隨你回金門。」

實際上，我們也不必作更多的承諾，公務已完成，假期結束後，必須回到瀰漫著砲火煙硝的戰地金門。何日能重臨港都，何日能與她再重聚，都是未知數。我必須把握這短短的時光，珍惜這份相識容易、結果難料的情緣。是否能經得起歲月的考驗，還是當我返金的船艦，航行在臺灣海峽時，天色已變，海風翻起了洶湧的白浪，而後隨著湍急的水流，流向生命中的另一個港灣。

我們抄著英雄館旁的小巷走，秋蓮租的是一棟小小的日式平房。二房一廳，設備簡

陋，低矮老舊，併木的地板已有多處破損，原有一位同事與她合租，因遠赴臺北工作而搬走。這裡雖沒有英雄館舒適，卻是讓我免費住宿，我還有什麼好嫌棄的。

「我住在這裡，會不會增加妳的不便和困擾？」我有所顧慮地說，深恐有長舌的鄰居說些閒言閒語。

「放心，在這個現實的都市裡，誰也管不了誰，只要我們光明磊落，坦誠相愛，旁人又能把我們怎樣？既然要你住進來，一切責任與後果，我會自己承擔。」

「感謝妳，秋蓮姐……。」

沒等我說完，她搶著說：

「什麼？你叫我什麼？」她笑著指著我。

「妳處處替人設想，就像一位大姐，那麼令人又敬又愛。」我解釋著說，「家鄉有句有趣的俗語：『娶某大姐，坐金交椅』，相信妳能理解它的妙趣。」

「我國校畢業就進入社會，經過三年四個月的學徒生涯，出師後輾轉大街小巷，待過好幾家大小理髮店，看過數以千計客人的嘴臉，認清了這個笑貧不笑娼的社會，嚐盡了人間的酸甜苦辣、冷暖人心，在某些方面感到不如你，就如同你是我的大哥哥；但在另一方面，我又比你成熟，就如同是你的大姐姐。」

「妳的比喻，讓我感到是在受業，所獲得的是在課堂學不到的知識。」

「先別誇我。我也坦白告訴你，社會上對女孩子從事理髮這行業，仍然懷著很深的偏見，他們認為學理髮的都是一些沒出息的三八查某。」

「那是不公平的想法和說法。我一直相信，憑勞力賺錢的工作，都是高尚的。是否因為有不肖的業者，偏離了方向，兼營色情按摩，讓人產生誤會和錯覺。」

「不錯，讓你給說對了。客人總會以一對色瞇瞇的眼光來看妳，來挑逗妳。日日春店面雖小，卻是正派經營，也吸引了許多純理髮的顧客。」

「社會就像一個大染缸，妳選擇自己喜愛的色彩，卻能不被其他顏色所污染。秋蓮，從我們坦誠的言談中，彷彿是多年老友重逢時，那麼地令人雀躍歡欣，我們的愛鐵定會恆久……。」

我們緊緊地抱在一起，而後，她仰起含笑的臉龐，讓我輕吻著她頰上的每一個角落。終於，我們同時尋找到對方愛的泉源；在我嘴裡，舌上、舌下蠕動的是她火熱的舌尖。而我只能猛張開嘴，吞下那溶合著愛的滴滴甘泉……。

5

港都的春陽已映照在萬壽山翠綠的山坡上，是否任務已完成，少了一份精神上的壓

力，我竟然睡過了頭。當我被窗外的陽光喚醒，秋蓮已備好了早餐，正在洗滌我昨晚換下的衣襪，我趕緊捲起衣袖，走到她身旁。

「秋蓮，我來洗、我來洗。」

她停了一下，深情地看看我。

「這點家務事如果做不好，能跟你回金門？快去刷牙洗臉，早點都涼了。」

我點點頭，卻露出了一臉茫然，彷彿已感應到了一個小家庭的溫暖，而那深情款款的女主人，是否真能放棄繁華的都市生活，承受廿餘小時的海上顛簸，乘風破浪，抵達孤懸於廈門港外的純靜小島，與我共度幸福美滿的晨昏。此刻的美好，竟讓我心生懷疑，何以不敢面對眼前的事實，是深恐被玩弄，還是怕被擊倒？弱者，你的名字果真叫男人！當幸福降臨在眼前，竟懷疑它的存在；如果幸福從指間溜走，是否能加速腳步，去追尋它！

桌上豐盛的早餐，與英雄館的饅頭、稀飯、豆腐乳，截然不同：在家裡，面對的是慈祥的雙親；在工作單位，是八人一桌的大餐廳；此時與她共享生平未曾有過的餐點，可貴的不是桌上的佳餚，也非不實的虛幻，而是上天賜予我的美宴。這份隆情盛意，已不是一聲庸俗的謝謝可交叉替代。我何來的榮幸，享受這份盛情，是前世修來的福份，得了善報；還是我們情投意合的兩相愛。內心似乎有好多好多的話想說，心頭一陣哽咽，只低聲喊了一聲…

「秋蓮……。」

「怎麼啦？」

我苦澀地搖搖頭，把椅子挪近她身邊，緊緊地握住她的手。

「我知道你的心情，離家久了，想家。對不？」

「不，秋蓮。我想妳！」

「想我？」她不解地睜大了眼，「我不就在你身旁嗎？」

「別人不能理解我此刻的心情，我心中，我腦裡，除了秋蓮，還是秋蓮。」

「傻小子。」她笑了。

我站起，走到她背後，雙手放在她的肩膀，俯下身，用乾渴的雙唇，在她那烏溜溜的髮上，輕輕地磨擦著，磨擦著。我們已越過幸福的邊緣，正在它的核心裡。

她猛而地轉過頭，凝視著我，水汪汪的雙眼，微紅的雙唇，小小的梨渦，清麗秀氣的臉龐，是我青春歲月最希冀的影像。而我心跳急促，雙頰滾燙，心想的是那蠕動的舌尖，是我的雙唇重疊在她唇上；而我的希冀和夢想，很快就在這愛的小屋裡實現。久久，久久，我們轉回客廳的沙發上，愛河堤畔的草坪，蹺腳椅上那一幕幕的情景，不必摹仿，是兩顆心自然的悸動。甜蜜不會遺留在我們的齒隙間，而是隱藏在我們的深心裡。在相互擁抱的那一刻，我雖然欠缺了一份柔情，經驗不足並非愚鈍，可貴的吸吮的剎那，在相互

是，我把少男的初吻，獻給了心儀中的異鄉女孩。

我們無言地相對，激情過後內心已平靜，她起身收拾餐桌上剩餘的殘渣，女主人的胸懷，家庭主婦的熟練，只允許我旁觀、不許我插手。往後的日子呢？是否能保有此時的愜意和甜蜜。未來的時光、過多的揣測，並不能貼近實際人生，只在她身旁，沒有情人般的瀟灑，卻有小弟的憨厚，能不能搭配成雙，並非以外表來衡量。倘若是小弟，也是一份單純的親情，內心將更坦然。世俗裡的雜念，絕不會從思維中湧起。

出門時，太陽已高掛天際，密集高大的樓房，阻擋了輕拂的春風，稀薄的空氣，鬱悶煩躁的心。

她換上輕便的休閒裝，淡妝更襯托出她的清麗脫俗。走在她身旁，沒有情人般的

「小弟，這種天氣，」她看看我，無奈地笑笑，「算了，我們回家聊天，在家吃飯。」

我含笑地點點頭，她輕勾住我的手指，轉進鄰近的市場，雖然即將中午，來去的人潮依然不斷。她精挑細選，要求的是品質和新鮮，絕不討價還價、貪小便宜；一根蔥、一枚辣椒，總是誠懇的要店家一起結算。

提著滿滿的一袋魚肉蔬果。她輕挽我的左手臂，儼然像一對令人羨慕的小夫妻，而真實的鏡頭，何日能拍妥上映？當布幕啟開，紅燭高照，我們將挽手，步向地毯的另一端，

同揚生命之帆，航向未來，航向幸福的世界。

秋蓮的烹飪手藝，並非同齡女子可與她媲美。她說：

「在學徒的三年四個月裡，前二年幾乎是煮飯、掃地、幫老闆做家事，那摸得到客人的頭，日子雖苦，但確實學到不少烹飪與做家事的本領。」

「俗語說得好，吃得苦中苦，方為人上人。如果沒有當初的歷練，一旦成了家庭主婦，再來學做家事，已是遲了一大步。」

「小弟，你看我是不是笨手笨腳的？」

「妳做事精巧伶俐，思維綿密，已不在話下。對自己的眼光，我一直充滿自信。這段日子的相處，雖然不能說有深刻的瞭解，但我們內心卻有所感；如果是二顆背道而馳的心，今天陪妳共進午餐的，不知是那位公子少爺，怎可能是一位傻傻的金門人？」

「別老是說自己傻，你在我眼裡，卻是純真與樸實；英俊瀟灑的外表，口袋裡的金錢，就像花心蘿蔔，那麼地不實在。小弟，這就是我欣賞你、喜歡你、愛你的原因。知道嗎？」

「可是，秋蓮，我一直說不出欣賞妳、喜歡妳、愛妳的理由；但心中、腦海裡，卻都是你——秋蓮！」我笑著說。

「如果你戲沒唱完，就繼續唱吧，我洗耳恭聽；如果即將謝幕，我們準備吃飯。」

飯。」

「戲剛開鑼，好戲也在後頭。」我走近她身邊，在她頰上輕輕一吻，「當然也得吃

她笑笑，瞪了我一眼，而端上桌的，卻是二餐也吃不完的佳餚。

「先講好，這餐飯也是對你的考驗，沒把菜吃完，證明我烹飪的手藝不行。」

「如果吃完呢？」

「無怨無悔伺候你一輩子。」

「這對我是最嚴酷的考驗。」我嚴肅地說，「不過為了愛你，為了肯定妳的廚藝，我

一定吃完。」

「真的？」她興奮而訝異地。

「不過……。」

「不過什麼？」沒等我說完，她搶著說。

「妳並沒有限定時間與餐數，如果二餐吃不完，三餐一定可解決。」我得意地笑笑。

「妳這輩子鐵定要伺候我。」

「先別得意，吃完再說。」她遞給我碗筷，隨即站起，「冰箱裡有啤酒，我們平分一

瓶，誰也不能多喝。」

「既然想喝，就喝個痛快，為什麼只平分一瓶？」

「有人借酒澆愁，愁上心頭；有人借酒裝瘋，辱上祖宗。人生這齣無聊戲，我看多了呢。」

「所謂人品，酒品：人品好，酒品當然不差；酒品好，人品一定不錯。對不？」

「其實，有時也得看場合、看心情、看對象，今天我們所擁有的美好條件，足可讓我們開懷暢飲。」

「妳準備重新洗牌，否定剛才的話。」

「不是否定，是暫時收回。」

「那麼依現在的場合，論我們的心情、對象，秋蓮，我們今天是不是該開懷暢飲？」

「小弟，只要你有雅興，奉陪到底！別以為你喝過金門高粱，想嚇唬我。」

「對了，」我突然想起，「提包裡有二瓶龍鳳酒，準備送給灣裡的杜先生，如果妳有膽量，就開一瓶嚐嚐。」

「笑話，別看扁了我。」她神氣地，「我曾經有二瓶啤酒的記錄。」

我果真回房取來龍鳳酒，雖然準備送朋友，但這卻是一個難得對酌的機會，我為她斟上了一小杯，她迫不及待地先嚐了一小口。

「甜甜的嘛。」

「後勁十足，不能喝太多。」我同時為自己斟上一小杯，而後舉起，「秋蓮，我先敬

妳，既然有緣聚在一起，坦誠地面對，說多了那些庸俗的感謝辭，反倒成了虛偽。」我一口飲下小半杯，嘴裡雖是甜甜的，熾熱的臉龐，卻是我淡淡的鄉愁，是飲了故鄉香醇的美酒，還是面對著異鄉美麗的佳人。

她也同時飲下一口，嚐的是金門美酒的甜頭，而當唇香嘴甜過後，頰上已是彩霞一片，心想的是正人君子的人品，還是借酒裝瘋的酒品？當然，我們的心已有了默契，毋須自行設防。如果不是基於這份緣，我何能享有這份盛情。

「小弟，依你的吃法，這些菜五餐也吃不完，如果不加把勁，別後悔！」

「秋蓮，這是我人生中最富有、最有情調的一餐飯，倘若此生妳不伺候我，我也要牽著妳的手過一輩子。」

「嘴比龍鳳酒酒甜唷！」她笑笑。

「不，龍鳳酒那有我嘴甜。」我笑著，「當妳輕嚐時，人已醉了。而現在喝了三小杯，只不過紅了妳的雙頰，卻醉不倒妳。」

「難道這叫『嘴』不醉人，喝了美酒偏不醉。」

我們情不自禁地笑出聲，而這笑聲裡，卻含蘊著幸福的笑靨，真情的流露。未來的歲月是否能有如此美好的時光，內心裡是否能摒除歡樂後的失落感。

「倘若有一天，妳跟我回金門，秋蓮，我們將同時醉在彼此的嘴裡，何必藉酒來陶

醉。」

「現在呢？」她舉起杯，「小弟，我們該如何醉法，是醉在嘴裡，還是醉在酒裡？」

她說後，飲下滿滿的一小杯。

「別急著喝，待會兒真醉了。」

「小弟，記住：你的人品好，我的酒品差；乾完了這一杯，還要下一杯。」她說完，帶著酒杯，逕自坐到沙發上。

我含笑地看著她，那微紅的臉，那淺淺的梨渦，那清麗脫俗的臉龐，那烏溜溜的長髮，那隨著呼吸而起伏的酥胸，還有那，令我終生難忘的香唇。

偏頭因酒精的發酵而不停地起伏蠕動，我提著酒，帶著杯，坐在她身旁。她雙眼緊緊地盯著我，凝視著我。久久，久久，依然沒有轉動眼球，睫毛直挺，而我呢？該為她再斟上一杯，還是逃不過那對迷人的眼神。

「小弟，我已真正領教了金門龍鳳酒的厲害。」

「秋蓮，我則醉倒在妳迷人的眼眸裡。」

「那麼，我是酒醉，你是人醉囉。」她轉頭，含笑地看著酒杯，「別把我想像得那麼完美。」

「完美是人對價值觀的認定。我內心裡，心靈上，只有妳——秋蓮！」

「但願我們都沒有看錯。」她拿起酒瓶，斟滿桌上的二只空杯。

「別再喝了，」我把杯子挪到一邊，「醉了，難受。」

「不，現在我們內心都無所牽掛和糾纏，如果同時醉了，也很坦然。將來如果一旦結婚生子，我會滴酒不沾，你也只能小酌。」她伸出手，讓我輕握住。

是的，在這難得的假期裡，神速的愛情中，爾後是否真能實現雙方的諾言，該不會是來得快，去也快的泡沫愛情吧。雖然我們同時處在愛情的巔峰中，看得又高又遠，一旦摔下，我們會同時掉入萬丈的谷底，屆時將不是皮肉的疼痛，而是心靈的創傷。在我廿餘年的人生歲月裡，單純的環境，未曾讓我有機緣置身在愛的園地裡，享受青春時期的美好時光。投入在異鄉的這份感情，激情歡樂過後是一份強烈的失落感。身邊的異鄉女孩，給予我的是一顆赤裸之心？還是想玩弄我這個傻傻的金門人？在未來的歲月，該寄予厚望，還是處在昨夜夢魂中。

「不錯，秋蓮，此時此刻，正是我們最逍遙、最愜意的美好時光，但也不必去仿效古人的今朝有酒今朝醉，往後的日子還長呢？」

「話雖不錯，往後將是久遠，歡樂的日子將隨著你的假期而結束。我們沒有理由不把握現在。」她舉起了杯，「來！小弟，我們再喝一口。」

然而，她的一口，卻是酒杯將盡。原先頰上的雲彩，已密佈在臉龐的每一角落；一朵

朵、一片片，是我心中燦爛的嫣紅。她微微地把頭斜靠在我肩膀，我放下未飲的酒杯，左手環過她的肩上，右手輕撫她微紅與熾熱的臉龐。她時而閉起眼，時而睜開，是期待著什麼？盼望著什麼？難道是浯鄉醉人的龍鳳酒，還是要聆聽一聲：秋蓮，我的愛。

她努努嘴，舌尖舔舔乾渴的雙唇，雙手勾住我的脖子，仰起頭，是她一聲柔柔的小弟，抑或是我深情的一聲秋蓮，我們的理智同時被情感所擊倒：是那山雨欲來風滿樓、還是兩顆熾熱不能冰凝的心已重疊。是我的人品不好，她的酒品差？抑或是我們的兩顆心已熔化成一體，揉合在一個古典的世紀裡，那是傳統道德難以肯定與認同的一道關卡。

當我們同時甦醒，那是在她的房裡，在她那張雙人床單人睡的床舖上；而此刻則多了一雙手、二條腿、一副疲憊的身軀、一個想著未來、思著現在的頭腦。我們赤身裸露，薄薄的被單，軟綿綿的枕頭，躺著的是二個不同地域的少男少女。她腦中所思、我心中所想，已是不能挽回的基因。

我們重新依偎，再度纏綿，內心的甜蜜，過後是二滴喜悅的情淚，我心中有她、她心中有我，已勝過永恆不渝的誓盟。

「小弟，你後悔了。」她俯在我耳旁，柔聲地說。

「不！」我堅決而果斷地說，而後輕撫她的臉，「妳呢？」

「永不！」

「我們沒有相互欺騙，我們彼此奉獻真與純的完美身軀，秋蓮，妳高興嗎？」

「雖然我們背離了傳統，我們彼此奉獻最珍貴的貞操。但願你不要懷疑與猜忌，我對你的這片深情。儘管你必須回到海的那一邊，我卻甘心在山的這一頭等待。無情歲月，總會遇到有情天，我們雖無恩可忘，卻有義在身，小弟，你懂嗎？」

「我懂，我懂。秋蓮，妳睜眼看看，我像一個無情無義的負心人嗎？」淚水已由我眼角的雙旁滴滴地滾下，「我已開始盤算歸鄉的日期，其目的不是希望我們早日分離，而是想著如何讓妳盡快回金門。」

「你放心，我絕對能克服一切，適應未來的新環境。坦誠的心才是真實的，虛偽的假面具容易被揭穿。今天你我都做了最大的奉獻，也是永恆的承諾，願你心中有我，我心中有你。」

我們起身整裝，在床沿坐下。愛的滋潤讓她更嫵媚、更嬌羞。港外的漁舟已緩緩地歸航，內心盈滿金色的彩衣，夕陽已在半屏山那片光禿的坡上徘徊。港都怡人的春陽已褪去著幸福的笑靨，心與心的交集是永恆不渝的深情。；等待是美的，美若我心中的秋蓮……。

# 6

港都的氣候，像極一位善變的少女心。昨天春陽滿地，金光遍野；今日則烏雲密佈，細雨霏霏。

我們已決定到臺南。原先是以灣裡拜訪友人杜大哥為主，秋蓮卻建議回西港拜見她的父母為先。雖然西港是臺南縣，灣裡是臺南市，但都必須抵達臺南車站，再另行轉車。

第一次出外坐火車，如果沒有她的引導，或許要被站內擁擠的人群所摒棄。長長的人龍，分等級的不同班次，不同的售票口，行色匆匆的旅客，誠然我年輕也識字，但張掛在售票口上的時間、班次、地點的大牌招，卻讓我眼花撩亂。原本秋蓮有意要搭乘公路局的班車直達臺南，我坦白告訴她，沒坐過火車，很想坐坐火車。她並未感到訝異，也未曾以有色的眼光笑我土。人生總有許許多多的第一次吧！不管好、壞、善、惡，在通過自我內心世界後，必須歷經難以忘懷的第一次。

她已由人群中來到我的身旁，拉起我的手。

「走，我們進月臺。」

通過剪票處，穿越地下道，這也是我此生未曾見過的景象，卻一幕幕如走馬燈似地展現在眼前。內心裡暗自好笑，如果沒有秋蓮的嚮導，一旦進入月臺，也會傻傻地望著列

車，不知該在那一個車廂對號入座。

北上的列車已進站，我若小弟般地讓大姐姐牽著，她把靠窗的位置讓予我，以便利我瀏覽車窗外的美景。心情也彷若窗外青蔥翠綠的稻田，高大挺直的蔗園，那麼地令我心曠神怡。

列車平穩地疾馳在鐵軌上，通過平交道時，鳴起悅耳的汽笛。沿途我們並未作任何的交談；她閉目養神，我的視線卻在車窗外，雖然下著綿綿細雨，薄薄的霧氛也瀰漫山旁。但每過一站，異鄉的美景全印在我深深的記憶裡。

抵達臺南，我們又急著轉乘興南客運公司的班車到西港，而秋蓮的家住在新復村，必須再以三輪車代步。然而，雨卻有愈下愈大的趨勢，滿地泥濘，穿著雨衣的車伕，在斜坡的土路上，還必須冒雨推車。

「我的家是一個偏僻的小農村，純樸的民風或許跟金門十分相似。父母墾植一片小小的果園，養了雞鴨，培育蘑菇，一年的收成，足夠維持家計，不會讓他們有過重的精神負擔和生活壓力。」她輕聲地告訴我說。

「妳那麼冒冒昧昧地把我帶回家……」我有點不安地說。

「放心、放心。」沒等我說完，或許已深知我下面要說什麼，「爸媽雖然是鄉下人，但絕不是老頑固。」

我拍拍她的手，靦腆地笑笑。

「坦白說，他們對我的婚事又急又關心，相信我第一次帶回家的男朋友，會讓他們滿意的。」

「老人家不滿意也沒有辦法。」我笑著，「誰教我們自己先滿意。」

「時代不同啦，小弟，相信我們的滿意，爸媽也會認同和得意。油頭粉面的公子哥兒，在鄉下是吃不開的。；而忠厚樸實的青年，才受到肯定和歡迎。」

「妳的一番話，就像一顆定心丸，」說後又有一些憂慮，「他們會同意妳嫁到金門嗎？」

「沒有你的愛，什麼都是問題．；有了我們坦誠的相愛，一切都沒問題。知道嗎？」

「知道了，秋蓮姐。」

她含笑地白了我一眼。

新復村的村落不大，人口也並不密集，然而寬廣的田野，清新的空氣，綠油油的稻田，茂盛的果園，卻與都市裡的景觀，形成強烈的對比。

見過她的父母，當秋蓮做完簡單的介紹，讓我萬萬沒想到，竟是異口同聲地說：

「金門囝仔，蓋古意，好。」

我極端誠懇又禮貌地向他倆鞠躬問好，這也是我應有的禮數。雖然也為他們帶來一點

港都特產，但這些並非是構成歡迎的理由，他們相信女兒的眼光，對來自金門的青年沒有懷疑。

小雨過後，是綿綿細雨。我們同撐一把傘，順著屋後的小徑，來到剛除完草，鬆過土的果園，園內面積不廣，水果種類卻很多，除了常見的番石榴、龍眼樹外，其他如：荔枝、桃、梨、枇杷、楊桃、蓮霧……則從未見過。有些剛萌芽，有些已開花，已結果的卻等待成熟時採擷。這兒肥沃的土地，充沛的雨量，金門貧瘠的沙地，難以與它相媲美。

她一一為我介紹，雖然自幼也學會一些農耕本事，但與果樹的栽培、果園的管理，卻是兩碼子事。我只能默默地聆聽，不能冒充行家。園內飼養許多雞鴨，尼龍網環繞著外圍，只允許雞鴨在園內覓食，卻不能容忍它們遠走高飛。

右邊是一棟草屋，一床床的菇菌，由竹桿支撐著，上面覆蓋著稻草，已冒出一個個褐色橢圓的頭頂，過些日子，當它頂開了覆身的稻草，也就是收成的時刻。這裡並非只是單一的果園，而是包羅萬象的農場。她雖然為我作詳細的介紹，我實際裝進記憶裡的則非常有限。

「秋蓮，家中的農務那麼繁瑣又忙碌，伯父母怎捨得讓妳獨身在外工作呢？」

「他們一直認為，不管從事任何一種行業，只要規規矩矩，憑勞力、憑智慧賺錢，總比待在家裡好，守在父母身旁的孩子，也永遠長不大。」

「妳在外面工作已有好長一段時間了，最大的收穫是什麼呢？」

「存款不多，為人處事學了不少。唯一令爸媽高興的是帶回一位他們喜歡的男朋友。」

「他們喜歡，妳喜不喜歡？」

「不喜歡。」

「為什麼？」

「因為我心中只有愛：愛是肯定和永恆；喜歡是未經肯定的表象。」

「好厲害的伶牙利齒，我服了妳。」

「不服也得服，別忘了是誰叫我秋蓮姐。」

我們同時笑出了聲，卻驚嚇了覓食的雞鴨，它們一隻隻昂頭不敢走動，也不敢低頭覓食。細雨雖然淋濕了它們亮麗的羽毛，卻更惹人憐愛。看它們無爭無吵，逍遙自在；倘若我們是棲息在這園裡的雞鴨多好！沒有世俗裡的煩惱，見不到現實社會的冷漠，它們雌雄恩愛，孵卵育子，儘管最終要被老饕宰食，然而卻始終無怨無悔，任由人類滾水澆燙，拔毛剖腹，食入排出。

果園與住家，同在一個相距不遠的範圍裡，左鄰右舍遙隔得相當遠。傘外的雨絲依然輕飄，傘內的人卻緊緊地相依偎，這小雨中的鄉村美景，並不能讓兩顆熾熱的心減溫，雖

然來自不同的地域，卻同時沐浴在溫馨的懷抱裡。

我左手撐傘，右手緊緊地摟住她的腰，在我胸前輕輕飄的髮絲，卻含蘊著淡淡的幽香——讓我沉醉，讓我想起，曾經在嘴裡蠕動的靈活舌尖；更讓我想起，我們酒後激情的溫馨時刻。然而，此處是與浯鄉相似的純樸農村，我們追求的是恆古，不是此刻，往後的日子還長遠哩。

遠方的山巒是白茫茫的霧氛。我也領略到春寒料峭的意境。傘下雖然沒有強風大雨，但在這片空曠的田野久了，倒也有些寒意。

「回家吧！」她仰頭看看我。「真有點冷哩。」

「妳看，我們緊緊地摟在一起，只有溫暖，那來的寒意？」我拍拍她的肩，笑著說。

「這些話是我秋蓮姐想說的，怎麼你先說出了口？」她皺皺眉頭，扮著鬼臉，看看我：

「坦白說，在妳秋蓮姐溫馨的懷抱裡，雖然是春寒的雨天，內心裡卻如春陽映照般地溫暖。」

「溫暖就好，如果見了面，冷得發抖，那才糟呢！」她捏捏我的手，而後柔聲地說：

「雨雖不大，卻也沒那麼快停，滿地泥濘，令人生厭；今晚就住家裡，明天再到灣裡。」

「帶著男朋友回家住，妳爸不揍妳才怪。」

「房子那麼大，房間那麼多，你操那門子的心，我們又不是要睡在一起。」

「我倒希望。」我輕聲地說。

「希望什麼？」她不解地問。

「睡在一起呀！」

「有膽？」

「開玩笑啦，秋蓮姐，我那來的膽量。」

我們停止了戲鬧。是否要在這個純樸寧靜的鄉村住一晚，已由不得我來做主。一切得由我心中的秋蓮姐來決定。她當然想住下，這是生她、養她、育她長大的家，嚴父的關愛、慈母的光暉，而我的家卻在海的那一邊，此刻雖能與她同沐慈暉，領受家的溫暖。然而我思鄉的情懷，卻在此刻強烈地顯現。想起在炮火中的家鄉，想起含辛茹苦、白髮蒼蒼的爹娘，我熾熱的心隨即冰凝，在零下的低溫裡冬眠。異鄉女孩的父母，雖然投予我關愛的眼神，也以熱誠之心來迎接我；但那畢竟與自己的父母有所不同。誠然，我將來有幸能成為他們的半子，而半子終非兒子，它還是存在著一段距離。只要歷經其中，任誰也不能否認。

略近傍晚，幾聲震耳的春雷憾著大地，雨勢愈來愈大，雖然講好在此過夜，面對的也是她的家人。儘管他們以熱誠豐盛的晚餐來款待我，餐桌上也沒有詢問那些煩人的家庭

背景問題，僅憑「金門囝仔」四個簡單的字，足可讓他們安心地把女兒的幸福托付予我。在這個變幻莫測的愛情園地裡，我也絕不會昧著良心，做一個無情無義的負心人。尤其是我們尚未取得合法的准演執照，戲卻已上映；我們坦誠地裸露，不設心防，沒有懷疑，有的是兩顆心的默契，一份必須歷經歲月考驗的誓盟。所謂的人品，酒品，針對的不是自己，而是那些庸俗的人們。人品酒品的相互揉合，卻奠定了我們愛的根基。

雨天的夜，似乎提早降臨在這個寧靜的農村。農人更有早起早睡的習慣，都市裡華燈正初上，鄉村卻是一片寧靜，屋簷下的滴水聲，依然滴嗒滴嗒落不停。她的家人已各自回房，我們也捻熄了大廳的燈光，來到她為我安排的房間裡。她坐在床上，我在書桌旁的靠背椅坐下，遙對著窗外漆黑的曠野。

「真不好意思，秋蓮，打擾了伯父母。」我滿懷歉疚地說。

「還有什麼不好意思的？老爸老媽都已做好心理準備，要把女兒送給你啦。」

「真的？」我雖然不敢懷疑這份轉口的承諾，心中卻有受寵若驚之感；是否她已告知了父母一切，包括我們纏綿繾綣的那刻。我將快速地把這份喜訊帶回金門，稟告我的雙親，讓他們蒼老的心田，滿佈皺紋的臉龐，同沾這份喜氣。

「小弟，難道你不祈望這則喜訊的來臨，它的快速或許讓我們同感驚訝？」她從床沿站起，走到我背後，俯身在我耳旁，「我會無怨無悔地跟你回金門。」

我猛而地站起，緊緊地把她摟住，窗外雖是一片漆黑，但異鄉的雨夜更祥和，屋內的燈光映照在二片火熱的心田。我們已不能面面俱到，顧慮凡間的點點滴滴，是否該捻熄惱人的燈光，讓室內也漆黑一片；是否該門緊門窗，讓門外聽不到我們的喘氣聲。而我所思，卻是她所想。燈光已熄，門窗已緊，我們更無懼於一切，雨夜的祥和，鄉村的寧靜，急促的呼吸，低聲的細語，纏綿後的再纏綿，激情已勝過人品，這是愛的顯示、真情的流露；與地域、與純樸、與人品、與酒品，都沒有絕對的關係。如果沒有愛的根基，用暴力、用脅迫、用甜言蜜語、用那虛偽不實的猙獰手段，張開滿嘴獠牙，血腥的雙手，誠然滿足了獸慾，勢必會遭受人們的唾棄。

我們的感情是快速而不是慢拖，我們內心所感，不是激情過後的歡娛，而是要終身廝守在一起，彼此付出的，是我們人生最珍貴的第一次。

雨勢已非綿綿，春雷數度響起，她以我的手臂為枕，我輕撫著她腮旁的豆大的黑痣，輕吻她激情過後熾熱如火的香唇，柔情地低喚著：

秋蓮，秋蓮。

她疲憊的身軀已在我的臂彎裡熟睡了，而我們是否能就此相擁相抱地睡在一起，傳統上的道德包袱，已從我尚未入眠的思維掠過。

「回房睡吧，秋蓮。」

## 7

她似聽非聽抱得我更緊，門裡的聲音已被屋外的雨聲取代。春雨潤濕了乾旱的大地，而我們青春時期純純的心田，卻由愛液來滋潤；雨有停的時刻，愛是永恆不變的深情。今生今世，秋蓮吾愛；來生來世，我愛秋蓮……。

我們冒雨離開了新復村，臨行前，她父親緊握我的手，凝視我的依然是一對閃爍著關愛的眼神，慈祥的臉龐，與我的父母沒兩樣；不善於用言辭來表達，一切盡在不言中。她的母親卻低聲告訴我：秋蓮是一個善解人意的乖女孩，要我們好好「逗陣」。我以赤誠之心，含笑地向他們稟明，並沒有用庸俗的誓言來替代。華麗的辭藻，難以在我體內衍生、啟口。

三輪車停在「興南客運公司」西港的站牌前，滿地泥濘，低窪處濺起的水花，離情的依依，落不停的春雨，種種因素使然，讓我們歡怡的思緒隨即降溫。

在這個依山的鄉村裡，務農的居民較多，穿著也簡單樸素，少男少女走在一起，也沒有城市裡親密浪漫的歪風。然而，我們從港都帶來的那一套並未拆除，依然牽著手，在候車亭裡依偎著。是捨不得別離又必須分離的日子已臨？是我們的心已纏綿繾綣成一團。在

相互牽手的時刻，才能讓血液分離出的因子相連結？許許多多的疑問在內心裡盤旋，而答案卻始終在遙遠的深邃裡。

抵達臺南，我們隨即跨上到灣裡的客運班車。雖然它隸屬臺南市，卻是在南區的市郊，臨海的一個里。沿途是一片片未經開發的荒地，老舊的公車，顛簸的路面，臀部隨著車速的躍動，已失去了坐的舒適感。幸好，灣裡路就在眼前。我們按址找到了曾經在金門服役的友人——杜大哥。在事先未曾告知與連絡下，冒然地來訪，他的驚喜可想而知。我簡單地告訴他來臺的原因，也介紹秋蓮與他認識。

「秋蓮是你們同行，高雄日日春理髮廳的師傅。」

「什麼時候認識的？怎麼信上從沒提過？」

我與秋蓮同時笑笑，不好意思告訴他剛認識。儘管在金門時期是無所不談的朋友，來往的信件也頗繁，但惟恐讓朋友取笑這份速成的愛情，始終難以啟口。

秋蓮即與店裡的師傅隨興交談，時而穿插一些行內的術語，有說有笑地打成一片，完全沒有時空與地域的隔閡。

中午在杜家享用了一頓富有灣裡風味的虱目魚大餐：肉鮮味美，佐以雙鹿五加皮酒，讓人口感十足。難得遠從千里的金門來會老友，理應要有多喝兩杯的心理準備，但因與秋蓮同來，如喝得滿臉通紅，飄飄欲仙，酩酊大醉，語無倫次，一旦失態，恐將讓友人與店

內眾家師傅取笑。因而，我拿捏了分寸，朋友雖然盡地主之誼，時加勸菜勸酒，但我始終謹守著，不敢忘懷的恰到好處。

在秋蓮離座時，他重問起與她交往的經過，我不能再以謊言掩飾、欺騙朋友，坦誠地告訴他一切的經過。

「剃頭查某，我看多了，無情勝過有情，你自己小心。」他提出善意的忠告。

「她看起來乖乖的，不像一些三八剃頭婆仔，人人好。」我替自己辯解著說。

「臺灣沒有金門單純，環境複雜，人也複雜。」

我默默地點點頭，神情凝重地接受他的忠告，久久，卻不知該如何回應他。

「也許是我多慮了。」他見我久久不語，喝了一口酒，「好女孩也不少，先做做朋友。」

誠然，我也曾經對這份速成的愛情疑惑過，但彼此已做了此生最大的奉獻。尤其我們不用脅迫、不用暴力、不用誘惑、不用金錢，更未曾使用過虛偽的花言巧語；一切源於內心、源於自然、源於我們愛與愛的相互蠕動、重疊。是否剃頭查某無情總比有情多？必須歷經歲月的考驗。

門外有木屐的聲音走近，進來的是一位口嚼檳榔、唇角滿佈紅灰、留著時下最流行的髮型——「烏肉麻股」，足登棕蓑木屐、衣著隨便的青年。

人客？」

「大耶，店內彼齒當時來的？真婿！」他逕自坐下，倒了一杯酒，看看我，問：「有

「金門來的朋友。」

「啥物？金門來的，」他舉起杯，對著我，「乾一杯，乾一杯！」

「老馬，金門朋友酒量不好，隨意喝。」杜大哥拉下臉，含著一絲警告的語氣。

「馬先生，我敬你。」我趕緊舉杯，打了圓場，以免氣氛鬧僵。

「予乾啦！」他一口飲盡，站起身，重重地說了一聲，「慢用！」轉頭就走。

我禮貌地站起，朋友卻頭也不抬，懶得看他一眼。

「好吃懶做，不務正業，煙、酒、檳榔、查某、賭，到處騙吃騙喝、騙財騙色，向酒家、妓女戶收保護費，剛從火燒島管訓回來，仍然不知悔改，變得更大尾。」

「鱸鰻？」我脫口說出，心裡卻有點兒發毛。

「毌驚死，手段殘忍，以扁鑽佮三角虎稱王。」

在我們純樸的家鄉，並沒有所謂的流氓、地痞存在，軍管與戒嚴地區，更由不得你擁有刀械。雖然它造成居民某些方面的不便，但卻讓地痞流氓無法存在，保有一片純淨的土地，一個蔚藍的蒼穹。

秋蓮走了進來，看看我。

「小弟，老友也重逢了，雨也停了，我們準備上路吧，以免太晚了。」她說著轉頭對著朋友，「杜大哥，你也很忙，我們在這兒也打擾了好幾個小時了，耽誤你不少時間。」

「不必客氣，老兄弟遠從金門來一趟也不容易，住兩天再一起走。」

「承辦這份業務，或許每年都有機會來臺灣。下次找機會再來吧！」我解釋著說。

「秋蓮小姐，如不嫌棄這裡是鄉下，歡迎妳到我店裡來工作；這裡生意不會比高雄差，離家也近。」杜大哥看看我，又看看她，誠懇地相邀。

「謝謝你，杜大哥，將來有機會一定來效勞。」她含笑地向他點頭致謝。

「坦白說，秋蓮，我是樂觀其成，杜大哥是我多年老友，除了離家近，也多一份照顧。」

她笑笑，並沒有肯定地表明。

我們相繼地踏進店裡，等候理髮的客人實在不少，十幾位女理髮師穿梭忙碌著，這兒雖是市郊，居民對儀容卻相當講究。從大鏡子的反照中，我發現老馬正在「吹風」，而不巧，我們的視線卻重疊在一起。

「金門的小兄弟，要回去了？」他轉頭說著，眼睛卻瞪住我身旁的秋蓮。

「老馬，再見。」我禮貌地向他點點頭，擺擺手。

「稍等耶，稍等耶。我有車，送你們到臺南車站。」他站起身，接過理髮師手上的梳

子，自行梳梳未吹妥的髮絲。

「謝謝你，不好意思麻煩你，我們坐客運就好了。」

然而，他卻一再堅持，是熱誠、是真心，還是不懷好意？人心隔肚皮，我也不能妄加揣測。雖然已從杜大哥口中得知是「大尾」的「角頭兄弟」，但他卻無懼於他，這或許與地緣有絕對的關係。杜大哥在灣裡土生土長，看過形形色色的人，似乎並不把老馬看在眼裡。

「沒關係，老馬一番好意，」他強裝笑臉，白了他一眼，「我陪你們到車站。」

老馬把臉一沉，不悅地對著他說：

「大耶，你忙你的，我來送，儷有事志啦！」

「金門的朋友難得來一趟，大家湊陣到市內走走。」

老馬不再說什麼，縮著脖子，嚼著檳榔，雙手插在褲袋裡，腳下的木屐，發出喀喀、喀喀的響聲。我們是否遇到了麻煩？也同時給朋友增添了麻煩。店裡所有的目光都投向我們，這種場面，是我難以應付、也無從應付起的大難題。杜大哥向我使了眼色，秋蓮輕挽著我的手臂，有他的護送，倒也讓我們放下一顆難以承受的心。

老馬開的是一部老舊的裕隆車。他發動引擎，搖下左邊車窗，「呸」的一聲，吐出一口棗紅的檳榔汁，踩下油門，鬆了離合器，猛按喇叭，以時速八十駛離了灣裡。沿途誰也

沒有開口講話，雖然享受高速度的快感，卻更害怕被撞死在異鄉，找不到完整的屍首。

臺南市，對我來說是陌生的，在我印象裡，老馬停車的地方，似乎不是我們曾經在此轉車的臺南車站。

「大耶，金門小兄弟，第一次來臺南，我帶他到新町轉一圈。」他停好車，吐出檳榔渣，用手抹抹嘴，笑著說。

「你有神經病啦，我的朋友不像你老豬哥，人家女朋友在這裡，你要帶他逛新町？」杜大哥氣憤地指著他。

「莫罵我啦，我是好心好意，予伊見識見識，毋是要帶伊去開查某啦。」

「莫來這套！」

「大耶，頭殼開通一點，我老馬雖然是歹子，但是你的朋友也是我的朋友，我繪陷害伊啦！」

「伊是一個規規矩矩的讀書人，這款邋遢所在，無適合伊去！」

「大耶，面子相顧，我是非常尊敬你的.；但是你也毋通繪記的，這個所在是啥人的地頭！」

「你老馬這套，我看真最啦，唬不了我！」

「大家試看覓！」他有些不高興。

「隨汝便！」朋友無懼於他。

我呆若木雞地看著他們因我而爭吵，秋蓮神情凝重地走到杜大哥面前，低聲地說了幾句我聽不清楚的話，而後轉向老馬。

「歹勢啦，馬大哥，汝的好意阮知影，伊難得來臺灣一次，沒見過世面，你就帶伊走走看看吧。」

她看看我，適時地把我推出去，來化解這場紛爭。然而，我知道，新町是臺南有名的風化區，老馬雖然好意要帶我走走看看，而我能去嗎？能到那種地方去逛逛嗎？我的心已給了秋蓮，相互承諾的是忠貞不渝，永恆深情，任憑走走看看，也非我所願。

「還是秋蓮姑娘會做人。」老馬說著，走到我身旁，拍拍我的肩，「免驚，免驚，新町是我老馬的地頭，保證予汝爽，走！」

我的心彷彿被針刺般地難受，我深知秋蓮的用心良苦！如果不是她適時地打了圓場，紛爭勢必繼續擴大，誰也不能預測會有什麼似樣的後果。道上兄弟往往爭的是面子，已非古代的江湖義氣。

一下：

秋蓮看我紋風不動，杜大哥也氣呼呼地站在一邊。她拉拉我的衣袖，輕輕地推了我

「馬大哥的一番好意，你就跟他去轉轉。」她笑著，擰了我一下腿，輕聲地說：「什

麼該做，什麼不該，你心裡明白。」

「老馬，話先講咧頭前，二十分鐘後無帶伊返來，你爸著恰你無客氣。」

「大耶，會啦，會啦，莫氣啦！」他嬉皮笑臉地拉著我走，而後又轉回頭，「大耶，像你這款老頑固，新町的查某會飫死！」

走了一段路，大街過後的一條小巷，我己看到白天依然旋轉的綠燈，「白宮」、「夜巴黎」、「江山樓」……一一出現在眼前，跟隨他一家家地進進出出，所到之處，穿著薄紗、抹著脂粉的姑娘，沒有不畢恭畢敬，送上秋波，陪著笑臉，柔聲地叫著…

「馬大哥。」

然而，他並沒有把她們看在眼裡，愛理不理，神氣十足，高聲地叫著姑娘們的花名，

阿花、阿桃、阿英、阿枝……大聲地吼叫。

「阿梅仔，叫妳阿母出來！」他指著一位姑娘，尖聲地說。

房內隨即走出來一位打扮入時的中年婦人，肥胖的身軀，緊身的旗袍，畫眉抹粉又塗了深紅的口紅。

「哎唷，老馬，帶朋友來呀！」她哈腰作揖，咧嘴強笑。

「秀春姨仔，汝共我聽清楚，金門來的朋友，看到查某臉會紅的在室男，叫婿姑娘仔準備紅包！」

「阿美仔，有聽到嘸，準備按內，我江山樓的查某，妳尚婿，好好招待，人客若繪滿意，汝皮著痛！」

聽完她的話，我的臉龐火熱，耳根滾燙，站也不是，坐也難安地想往外衝，然而，我沒有往外衝，保持了適當的沈默，終於我忍不住：

「老馬，這種玩笑不能開，你說過只帶我走走看看而已。」我近乎以哀求的口吻說。

「莫假，莫假。我是過來人，十八歲就在外面混。」他揮揮手，笑著說：「開過的查某尚少也有二百個。」

「你是杜大哥的朋友，我也該叫你一聲馬大哥，我沒有本錢開這種玩笑。」我嚴肅地說。

「莫緊張、莫緊張。阿美仔若來你著知。」

「馬大哥，拜托，拜托，我們走吧。」我再三地懇求。

他燃起一支煙，猛吸了幾口，搖搖頭，而迎面走來的是一位難以形容的神女，我深恐會被她一把拉住似地，緊緊依在老馬身邊，沒有看她的意願和勇氣。

「少年耶，莫臉紅，我阿美仔是人客公認的新町尚婿的查某，紅包咧這，繪予汝吃虧。」

我連看她一眼的勇氣也沒有，新町的嬌查某與我何干。我拉住老馬的手，內心是一股

無名的羞恥感和憤怒感；然而，我還是忍下，忍下老馬的這番好意。當那位阿美仔走過來拉我的時候……

「走！」老馬向她揮揮手，「我金門小兄弟對妳儱甲意。」

走出江山樓，我心有餘悸地對老馬說：

「謝謝你，馬大哥，你除了帶我走走看看，也替我解了圍。」

「查脯郎出外，毋通龜龜毛毛，你不跟她進房，難道她會在門口脫下你的褲子。」他理直氣壯地，「我老馬在新町不是混著玩的；一聲口哨，三、五十人隨我呼喚。當然，對杜老大，我是容忍再三，因為他幫過我的忙，有恩在身。」

我不想，也不願意和他繼續談下去。出了巷口，轉進大路，杜大哥和秋蓮面無表情地站在車旁，我苦笑向他們擺擺手，示意沒發生什麼事。

「大耶，無事志，無事志，安心啦，安心啦！」他說著，開了車門。

「老馬，你記住，卡差不多耶！」杜大哥瞪了他一下，依然氣憤地說。

我扶著秋蓮上車，她深情地看看我。看看我的臉色是否已蒼白？看看我的人品是否已迷失在新町的綠燈裡？此刻，我不能向她做任何的解釋，袋裡依然空空沒有兩樣，絕不會多出一個變色的紅包。請相信我，秋蓮！

我們在臺南車站下車，右邊是公路局臺南站，左邊是客運總站。當我伸手向杜大哥握

別，彼此心照不宣，盡在不言中，而老馬那對三角眼，卻是色瞇瞇地凝視著秋蓮。是否狼來了，狼已在我們身旁，正俟機想吞噬著秋蓮的靈魂，還有身軀。

「秋蓮小姐，你在高雄那一家理髮廳啊？」老馬問。

「日日春，靠近十三號碼頭，歡迎馬大哥來玩。」她禮貌而坦誠地相告。

「好，一定來捧場！」他擊了一下掌心，高興地說。

我們同時揮手向他們說再見。心存的，從思維掠過的，彷彿親眼目睹一隻狼，那麼地令我茫然不知所措。是否我多慮了，多心了……。

牽著秋蓮的手，穿越地下道，我們佇立在通往火車站的大門口，背後是新建的臺南大飯店，不是上下班的尖峰時段，一切顯得冷清多了。

「坐火車？」她問。

「隨便。」我冷冷地。

「怎麼了，不高興啦？」

「如果留在西港，不來灣裡多好。」

「為什麼不說，如果不遇上那個姓馬的，該有多好。」

「或許，我們遇到的是一匹狼，而不是馬。」

「別盡想些不愉快的事。」

我們緩緩地移動腳步，沒有來時的愉悅，卻有離時的淡愁。火車快速地奔馳在鐵軌上，猶如已逝的人生歲月，昨夜始與秋蓮共度良宵，此刻卻倍感遙遠。人生是否就是歡樂與痛苦交錯而成的，茫茫大海，杳茫的天，始終沒有給我完美的答覆……。

## 8

在我們人生的旅途裡，在那光輝燦爛的時光裡，我們不能輾轉回頭，默數已逝的青春歲月。深踩的泥腳印，也早已被茫茫的未來遮掩住。

短暫的假期，即將尾隨愛河的流水，流進大海，而後消失得無影無蹤。

明天即將離開港都，任務的完成，讓我獲取寶貴的經驗，別離了秋蓮，彷彿讓我失去了更多。

今晚，港都的夜空繁星閃爍，明月皎潔，我們沿著十三號碼頭的圍籬旁，沿著愛河的堤畔，步履蹣跚地踟躕著，是想重尋初識時的歡樂時光，還是捨不得離開這片曾經用愛滋潤過的乾旱心田。我們已同時感染了這份別離的淒然況味，相互牽著的手，已不是純純的友誼之手，而是推動愛情的手。誠然，一雙是含有皂香的纖纖玉手，一雙是沾滿紅土壤、含著砲火煙硝的粗壯之手；當他們的心與心相吸，軀體重疊，山的那一邊已成海的這一

頭。不同的地域，不同的習俗，已不能阻礙兩顆心的再重疊，當黎明的鐘聲響起，幸福的腳步將逐漸地走近我們。是否能緊抓不放，把握住生命中的分分秒秒，還是讓這份得來不易的情感，與我同時漂流在歸航的海域裡？她將流向另一個感情的世界，我則願意葬身在這深深的大海裡。

懷疑，或許是一切感情的絆腳石。但是否能讓我們處處充滿信心和希望，樣樣美好不醜陋？然而，我們身處的卻是一個變幻莫測、時時讓人憂心的社會，沒有被欺騙的本錢。如果受到傷害，則永遠不能復元。我的心情彷彿跌入到深深的谷底，是否能閃避身旁的荊棘、纏身的籬籬、尖峭的頑石？這齣已啟幕的戲，是悲劇？是喜劇？它的責任在編劇，未來的命運也必須由他來定奪；演員只能依據劇本，以及導演的執導風格和理念，發揮所長、盡情表演，跟著劇本裡的人物一起哭、一起笑；當劇終的鈴聲響起，觀眾的腳步走遠，留下的是一片令人心悸的空寂。

我們沒有重新做任何的選擇，也不想走更遠的路，更不願把僅餘的這段美好時光，在惡劣的心情驅使下，讓它從愛河北堤的樹梢上掠過。白色的歇腳椅，剛走了一對情侶，我們迅速地佔有它。腳下翠綠的草坪，已被踐踏成一片萎黃，混濁惡臭的河水，已被身旁幽香撲鼻、清麗可人的秋蓮取代。路燈已淡，河水裡的波光，是臨近的高樓所映照。青春熾熱的血液，已在我們體內奔馳，心存的已不再是即將別離時的落寞和悲傷，而是緊緊地相

依偎，如能不分離，此生將無憾。然而，愛河的河水潺潺地流過、春風也僅吹過楊柳葉，答案卻隱藏在我們的深心裡。

我們緊緊地牽著手，別離的淒然況味依然鎖住心頭，時光卻從沈默中走遠，再也不能忍受不該在此時沈默的寂寞。體內、體外，雖然不是神祕新鮮的第一次，則依然存著永恆不變的深情，彼此是自然的奉獻，愛的最高昇華。我的血液已在她的血管中流通，軀體有她愛的滋潤，今生今世，將無怨無悔地帶她回金門。短暫的別離，將換取永恆的相愛。

輕撫她斜依在我胸前的髮絲，以及她腮旁的小黑痣，在夜裡看不見的小梨渦。當我的手停留在她跳動急促的心上，當我的手游動在她上下起伏的胸前，愛河的夜已被我們體內燃燒的火焰所熔化。如果一吻能定終身，愛是不變的誓盟，我們將同時擁有一片美麗的大地、蔚藍的蒼穹。

她沒有拒絕我的熱吻、手的游動，緊緊地抓住我的衣裳，我摟緊她的身軀，微微的春風，夜裡的冷意，吹不熄、煽不涼沸騰滾燙的血液和心田，而那滴滴淚水，已非綿綿春雨，是心靈中難以承受的淒風苦雨。

「怎麼哭了呢？」

她的理智已隨著滿溢的淚水而崩潰，雙手搗住我的雙鬢，火熱的香唇在我臉上的每一個角落狂吻著，鹹鹹的淚水，已不能幻化成我心中的甜蜜，而是滿嘴的苦澀。

「不要忘了我們的相互承諾。」她幽幽地說。

「誓言只是美的代名詞，金門人信守的是情和義，相信我們的愛禁得起考驗。」我輕理著她那長長的髮絲，低聲地說。

「如以時間的長短來衡量，我們的進展似乎不可思議，不管是命運的安排，今人的媒介，都必須珍惜。」

「我們都能瞭解彼此的心裡，為了長遠，必須暫時的分離；為了幸福，必須付出痛苦的代價。」

「什麼時候再回來？」

「很快會給妳好消息，來一趟雖然不容易，但我會想盡辦法，絕不會丟下妳不管。」

「如果真那麼沒良心的話，也只好認命。」

我搖搖頭，卻搖不掉那即將離別時的淡淡輕愁。

「相信我，秋蓮，我珍惜這份情和愛，猶如珍惜自己的生命。」

「我們內心都有相同的感受，雖然彼此做了最大的犧牲和奉獻，但別忘了，女人付出的代價遠勝過男人。」

「在我廿餘年青春歲月裡，想不到遲到的愛神，賜予我的竟是夢想中期待已久的秋蓮。不管未來的路途多遙遠、坎坷，帶妳回金門是我永恆不變的心願。」

「縱然歲月染白了我的髮絲，風雨腐蝕了我的身軀，小弟，我情願等到這一天的到來。」

我點點頭，緊握她的手。明日即將別離的陰影，已暫時在我們內心裡遠離；該說的似乎已說完，不該說的留待以後再詳談。港都的夜已深沈，愛河，愛河畔，柳樹下，成雙成對的情侶依然陶醉在彼此的濃情蜜意裡。

「夜已深了。」她站起身，拉著我的手，「我們回家聊吧。」

我隨即站起，右手環過她的腰際，明月尾隨在我們的背後，如果沒有兩顆熾熱的心，倒也有些寒意。

步上臺階，回頭看了愛河今晚最後的夜景。再會吧！愛河，不久的將來，我們仍將投身在妳多彩的河畔裡、歇腳椅上、楊柳樹下的濃情蜜意，是此生難忘的記憶。

在夜市的小攤上，秋蓮選購了一些滷味。

「家裡還有半瓶龍鳳酒，我們邊喝、邊吃、邊聊。」她高興地說。

「別忘了，我們的酒品都不好。」我笑著說。

「雖然人品是生命中最寶貴的一環。然而，當我們對酌的時候，是由兩顆真誠的心，以愛為基點，沒有隱瞞和欺騙；自然地裸露，彼此珍惜生命中最美的一刻，因而，我斷定，我們的酒品不差，人品更好。」

「明天就要分離，今晚就聊個通宵吧！一旦上了船，好睡覺。」

「不管是通宵，或是夜半三更，我秋蓮姐奉陪到底，誰想睡，誰倒霉！」

然而，我們真有那麼多話好談好聊的嗎？真有雅興和海量平分半瓶龍鳳酒？還是藉酒壯膽，重溫舊夢？誰也不理解彼此內心所思所想。彷彿已是一對恩愛的小夫妻，彷彿是一對歷經戰亂分離又重逢的老情人。滿懷似水柔情，對著滿腔沸騰的熱血。果真，我們已打破了世俗的禁忌，追求心靈上的真善美，不必理會旁人投以異樣的眼神，雖然難以被浯鄉純樸的民風接受，但只要我們相愛，沒有憂人的事端和紛爭，並非不能獲得認同。

她把鹵味擺放在小茶几上，小小的酒杯，斟滿著棗紅的液體。

為我們未來的幸福乾杯！

為我們永恆不渝的愛情再乾杯！

「小弟，美好的時光盡在不言中，但那畢竟是短暫的，往後的幸福歲月，仍須自己來開拓。」

「秋蓮，我內心已有所感，幸福已在我們眼前，任憑插翅也飛不掉。」

「我們都已長大成人，也經過許許多多的歷練，但願永遠不會有被騙或受騙的感覺。」

「騙人感情，永不超生。金門的環境較單純，而妳置身在這個充滿暴力與色情的都會

裡，讓我感到憂心。」

「只要你一句話，我隨時隨地願意離開，回到西港的家中等你。」

「如此的犧牲，似乎大了一點。十餘年來，妳仍能潔身自愛，處在這個令人心悸的社會裡，實在可貴。我尊重妳的職業，更敬佩妳有高尚的情操。我希望的是能快一點帶妳回金門，不是要妳放棄這份職業。」

「人的可貴處，就是不自私、自利、彼此相互尊重。」

「不錯，這也是一個和諧美滿家庭，所必備的條件。」

「小弟，如果未來能像我們此刻所思、所想、所言，其他的，還想企求什麼？」

「不，人永遠是不會滿足的。當我們有了家，會想到要有孩子；有了孩子，會想到要讓他生活在一個幽雅的環境裡，享受高水準的生活品質、受最完善的學堂教育。也因此，可考驗一個人對家庭的認知和肩負的重責大任。」

她微微地點點頭，柔和的燈光映照在她充滿幸福的臉龐。腮旁的小黑痣，唇角邊的小梨渦，已隱藏在我深深的記憶裡。

「家是一個共同體，仰賴雙方相互扶持，而非單方面的責任。」她極端嚴肅地說，而後在我腿上，輕輕地拍著。

我笑笑，久久地凝視她那微紅的臉頰。當我們的視線重疊，那彎彎的眉、長長的睫

毛、高挺的鼻樑、茯苓般的薄唇，彷彿在告訴我，一個久遠的故事。

「從我們認識到現在，彷若一場美夢；當明兒旭日東昇，道聲珍重和再見，是否就是我們夢醒的時刻。」

「相信我們有勇氣、有信心，繼續追尋生命中的美夢。小弟，別忘了，美夢總有成真時。」

「但願我們生命中的美夢，永不中斷，永不甦醒！」

她把頭斜依在我肩上，我的手環過她的肩膀，彼此凝視著對方，無言地沈默著。

「如果人世間，沒有悲傷，沒有分離，該有多好。」她淡淡地說。

「月有陰晴圓缺，人有悲歡離合，此事古難全。古人的詞典，讓現代的我們感同身受。」我低聲地說。

「明天，你就要離開港都回金門。再見面，不知幾時？如果把這美好的時光，浪費在心靈上的低氣壓裡，小弟，我們會後悔的。」

「是的，」我輕輕地拉起她的手，低聲地說：「我心中永恆的秋蓮姐，這是我們同處港都的最後一夜，現在已是夜深人靜時，我們心中的良宵已短。」

「來，」她舉起杯，「我們再乾一杯，祝君平安回金門！」

「算了，別再喝了，不要忘了我們的酒品差。」

「果真能醉倒在你懷裡，永不甦醒，我也甘心。」她放下酒杯，把頭深埋在我胸前，我輕撫她烏黑細長的髮絲，一遍遍，一遍遍，而後，低聲柔情地喚聲：

「秋蓮。」

她並沒有回應我。是否真醉倒在我懷裡，永不甦醒，還是期待著我深情地摟抱和擁吻。然而，這並非是我們內心激情的第一次，肉體的相互碰撞、心與心的重疊，已燃盡我們熾熱的火焰。倘若有一天，宇宙不再有光和熱，冬雪是否能冰凝我們心中的那團火。我們緊緊地吮吸著，一再享有蟲兒般地蠕動、游移不斷的手，未曾停留在任何一方。心中所感，依然是生命中最美好的一刻，爾後的時光和歲月，是否能有這份甜蜜，思維裡仍舊是一片空白……。

忠勇號軍艦緩緩地駛離高雄港，萬壽山已從我的眼簾裡逐漸消失，腦裡沒有港都的影像，卻有秋蓮的倩影。別時的哽咽，將化成永恆的相思淚，聲聲的珍重和再見，是永恆不變的深情。

再會吧，港都！

愛河潺潺的流水，低垂的柳樹，萬壽山怡人的景緻，西子灣微微的春風，難與我心中的秋蓮相媲美……。

9

經過廿餘小時的海上顛簸，浯鄉蒼鬱翠綠的山巒已歷歷在望。料羅灣雖然披了一層薄紗，白浪卻翻滾在新頭碼頭潔白的沙灘上。

軍艦順利地在新頭碼頭搶灘，迎我的是浯鄉燦爛的陽光，新鮮的空氣，以及鐵絲網旁挺拔的木麻黃。

然而，我已無暇重賞浯鄉怡人的美景。除了必須先回家向雙親請安，以及回部向長官報告業務狀況外，還要騰出更多的寫信給告訴秋蓮，我對她的思念和承諾。而思與念，總是一種不實際的虛幻，白紙黑字也不能代表真正的一切。身處在這個變化多端的社會，人生的一切，是否只能寄望命運、屈服命運。尤其是這份橫跨兩岸的愛情，更不能沒有危機意識；可是一旦發生，一在海的那一邊，一在山的這一頭，又能怎樣？，除了寫信，只好經常藉著繁瑣的業務來緩和紊亂的情緒。

從秋蓮的來信中，得知老馬到高雄找過她好幾次，如純粹是理髮，足可肯定她的頂上技術是一流的，遠從臺南專程來高雄理髮的又有幾人？可能老馬是僅有的一位。

秋蓮的清純和美貌，不在話下，技術和服務態度也是一流的。而老馬是什麼角色，我們也聆聽過，也親眼目睹過、領教過。或許他是醉翁之意不在酒，另有企圖吧。我告訴秋

蓮要小心應付，小人難防，又不得不防。過些日子，我將向父母稟告，先訂下這門婚事。

然而，在傳統保守的家庭裡，父母並不能接受娶一位剃頭查某回家做媳婦。經過我一再分析、開導，才慢慢地改變他們的想法和反對的聲浪，阻撓的關卡終將讓我一一地克服，幸福的日子也愈來愈近，我始終沒有忘記，是誰在海的那一邊等著我。

秋蓮信中數度抱怨，老馬已非純來理髮。經常藉機邀她看電影、吃宵夜，雖然她加以婉拒，但時有借酒裝瘋、毛手毛腳，讓人噁心的動作。老闆知道他的來頭，也是敢怒而不敢言。我建議她轉到灣裡杜大哥經營的理髮廳工作，相信老馬會有所收斂。我也同時告訴她，家人已同意我們先行訂婚的好消息，並把報名參加普考的事宜一併告知。屆時可將訂婚的飾物一塊帶上。所有的細節，以及金門的婚嫁禮俗，我都極其詳細地寫在信裡。內心也沾沾自喜，不久我們又可以見面了。一旦經過簡單的訂婚儀式，我們將是一對人人羨慕的未婚夫妻。而且可以訂婚證書做證件，向警總申請入境證；我將帶她回金門，舉行傳統古典的結婚儀式，在樂隊的引導下，環遊金門的鄉間街道，讓鄉親朋友為我們祝福。而後拜天公、拜祖先、叩拜養育我們的父母親。送走參加喜宴的賓客後，我們將牽手進入古屋的右廂房，睡在古式的眠床上。我們冀求的雖不是心與心的再相印、而是心靈永恆的慰藉。誠然在我們青春的田徑場上，曾經有多次未鳴槍先偷跑的不良記錄。然而，這卻是我們心甘情願、最貼心的相互奉獻。因為我們知道遲早要同睡在這張古老的眠床上。鴛鴦枕

頭、龍鳳被，當柔和的土油燈仔映照在嶄新的蚊帳裡，我們無所憾、無所冀求。當旭日東昇、陽光普照在這片祥和純樸的大地，我們將同張雙臂，迎接屬於我們的幸福年代！

如依時間，依常理，秋蓮的回信早該由綠衣天使送達我手中；然而時間卻一天一天地過去，我一而再、再而三，連續寄到高雄與西港的信件，則如石沈大海，數以千計的疑問在我腦中盤旋，我想起許多不可能發生、又難防的事件：首先從思維掠過的是無情無義的「變心」，如果人真那麼善變，她為什麼要把女人最珍貴的一切給予我。她的奉獻是祈望我們的長相守，而當心願即將完成時，為什麼「情變」竟比「天變」快？在尚未求證前，我的懷疑和揣測，都是不公平的，只是我不明白，為什麼港都季節的變幻與時序的運轉處在兩個不同的極端，而非同在一個定點上。

如果出了什麼狀況和意外，相信她的家人也會給我信息；然而沒有，什麼也沒有。我也曾寫信請杜大哥設法打聽。杜大哥很快地回信，證實秋蓮已離開高雄日日春理髮廳，我實在也沒有勇氣請他到西港，再為我打聽秋蓮的消息。雖然我不相信命運，但命運卻要我信服祂。我的精神也隨著秋蓮的失聯而崩潰、而六神無主，每天恍恍惚惚，長官誤認我是因為準備普考而受到精神上的壓力，業務上難免有所疏失，卻未曾受到指責和處罰。赴臺參加普考的出入境證已由警總核發下來。長官也准我一航次的假期。然而，我志在秋蓮，考試只是藉口；帶著家人為我準備的訂婚飾物，再次航行在臺灣海峽，一旦見到秋蓮，我

將緊緊地把她摟住、摟住、抱住，永不再分離。如果見不到她呢？我是否有勇氣，回到我的家鄉、進我家門。

這是時序的深秋，雖是秋高氣爽的好天氣，海上的風浪卻遙不可測，隨著顛簸的船艦，嘔出此生難忘的酸水苦汁，大海茫茫、杳杳天，淚水卻在此時滾落……

當我下船重臨港都，日日春生意依然，顧客盈門，女老闆的一聲小弟，換取我悲傷的淚水，秋蓮的租賃處，大門已深鎖。我不再留戀這片土地，愛河的水惡臭依舊，萬壽山林木已枯，西子灣已沒有美感，只因為已難尋我心中的秋蓮。

不願重坐那列令我神傷的火車，寧願選擇時速較慢的公路班車，窗外的景緻已失去原有的光彩。秋陽斜照，秋風颼颼，半年不見的西港，只有春秋季節之分，沒有明顯的變化。而獨自晃動的是我孤單的身影，沒有伴侶的依偎，眼眶盈滿淚水，見過秋蓮的父母，慈祥的臉龐、無奈的眼神，心中僅有的希望也在此刻幻滅。速成的愛情難恆久、短暫的分離換取善變的心。我是否能重新站起，在果園裡細懷過去的勇氣……。

她的父母熱誠依舊，而內心裡，似乎隱瞞了些什麼，只簡單地告訴我，秋蓮到了東部，而東部是花蓮還是臺東、是山地還是平地？他們端來茶水，邀我共進午餐，我冰凝的身軀，崩潰的精神，何能再飲下異鄉這杯冷泉，吞下哽在心頭的盛宴。

我獨自在果園轉了一圈，秋陽映照在金黃的稻草屋上，空白的思維，蹣跚的步履，何

處是我歇腳的地方？內心難以承受這份無情的打擊，更聽不進老人家諄諄的規勸和安慰。

而他們是無辜交織著無奈。秋蓮才是這事端裡的源頭；我不能怪罪他們，要保有金門青年純潔樸實、彬彬有禮的風度。當我禮貌地向他們鞠躬辭行，秋蓮的母親從懷裡取出一封摺痕滿佈的信箋，我急速接過，一眼就辨出是秋蓮的筆跡。我的情緒卻出乎預料地平靜，誠然我急想知道前因和後果，也深知這是突發性的感情變遷，不能挽回的事實已擺在眼前，感到安慰的是，負心人不是我，而是異鄉的秋蓮。我攤開信紙，面對屋前茫茫的田野，仰頭望望杳杳天，滴滴淚水伴我讀完這封信……

小弟：

我知道你會來西港。然而，當你看到這封信，我已是馬太太。人生沒有僥倖，愛情更難速成。我相信命運，不認同緣分。當馬大哥的身影投向我眼簾，我腦中、我心裡，已沒有你的存在，我欣賞他的純樸忠厚；我欣賞他的玩世不恭，不欣賞你的清白誠實。因此，我選擇與他廝守終身，不願隨你回金門，同聞砲火煙硝。

男女間的感情，必須要有提得起、放得下的勇氣，認清這個世界，認清這個社會，你的心理會更坦然，在愛情不能求取結果時，就任由它去吧！

的諒解，只因為我是一個無情無義的負心人，倘若蒼天有眼，來生再重聚！

珍重，小弟！你恨我也好，罵我也好，我此生無怨無悔地接受，而我卻不祈望你

秋蓮

讀完她的信，我內心卻出奇地平靜，從思維掠過的，不再是怨和恨，她有欣賞老馬與轉換感情舞臺的權利；然而，從信中，我看到的，似乎是經過掩飾、隱瞞。不能求取答案的謎題。我們是否真被命運所屈服？她真欣賞老馬的江湖霸氣與玩世不恭，這是我難以相信的謊言。除非是受到他的脅迫，屈服於他的扁鑽和三角虎。既然緣分已盡，亦無良計可施，更不能找他單挑獨鬥，奪回秋蓮。我還能想些什麼？做些什麼？只有拖著一顆破碎的心，躑躅在這茫茫的人海裡……。

我已無心赴臺北參加考試，距離返金的船期尚有數日，我又重臨闊別半年的灣裡。杜大哥已知我的來意，並沒有刻意地揭穿我的疤痕，仍然以一顆誠摯的心來迎接我。

那晚，我們重嚐虱目魚大餐。我的酒品不好，卻偏偏多喝了兩杯，該說的、不該說的，毫無禁忌地說給老友聽，不想求取他的同情，只傾訴隱藏在內心的苦楚。我流了淚，嚎啕大哭了一場。

「我曾經告訴你，剃頭查某無情勝過有情；如果再癡迷不悟，還想試試，店裡就有十

幾個，任你挑，由你選，絕對讓你帶回金門，以後的事我管不到也不能保證……。」

「杜大哥，謝謝你的開導，我們也不能一桿子打翻一條船。在沒有瞭解真相前，我不怪秋蓮。」

「你還替她辯護！」

「如果將來有機會，先問問老馬。」我兇猛地喝了一口酒，激動地說：「我沒有後悔帶她來灣裡，卻痛心遇到一匹狼。」

「你懷疑是老馬強佔了她？」

我不能肯定，也不能否定，無言地沉默著。

「這個臭婊子，不是人！」他氣憤而尖聲地說：「想當年，他被道上的兄弟殺個半死，如果不是我排除萬難，送他到醫院，為他輸了血，救回他一條狗命，早已是白骨一堆了。」

「這是他尊重你的唯一理由。」

他緊鎖眉頭，默不作聲，是否後悔救了他一命，讓他逍遙法外，作威作禍，危害鄉里，強佔友人女友？

誠然，我不能理解他的思維和想法，我的酒品雖不好，卻能坦然面對；句句真言實語，未曾掩飾，沒有虛偽，這是我的酒品與人品相互輝映而成的，對自我的人格，始終沒

有懷疑。

懷著沈重的心情，背負的不是負心的十字架，離開灣裡、別離港都。面對浯鄉燦爛耀眼的太武山頭，在多彩的人生旅途裡，我只不過虛擲了廿餘年的青春時光，往後的路途更遙遠，雖然沒有秋蓮與我同行，但我有信心踏穩腳步，繼續前行……。倘若真有來生，是否能與秋蓮再重聚，已溶解在我深深的記憶裡……。

## 10

撲鼻的焦味，手指的微燙，我意識到手中的煙絲已燃盡。然而，我並沒有急速地把它捻熄，讓濾嘴冒起濃烈的焦煙，繼續擴散。而在這朦朧的煙霧裡，依稀看到秋蓮的身影在晃動。我此刻置身的，已不是青春歲月綺麗的夢幻裡，而是異鄉現實的環境，秋蓮的家中。

秋蓮走了過來，接過我手中的煙蒂，捻熄在煙灰缸裡。

「什麼時候學會了抽煙？」她在我身旁坐下，關心地問。

「二十幾年前。」我神色淒迷地說。

「還喝酒？」

「酒品不好，喝多了想過去、想從前。」

「還在怪我、恨我？」

「怪的是命運，恨的也是命運。對妳，我心中沒有恨，只有愛。」

「如果不到灣裡，該多好。」她喃喃地說。

「我們不能怪罪灣裡。」

「二十餘年來，我心懷的是對你的歉疚；離開你，卻讓我心安。」

「我並沒有對不起妳。」

「是我對不起你。」她有些激動，「原以為這個夢魘會隨我含恨九泉，永遠找不到我生命中的黃昏暮色將臨。如果我再隱瞞事實的真相，非旦不能求取你的諒解，內心裡卻永遠有一份愧疚。」

欲傾訴的主人；今天的巧遇，不是緣分，而是上天的安排。小弟，青春歲月離我們已遠，

我雙眼凝視白色的牆壁，是否要阻止她敘述一個未完的故事；尤其是這關鍵性的後半段，是她負了我，還是我虧欠她？廿餘年我不再懷恨，是因為做了理性的判斷。而這個故事的終結，是否能令我滿意，還是只想安慰我——一個來自金門的老年人。

她把我重新點燃的煙捻熄掉，可曾是要讓一位已在堂前徘徊的老人，在人世間多一些日子。我們的心彷若一杓死水，永遠不再有青春時期纏綿浪漫的一刻。蒼天有眼，讓我們

重聚一室，而非重溫舊夢，我的眼眶已微濕，老人有淚不輕彈。想起我重臨港都的情景，想起秋陽斜照我在西港孤單的身影，我強忍住——老人有淚不輕彈！

「煙少抽。」她柔聲地說。

「我已抽了廿幾年。」

她站起，斟來兩杯不知名的酒，遞給我一杯。

「酒少喝。」

「我已喝了廿幾年。」我把它放在茶几上。

「妳藉酒解愁？」

「不。」她又飲了一口「緬懷過去。」

「我們的酒品或許已隨著逝去的歲月而改變。」我舉起杯，「秋蓮，為我們的重逢乾杯！」

我毫不猶豫地一口飲下。

「雖然歲月催人老，相信我們能坦誠面對。身軀或許有所改變，心靈卻永無變遷。酒品雖好，但我的人品卻殘缺不全，這也是我恥於面對現實的理由。」她說完，一口飲盡。

「秋蓮，我們重聚，是現在；而非來生。我們珍惜是此刻，而不是從前。在我們同臺演出的戲碼裡，雖然布幕已啟，角色已定，是喜、是悲，觀眾希冀的是結局，不是穿插的音樂和鑼聲。」

她連續地飲下好幾杯，是否要藉著酒精在體內燃燒的力量，才有勇氣把故事的後半段講完；我提不起精神聆聽她廿餘年來的生活點滴，只要求一個完整的輪廓、邏輯的結構，任憑是簡短的三言兩語，也是我內心所希冀的。

轉頭凝視她微紅的雙眼，緊握她微抖的雙手，我意識到她內心裡正承受著痛苦的煎熬和掙扎。我已失去把她摟進懷裡的勇氣，滿嘴的苦澀，已不再是青春時期相互蠕動時的甜蜜蜜。

她的眼眶已盈滿了淚水，我不願伸手把它拭去，就讓它自然地滾下，滴落在那對令我難以忘懷的小梨渦裡。

「那晚，」她哽咽地說，「港都的天氣悶熱，臨近打烊的時候，老馬微醺地來到店裡，他不是理髮，也非洗頭，而是來邀我出去喝杯涼水。

『馬大哥，』我禮貌而嚴肅地說：『對不起，今晚還有事，小弟的信，我還沒回呢，改天吧。』

『改天，改天，妳要改到那一天！』他尖聲地咆哮著，因為每次受邀，我總是以改天來應付他。『別以為妳長得漂亮，我老馬看上妳是抬舉妳，那個傻傻不上道的金門少年，那一點值得妳愛！』

『小弟是杜大哥的朋友，說來也是你的朋友，請你放尊重點。』我不悅地說，想以杜

大哥來牽制他。

『別以杜大哥，杜三哥的帽子來壓我，喜歡我老馬的女人一簍筐，照照鏡子看看，妳是老幾？』

『請你尊重點。』我的內心已燃起一股被羞辱的無名火，大聲地回頂他。

『對妳這個三八剃頭查某，我已夠尊重啦！今天妳有膽不陪我喝杯涼的，不砸掉日日春的招牌，跟妳同姓！』

老闆適時地走來，低聲地告訴我：

『這種兄弟我們惹不起，委曲一點，陪他喝杯涼水，他不敢把妳怎樣。』

是的，我必須顧慮到老闆，也不能不替「日日春」著想，一旦再激怒他，後果將是不堪設想，而非難料。

我放低了姿態，老闆也打了圓場。然而，他帶我喝涼水的地方，並不是鄰近的冰果室，也不是鬧市中高級的咖啡廳，而是遠到小港一條陋巷裡的一家冰果室。樓下是陳舊的桌椅，樓上有麻將牌的碰撞聲，以及喧嘩吵雜的聲音。從店中的服務人員對他畢恭畢敬、且略帶恐懼的臉色，我意識到，這是一家由角頭兄弟經營的賭場，由合法的冰果室來掩護它。內心裡衍生一份懼怕與厭惡感，畢竟我是一個弱小的女子。

我要了一杯木瓜牛奶，他喝的是生啤酒。當我吸了幾口，停下環顧四週時，一陣陣令

我難受的頭昏和目眩，侵襲著我，不多時，已失去了意識……。

醒來時，我赤裸裸地躺在老馬的身邊，我已意識到是怎麼一回事，瘋狂地在他身上搥打尖叫，嚎啕大哭。窗外是雷電交加的西北雨，也是生命中的淒風苦雨。我瘋狂的舉動也激怒了他。他猛力地打了我一巴掌，赤身地站起，指著我說：

『哭、哭、哭，汝咧哭爸是嘸！像妳這款毋是在室女的查某，外口真最啦！』

我的喉聲已啞，淚水已流盡，無力地躺在床上。

『我警告汝，』他露出猙獰的面目，伸出魔掌，揪著我的頭髮，『從今天起，妳就是我老馬的查某，要跟那個金門少年一刀兩斷，切得乾乾淨淨的，若是予我發現妳們繼續來往，扁鑽伉三角虎是無生目睭的！』

我已沒有多餘的力氣來掙扎和反抗。我用被單緊緊地裹住被污辱過的身軀，手腳不停地顫抖，內心裡卻泊泊地淌著滴滴的鮮血，我的靈魂已殘遭毒手，不再純淨芳香，而是混濁惡臭，像殘花敗柳般地讓他蹂躪踐踏。恨誰？怨誰？恨那杳杳蒼天，怨這茫茫大海，還是該怨恨我悲慘的命運？我想偷取他身藏的扁鑽與他同歸於盡，我想過跳下愛河，讓屍首漂流大海。然而，我已發現，有一個微小的生命，在我體內蠕動著，小生命體內的血緣因子，是與誰的組合，我心知肚明。

歷經他的脅迫、蹂躪，滿足他的獸慾，並要脅我父母的性命，我無奈地由他誘押擺

佈，跟隨他到臺東的老家同居。他的父母已雙亡，自幼在外流浪，無手足無親情。讓我獨守低矮破舊的老屋裡，而他四出游蕩，無惡不作，幾天回來一次，高興就給點生活費，不高興就毒打踹踢；我的精神已崩潰，也活不出一點點生活趣味。如果不是肚裡的小牛命支撐著我，讓我苟延殘喘地活在這個世界上，人生對我還有什麼意義？然而，當我的身軀有了明顯的變化後，

『我警告汝，毋通共我馬某人當傻瓜，汝腹肚裡的小雜種是啥人的，汝心裡有數。這筆數找時間再慢慢算，該四捨五入、抑是除七減六；該剁掉手指，抑是腳趾，予汝家己選。』

他賞我的是兩記清脆的耳光。只要能保有孩子，不讓他受到傷害，我無怨，我將忍下此生難以承受，又得接受的苦難。

『啥物代誌我攏認命依你，若敢動我的囝仔一根汗毛，死也佮你拼！』

終於苦難的日子讓我熬過了。

他因惡性重大，不知悔改，再度被移送綠島管訓；眼見他手拷、腳鐐加身，我内心不是悲，而是喜。任憑是三、五個月，一年半載，我也高興。然而，這已是他第三次到岩灣，第二次到綠島，如果表現良好，想被釋放，也是三、五年後的事。老天有眼，冥冥之中似乎有一雙愛的手給我力量，賜予我重生的勇氣。我挺著即將臨盆的大肚子回西港老家待產，無顏面對養我、育我的父母；而他們依然張開慈愛的雙

臂，迎接歷經滄桑歸來的女兒。

同年冬天，我平安地生下孩子，而卻是一個父不詳、必須從母姓的男孩。我把他取名為念金，希望他長大後，會想念金門這塊土地，因為他體內流著金門人的血液。孩子的眼、唇，是我青春時期，心靈伴侶的化身。我心中交織著幸福和滿足。也隨著孩子的成長，掃除心中的陰霾。然而，惡夢並沒有從我內心遠離，深恐有一天，老馬被釋放時，又會找上門來。

孩子已慢慢地成長，我也不能賴在西港依靠父母，他們同意我帶著孩子自力更生。於是，我帶著孩子，寄居在環境較為單純的安平。孩子進了托兒所，我在一家小型理髮廳工作。但心中始終擺不脫，老馬會來找我們母子算帳的陰影。

孩子未出生前，上天對我是殘酷的。孩子降臨人間後，似乎處處受到庇佑。我偶然聽到老馬在綠島突然暴斃的消息，經過一再的求證，終於肯定是事實；我們間只有短暫的被迫同居關係，沒有正式的婚約。我內心存在的，不是愛，而是憎恨。我的幸福是他一手所摧殘，我完美的身軀被他所蹂躪，我純潔的心靈被他充滿著罪惡的魔手所搗碎。突然的暴斃，太便宜了他，應該讓他碎屍萬段，被禿鷹啄食。我的心裡暗自歡喜，雖然美麗燦爛的春天已失去，幸福的時光也深埋在記憶裡，但孩子卻是此生中最大的希望，我會用我的智慧、毅力，發揮母愛精神，把他教導成人，期望有一天，他能回金門認祖歸宗……。

孩子畢業於國防醫學院醫學系，我也辭去理髮廳的工作，用歷年的儲蓄買下，這棟樓身的店屋，在自家門口擺個小小的檳榔攤，每天削削檳榔，想想過去……。

她已說完故事的後半段，情緒也逐漸緩和，人生的苦酒我們已嚐盡，幸福亦已走遠。我們屈服於一雙魔掌，一隻深山裡的野狼。蒼天給予我們愛、也給予我們恨；愛是不渝的深情，恨是離別的源頭。

「秋蓮，廿餘年來，妳嘗盡人生中的酸、甜、苦、辣，雖然幸福已離我們遠去，青春不再回頭，但我們心中的愛並沒有減溫。」

「為什麼？」

「因為我留下的是一個不完美的身軀，殘缺不全的人品。」

「不，我企求的是你的諒解，不敢冀望我們心中還有愛。」

「過去的苦難，雖然曾經讓我傷心失望，如果我在乎當年所發生的一切，今天不會留在安平。」

「不錯，我一直相信你有寬宏大量的胸懷。我也沒有用美麗的謊言來矇騙你，該說的、該講的，原原本本地呈現在你面前。小弟，我心中永遠沒有別人，除了父母，只有你和孩子。」

突然，她緊緊地摟住我，而我蒼老的心不再有青春時期的火花。我輕撫她剪短的髮

絲，撫摸她腮旁的小黑痣，而那曾經是少女幽香的源頭，卻有主婦髮梢的油煙味。我們的

酒品不好，但很坦然；我們的人品不差，卻受到命運的戲弄。我輕吻她那密佈皺紋的眼

角、頰上，當我的唇在她滾燙的唇上停留時，是否能滋潤她那片乾旱的心田，是否還能感

應到，廿餘年前那份甜蜜蜜。

戲將落幕，觀眾已起身準備離去。在這個多采多姿的人生舞臺上，儘管我們的演技尚

未達到爐火純青的地步，但我們並未背離傳統，依照心靈中的劇本，自然地演出，忠實地

記錄在生命的扉頁裡。

安平落日的餘暉，已映照在屋外那片寬廣的田野上，黃昏暮色將來臨，孩子戎裝倚立

在母親身旁的照片，是誰的翻版，是否該由他引導去認祖歸宗，不詳的父欄裡，一併由他

來填補，這是我此刻難以思索的問題。

倘若蒼天有眼，歲月有情，我將重臨安平，追尋生命中的真愛，以度餘生……。

再會吧，安平！

原載一九九八年一月二十日──二月十八日《浯江副刊》

# 迢遙浯鄉路 《秋蓮》下卷

## 1

今年的春天，我敏銳地感受著季節的變遷，渾身感到不舒服，一些老年人常見的慢性病症逐一纏身：尿酸與血壓同時升高，胃腸的不適，心律的不整，為了減輕自己的痛苦，企求能在人間多活幾天；我帶著從未使用過的健保卡，搭乘免費公車，光顧那座隱藏在山中的醫院。

年輕時，拍胸脯、疾聲厲色地說：不怕死。然而時光的巨輪只不過輾轉過了幾十個年頭：由當初的少年、青年、中年，而進入老年。腦中所思、心中所想，已做了一百八十度的轉變，親眼目睹同齡的朋友，有些蒙主恩召、有些到了西方的極樂世界，自己深恐步上他們的後塵，被送到冷颼、冰寒、孤寂的荒郊野地，不是暫時的歇腳，而是不醒的長眠。

總而言之，人到了老年不是貪生，而是怕死，我並不例外。提到死，想起死，心理直打哆嗦；雖然此生並沒有享不盡的榮華富貴，亦無烏紗和勳章可顯耀，但我既貪生，又怕死！

一人服務的公車，已沒有攙幼扶弱的車掌小姐扶我下車；雖然有諸多的不便，痛風讓我寸步難行、血壓高讓我頭暈目眩、心律不整讓我有隨時停止心跳的恐懼；而我依然逕自下車，緩緩地往高坡處漫行。坡道的兩旁，是濃蔭的木麻黃，走在鄉人引以為傲的綠色長廊裡，沒有怡人的春意，卻有惱人的冷寂。秋天掉落的枯葉，新芽尚未萌起，我的心情彷若那杈枒的枯枝，隨風晃動，隨時有折斷掉落的危機；生命中彷彿沒有了盎然的春意，滿眼都是酷寒冰冷的寒冬。

掛了號，我坐在內科診療室門外，那排塑膠纖維製成的椅上，白色的長廊，飄來一股嗆鼻的藥水味。同坐椅上等候診斷的是一張張微黃無神的眼瞼，他們是否和我一樣地怕死，怕被歲月的酸素腐蝕？既然進來了，總是要聽醫師護士的擺佈；誰叫我們同是失去健康的人，命運或許由上天主宰、健康的恢復則須由醫生來診斷和下藥。人一進入老年，冥冥之中，似乎常常聽到死亡的呼喚；當我們的肉身歸於塵土，陰魂果真能回到天堂？人間與地獄、天堂與地府，存在著我們無法理解的奧祕，只有置身其中，才能求取答案。

護士小姐嬌聲地喊著我的名字，我隨她而行，站在堆滿病歷表的桌旁，年輕瀟灑的醫師含笑地看了我一眼說：

「老先生，請坐。」

美麗的護士小姐隨即為我拉開椅子，內心沾沾自喜，我何其有幸，年老時仍能受到如

此的尊重。

我架上老花眼鏡，想看看診斷後大夫在病歷表上寫些什麼。然而，在他尚未問起我的病痛和症狀時，我的視線已先投射在他的臉龐，這張俊逸清秀的臉，散發著萬道青春的氣息和光芒。這個影像，彷彿是自我鏡中的投影，一個熟悉的影子同時在我腦中盤旋，我不敢斷定他是誰與誰的組合。白色的制服，繡著藍色的字——

總醫師：：吳念金。

「老先生，您的外表，似乎比您實際的年齡還蒼老。」他玩弄著手中的原子筆，目視著病歷表，笑著說。

「大夫，我怕死，不怕老。」我取下眼鏡，陪著傻傻的笑臉，卻引來他們哈哈的大笑。而這笑聲中，卻讓我發現，他的左頰，浮現一個淺淺的小酒渦。

吳念金——我腦海裡顯現出這三個通俗而不知含意的名字。

「不，老先生。如果您真怕死，早已戒掉煙和酒。」他和顏悅色地說。

「煙、酒是我唯一的嗜好。雖然怕死，它們依然是我此生的最愛。我相信煙能讓我緬懷過去、酒能讓我想起從前。」

「還有其他的原因嗎？」他依然笑著。

「沒有。」

「如果健康不允許您繼續吸煙和飲酒，您能把它們戒掉嗎？」

「煙、酒或許與病痛有所關聯，但我相信，與死亡沒有絕對的關係。」

他搖搖頭，笑笑。而後中文夾著洋文，與護士小姐低聲地交談著。他們是否認為我思想上有問題，精神也不正常，既然怕死，那來的滿口歪論。

「老先生，」護士小姐接過他手中的病歷表，含笑地說，「吳大夫希望你能住院，做詳細的檢查。」

「住院？」我從椅子站起，向前走了兩步，「我會死得更快！」

「老先生，您放心。」她輕撫我的手臂，柔聲地說，「吳大夫剛由三總調來，是內科的名醫，把你的健康交給他，不會有錯。」

我轉頭看看他，他正含笑地看著我。雖然名醫二字並沒有寫在臉上，但我深深地感受到，這張俊逸的臉，揉合了我記憶中的影像，只是在我退化的腦海裡，思索不出是誰的翻版。

「老先生，」他站起，走到我身旁，炯炯有神的雙眼，久久地凝視著我，而後拍拍我的肩，笑著說：「怕死的人不易死，不怕死的人卻死得快。但人不能活在病痛裡，而要活得有尊嚴。我雖然不能瞭解您對人生的看法，但卻能以我的專業知識解除您的病痛，讓您活得更快樂。」

「如果不能吸煙、不能飲酒，我永遠不會快樂。」

「您已從煙酒中品出人生的真義，」他再次輕拍我的肩，像哄小孩般地低聲又細語，

「先住院，詳細檢查，其他的事再說吧！」

我無神地點點頭，接受他的安排。然而，住進這白色的房間裡，並不是為了走更遠的路，也非暫時的歇腳和休息，而是貪戀人世間的杯中美酒，以及茫茫繚繞的煙圈。明知煙酒是造成我慢性疾病蔓延的禍首；然而我生存的目的，並非為了追求榮華和富貴，也非冀求烏紗和勳章。當壽命即將終了的時刻，當軀體必須深埋的那時，我仍感到坦坦蕩蕩，沒有沈重的包袱要背負，但卻也一直找不出怕死的理由。獨自躺在滿佈藥水味的床上，期待著醫師檢查過後，對我有利的宣判。美麗大方的護士小姐已引不起我的注意，而從我思維掠過的是一個似謎非謎、既熟悉又感陌生的影子，內心裡不止一次地默念著：

吳念金。吳念金。

他是內科名醫，將為我找出衍生在體內的病源。如果做不利於我的宣判，如果禁止我吸煙品酒，那算不了是名醫，把健康交給他更是一種錯誤。然而，他的熱心，常掛的笑臉，對老年病患的尊重，的確是有名醫的架勢。當然，更要有精湛的醫術，高尚的醫德，

這些都是構成名醫的條件，不能空有名醫的虛名。

值班的另一位護士小姐告訴我，晚上十點開始禁食，她扁扁的鼻子，滿臉的紅痘，一副赤耙耙兇巴巴的潑婦樣。

「能不能喝酒？」我問。

「去問大夫。」她不悅地回答。

「能不能吸煙？」我提高聲音又問。

她白了我一眼不作答。

「是誰要我禁食的？」我再問。

「吳大夫。」她提高了嗓門，尖聲地答著。

「肚子餓了，怎麼辦？」

「活該！」她轉身移動腳步，丟下一句讓我無法忍受的「死老頭！」

是的，年紀一大把，是該死了。可是我為什麼一直怕死，是否尚有未完的心願，讓我牽腸掛肚？是否還想多看一次日出、多看一次夕陽？抑或是對這不完美的人世間存著懷念。小女孩，妳錯了，老頭尚未到死的時候，妳的咒罵並不能左右我的生和死。對死，妳又能認識多少？我原諒妳的無知，冀望妳留點口德。

「蜜司王，」吳醫師適時地走進來，阻擋了她的去路，「妳是學護理的，要懂得病

人心理，請注意妳的服務態度。」他毫不客氣地糾正她的錯誤。然而，他真的懂得病人心理，他的觀察、他的診斷，真能深入到一位老年人的內心世界？

吳念金。

這三個易讀、易記、又順口的名字，又一次地從我思維掠過。其實，名字只不過是一個人的符號，我未免想得太多了。吳念金，又與我何干。

「老先生，很抱歉，讓您生氣了。」他含笑地走近我，那眼神、那唇角、那瀟灑的姿態，簡直是一個極其熟悉影像的投影。

「吳大夫，禁食是否包括禁煙和禁酒？」

「您的健康，已亮起紅色的警示訊號，煙酒是最大的禍首，怎麼還念念不忘呢？」他溫文儒雅的氣質，柔聲細語的語辭，已把老年人不平衡的心境掌握在其中。我不能再以那些不合邏輯的理論來與他交談。雖然思煙想酒，死亡讓我懼怕。然而，一份想親近他的意念在我內心油然而生。是想捕捉一個熟悉的身影，還是想尋求一份失去的記憶？時光一逝不復返，回歸塵土的時辰也不再遙遠，內心交織著矛盾與茫然。

「吳大夫，你祖籍是……」

「臺南，安平。」沒待我說完，他搶著說。

「臺南，安平。」我訝異地重覆著。

「您到過安平？」他緊接著問。

「那是很久的以前，不久的最近。」

「不久的最近？」他疑惑地，「到過古堡？」

「正在維修。」

「不錯。」他興奮地，「古堡在維修，我家就住在附近。」

「令尊在那兒高就？」我問。

「說來好笑，我是在西港的外婆家出生；從有了記憶，是與母親相依為命地住在安平，腦裡壓根兒沒有父親的影像。」

「令堂從沒有向你提過？」

「老先生，」他勉強地笑笑，「從我們第一次見面言談時，起初感到怪怪的，現在卻倍感親切和投緣。不怕你見笑，我身分證上的父欄裡是一片空白，從的也是母姓。」他收起了笑容，攤攤手，又皺皺眉。

「對不起，吳大夫，我問得太多了。」

「不，老先生，」他突然地拉起了我的手，「我母親對金門好像有一份特別的感情，她再三地鼓勵我來這兒服務，她說，這兒有純樸的民風，善良的百姓，清新幽雅的環境。在我臨行的前夕，隱約地告訴我，我的父親就是金門人。」

「金門人？」我驚訝地睜大眼睛，「那總有名和姓吧！」

「她說三十年前與父親相遇時，是基於佛家所謂的緣，能不能在金門找到父親也必須靠緣分，因而她不告訴我父親的詳地和名姓。」

「這就難找啦。」

他神色淒迷地點點頭。

「其實你也不必失望，金門地方很小，大大小小、男男女女、老老幼幼只不過四萬多人，與你父親同齡的更不會太多。」

「我還是較認同母親的話，一切靠緣分。」

我無語地點點頭，也點出了心中的茫然。孩子，如果我腦未昏、眼未花；沒認錯、沒看錯，我們已先投緣在彼此雷同的影像上。那年匆匆地離開安平，你母親只輕描淡寫地告訴我，已逝歲月的輪廓，是她含辛茹苦地把你撫養長大，我沒有詢問詳情的權利。如果父子情緣依舊在，相認何須急於一時。就讓這份只有父子血緣，沒有父子深情的情緣自然地發酵、醞釀成一壺香醇美酒。當我們同時接受了這份事實，內心自然會燃起一股父慈子孝的火花，絕不會形同陌路。

「是的，吳大夫。雖然我們身處的是一個高科技時代，緣分與它們也沒有絕對的關係，但它卻是人與人溝通、相處、交集的不二橋樑。佛家所謂的緣分，亦是現代人所珍惜

的情緣。令堂沒說錯，一切靠緣分，或許遠在天邊、近在眼前；你們父子相逢的機緣尚未來到，慢慢等吧，別忘了有等待才有希望；當希望來到的那一刻，也是等待有了結果的時候，吳大夫，那多美呀！」

「老先生，您文雅的談吐、慈祥的風範，的確讓我受益良多，也留下深刻的好印象，找機會再詳談吧。」他輕輕地揮揮手，微微的笑一笑，笑中卻浮現一個男人少見的小酒渦。吳念金——他的母親是否要他永遠地懷念金門呢？倘若真為此，孩子，你能體會出母親的苦心嗎？在滿佈荊棘的人生旅途裡，小心地攙扶她漫行吧！而你要尋找的父親，他的影像已印在你母親深深的記憶裡。然而，當他們重逢時，並未承諾要帶你回金門認祖歸宗，你就別費盡心思去尋找他吧。任由他在這茫茫的人海裡，獨自飄零⋯⋯

2

我的病床由原先的普通病房，被移到僅有二張病床的小房間裡，美麗的護士小姐姓梁，她告訴我，是吳大夫特別關照的。而我也發現，他們不僅是工作上的好搭檔，似乎也是一對不尋常的好朋友。我有幸能蒙受吳大夫的關照，也蒙受她特別親切的護理，我置身的彷彿不是醫院，而是一個溫暖的家⋯；自己深知其他病患沒有我的幸運，只因為我與名醫

吳大夫投了緣，這點關照，對他來說是輕而易舉的事。然而，不管是基於什麼因素，緣是廣泛的、緣是沒有定位的：男女姻緣、朋友情緣，我們一生中歷經無數的緣。有些人讓緣牽繫一生、有些因緣盡而分離；而我們的緣，是一份什麼緣呢？——當然是一份未經認定的父子情緣。

梁小姐引導我，抽血、驗尿、做心電圖、照X光……過了好多好多的關卡。我並不冀望有好的結果，雖然怕死，但思煙想酒更迫切，為抽煙而死、為飲酒而亡，不也跟軍人戰死在沙場上，一樣地莊嚴和神聖嗎？

我從口袋取出一支煙含在唇上，在煙絲尚未引燃時，已聞到它的香味，我索性乾吸了兩口，雖然沒有神仙般地愜意，卻有著過乾癮時的快感。

「老先生，」梁小姐伸手取下我含在唇上的香煙，神情嚴肅地說，「吳大夫再三交代，煙不可吸，酒不能飲。」

我含笑地搖搖頭，看看她。這小女孩生來一副討人喜歡的娃娃臉，微捲的髮絲，白皙的皮膚，端莊婉約的姿態，與吳大夫在一起，倒也貼切和搭配。

「什麼時候可以出院？」我內心裡，並沒有因為她阻止我吸煙而不悅。在此地所受的限制，一旦出院，即可解除。雖然怕死，但我還是有勇氣與病魔博一博、賭一賭；誠然註定要輸，但我追求的依然是此生所愛的煙和酒。當尼古丁侵蝕了我的腦細胞、當酒精讓我

的肝硬化、腎衰竭，人間的一切，倒也沒有什麼值得我留戀。

「吳大夫要為你做徹底的檢查，三、五天是不會讓你出院的。」她甜甜的音色、笑瞇瞇的臉龐、誠懇親切的舉止，吳大夫的眼光可一點兒也不差。然而，他是否對每一位求診的病患，尤其是罹患慢性病的老年人，都做徹底的檢查，還是對我這位原先古怪、現在投緣的老人家特別禮遇。

「梁小姐，謝謝妳和吳大夫對我特別的照顧。我是一個極端怕死的老年人，剛才又是抽血、又是驗尿、又是心電圖、又是Ｘ光，全身檢查遍了。或許我所有的器官，不是有問題，就是有毛病，會死得更快。對不？」我說。

「不會啦，老先生。」她抿著嘴，輕聲地笑著，「一旦檢查出有不適的地方，大夫會對症下藥，減輕你的病痛，讓您過著正常的生活。」

「如果真要減輕我的病痛，梁小姐，你就特別通融通融，讓我吸根煙、喝杯酒。」她面有難色地看看我。內心裡是否在咒罵我為難她呢？

「開玩笑啦，梁小姐，我會遵照你們的指示，服從你們的命令。」我向她敬了舉手禮，也為自己找了下臺階。

「老先生，」她隨即展開笑容，笑著說：「您別見怪喔，醫院好多人說，您長得很像吳大夫。」

「孩子，妳搞錯了，我是一個糟老頭，吳大夫是年輕的帥哥，怎麼我會長得像他呢？」

「不、不，老先生，」她急促地搖搖手，笑著說，「吳大夫長得像您，不是您像吳大夫。」

「妳仔細看過沒有，他那一點像我呢？」

「眼神、唇角、濃眉，唯一不像的是他有一個小酒窩，您沒有。」

「我已好幾年沒有照過鏡子了，對自己的影像已模糊；吳大夫長得像我，是我的榮幸，說不定前生是同一個模子出品的好兄弟呢！」

「不，應該說是父子。」她摀著嘴笑著。

「不能佔人家便宜。」我搖搖手說。

「這不算是佔便宜，依您的年齡，做我們的長輩，綽綽有餘。」

我神色淒迷地點點頭，無奈地笑一笑，果真有一位當醫生的兒子，又有一位美麗大方、善解人意的護士媳婦，此生又有何憾！然而，三十餘年的苦澀歲月，匆匆已過，人生的變化，往往只在一霎時，緬懷過去，徒增悲傷，何不讓我在平淡中度餘生。

我肯定孩子母親的想法是正確的。我們因緣相識、因緣生情，父子的相認也必須有緣。並沒有刻意地要孩子演出一齣「萬里尋父記」，當時機尚未成熟，當緣分未到，當我

們內心、體外，尚未揉合成一個令人信服的體系，我何能冒然地伸出這雙粗糙、無力、乾

瘦的手，突兀地拍拍他的肩，喚聲孩子。倘若我們緣分已到，儘管我已是一位滿身病痛、

在塋前徘徊的老年人，他不叫我一聲老爸也難。這也是古中國應有的傳統美德，如果失去

了它的依循，一切教育都是失敗的，名醫也將成為庸醫。

晚間，吳大夫與梁小姐同時來到病房裡，他們穿了便服，更顯得朝氣勃勃，英俊

瀟灑，美麗大方。他們提了一小袋乾麵，一瓶「卡爾培紅酒」，我並沒有把酒鬼的原形

畢露。

「梁小姐，妳不是說吳大夫再三交代，不能吸煙喝酒，今晚帶酒來，是不是存心要害

死我！」

他們同時哈哈大笑。

「今天我們輪休，特地從金城為您帶來的。」她依然笑著，把酒輕輕放在櫃子上。

「老先生，好多人都說我們長得很像，我自己也有同感，今晚特地來向您致意的。」

「人世間的人、事、物，相像的不勝枚舉。吳大夫，有幸讓我們長得很像，是我老人

家的光榮，今晚能聚在一起，更是有緣。而不幸，成為你的病人，更是緣上加緣。」

他們已笑彎了腰。我拉出櫃旁的椅子，請梁小姐坐下，吳大夫坐在另一張床沿上。

「這個緣字對我來說，太熟悉了。從小到大，不知聽過多少遍，母親凡事講的都是

緣；住安平是緣、認識左鄰右舍也是緣、考上國防醫學院更是緣。在我記憶中，只有二次

不是緣。」他移動了一下坐的姿勢，繼續說：「第一次是我把牙醫系的一位學妹帶回家，

母親知道她姓陳，待她走後，很快地拉下臉：

　『如果陳小姐是你的女朋友，我反對你們繼續交往。』

　『媽，為什麼？』我不解地問。

　『你們的姻緣未到。』她疾聲厲色地說。

　『媽，時代不一樣了，還講什麼姻緣。』我試圖化解。

　『我不管新時代、舊時代。時代雖然不一樣，姻緣則不能改變。』

　第二次是我畢業留校當助教，不能如她所願來金門服務。

　『怎麼那麼無緣，怎麼那麼無緣。』她極端失望地。

　『媽，以後還有機會。』我安慰她說。然而，我也十分不明白，幾乎所有的父母，

都怕子弟抽到「金馬獎」，唯獨我母親例外，是否母親對金門情有獨鍾呢！她長嘆了一口

氣，右手握拳輕擊著左手心，失望地默唸著⋯

　『怎麼那麼無緣，怎麼那麼無緣！』」

　「不錯，」我扭開了紅酒的木塞，含笑地對他們說，「老一輩較相信緣分，但有時

卻屈服於命運。」我說後，為他們各倒了小半杯，為自己倒了大半杯，而後舉起，「吳大

夫，梁小姐，這杯酸酸澀澀沒有酒味的紅酒，雖然不合我的口味，但畢竟我們有緣，才能聚在一起。敬二位，感謝你們心懷慈悲，對一位老年人的關懷和照顧。」

「老先生，卡爾培紅酒的酒精濃度只有百分之十一，它是以葡萄釀成，以中醫來說能補血；以西醫來講，少量能增進血液循環。淺嚐對身體不會造成傷害，反而有益健康。」梁小姐為我解釋著。

「老先生，如果您能戒掉煙，再把喝烈酒的習慣，改成品紅酒，對您的健康會有很大的幫助。」吳大夫舉起杯，看看梁小姐，「來，我們一起敬老先生。」

他們輕嚐一小口，我則飲下一大口。

「吳大夫家住安平，梁小姐，妳呢？」

「臺北士林。」她簡潔地答。

「臺南安平、臺北士林，還有金門，」我端起杯笑著說：「今晚來自不同地域的老少，能聚在一起，的確是有緣。」

「您一提起緣，我又想起我媽。」他雙眼凝視著我說，「她一聽說我要到金門服務，那種興奮的心情，真的很難形容。久久說不出話來，最後收起了笑容，幽幽地說：

『孩子，總算你與金門有了緣。』

『媽，您對金門是不是有一份特別的感情？』我笑著問。

『有緣吧。』她淺淺地笑笑。

『您從來未到過金門，怎麼突然間與金門有了緣？』我迷惑不解地問。

『孩子，你爸就是金門人。』

『什麼？』我尖聲地驚叫著，難以置信地又問了一遍：『爸爸是金門人？』

她神色淒迷地點點頭，無語地沈默著。

『爸爸在金門？』我興奮地問，『在金門什麼地方？』

『孩子，如果你們父子有緣，或許就在眼前；無緣則在天邊。你在金門會停留一段很長的時間，慢慢找吧。』

『那總得告訴我爸爸的名字吧！』

『如果緣分已到，說不定在你身邊；如果緣分未到，告訴你也沒用。萬一他不認你這個兒子，怎麼辦？』

『以前常聽您說過，金門人重情重義，爸爸會是一個無情無義的人嗎？』

她搖搖頭，苦澀地笑笑，而後說：

『一切隨緣吧。』

我的母親實在太可愛了，她始終相信緣分。而我始終不明白，她是否因緣盡而與我父親分離，還是無緣廝守終生。這其中一定有一個動人的故事。」

「如果我是作家，該有多好！故事的輪廓已浮現出來了，只待運用我們的筆，即可忠實地把它記錄下來，屆時絕對是一篇精彩動人的作品。」梁小姐看看他，又看看我，滿懷自信地說。

「我們讀過很多文章，很少看到以父母為題材而寫得纏綿動人的作品。寫成功了，是對長輩的歌頌和禮讚；萬一失手寫偏了，則是對他們的不敬。」我說完，獨自淺嚐了一口酒。

梁小姐微微地點點頭。

「老先生，」吳大夫舉高了杯子，「來，」又對著梁小姐，「大家有緣嚐一口。」而後，雙眼凝視著我，「我們不僅長得像，也格外地投緣，您的每一句話，都讓我有一份親切感。」

「別忘了，我們同是金門老鄉，梁小姐將來也是金門媳婦。」我說完，大家同聲地笑著。

「老先生，您會不會介意我語無倫次，說得太多了。」他懷著些歉意。

「不，」我搖搖頭，「能與你們年輕人坦誠相對，無所不談，我感到高興。數十年來，我習慣孤獨，喜歡與煙酒為伍，來到醫院，曾經讓我恐懼；有緣遇上你倆，卻讓我歡欣，讓我快樂，讓我更怕死！只因為我們同是有緣人，必須惜緣。」

「實際上，我媽對緣字的認定，有時也讓人看得霧煞煞，只要是陳姓的女孩，她會搖手說無緣，當我與梁小姐正式交往，感情未定時，她卻能未卜先知地說：

『孩子，你的姻緣已到，要惜緣。』

我一直在猜測，我爸爸是不是姓陳的，或許我媽有先見之明，遲早我必須脫離母姓，認祖歸宗，而同姓是不能聯婚的。如果我沒猜錯的話，我媽設想也太週到了。可是，我一直猜不透，他們是因誤會而分離，還是受環境逼迫而分開？唯有找到父親，才能解開謎題。」

「如果確定你爸是姓陳的，事情將趨向單純；因為金門只有十三個村落清一色是陳姓人家，找起來較簡單。然而，你出生在六十年代，那時金門尚處在軍管戒嚴時期，去一趟臺灣，必須具備證明文件向警總申請，並非人人能入境。如依常理判斷，你父母因緣而相識，而生情，而相愛，而懷下你；他們絕對有深厚的感情存在著，要不，也不會在你長大成人，事業有成的今天，要你回來尋根。」我說完，忍住即將滾下的淚水，忍下即將哽咽失態的一刻，輕啜一口紅酒，它讓我嘴澀心酸。

「常聽說母子連心，可是我媽年紀愈大，卻愈讓我摸不清她的心。天下那有不告訴兒子，父親的名字和住址，而要以緣來尋父的事。」他說著，有些兒激動。

「不，我倒認為令堂為你設想得很週到，你是學醫的，相信也修過心理學。西洋人所

謂的代溝，此刻是最好的詮釋。從你降臨人間，父親就不在身邊，甚至連父親的影像，腦中也是空白一片，如果令堂唐突地告訴你一切，一旦父子見面，你內心裡、心靈上，是否能很快地接受這份事實。她暫時的隱瞞，或許有不得已的苦衷；倘若有一天，你還是無緣與父親相見，她絕對會站出來，引導你，回到父親的身邊，叩拜列祖列宗，不會讓你繼續『吳』下去。」

他點點頭，依然看著我。

「如果我爸能有您的風範，能如您細密般地分析多好。屆時什麼代溝也沒有，說不定一高興，還會把三十年前與我媽的戀史，說給我聽呢！」

「六十年代的戲劇，九十年代才上映，或許會讓你們這些新新人類感到新鮮。」我笑笑。

「聽自己父母講故事，談戀史，那種感覺一定很過癮。」他高興地說。

「我爸在家裡，有時也會穿插幾句想當年。」梁小姐笑著說，「我媽依然會羞人答答地，用食指劃劃臉頰，罵聲老不羞。」她說後，卻突然對著我，「老先生，您年輕時談過戀愛嗎？」

我笑笑，久久沒答覆她的問話，而他們似乎在期待著我的回答。

「談過，」我心情凝重地說：「平生的第一次，也是最後一次。」我停頓了一下，看

看吳大夫，「坦白說，在我人生的旅途中、愛情的世界裡，我較認同令堂所說的緣分。」

「您曾經告訴過您的子女嗎？」梁小姐緊接著問。

「沒有。」

「您會不會告訴他們？」

「倘若有一天，他們能體恤父母親，耗盡青春年華，為愛而犧牲的苦楚，故事雖非浪漫、纏綿，卻是真實的寫照；雖恥於朗朗上口，但會以文字來傳承。」

「您能寫？」她訝異地。

「是的。」我滿懷自信地說：「只要有毅力，有恆心，人世間除了感情必須仰賴雙方真誠投入外，單一的追求，只有能沒有不能。因而，我內心充滿了自信，會把自身的故事，一字不漏地記錄在生命的扉頁裡。」我說著，看看他，又看看她，「如果你們是我的子女，有耐心把它看完嗎？」

他們同時點點頭。

「那必須要歷經久遠，雖然內心裡感到有緣的存在，然而，待何日才能有緣與緣的再交集。」我說著，凝視杯中棗紅的液體，而後舉杯對他們，「孩子，乾掉吧，我們品的不是酒的香醇，也不是它的酸澀，而是化不開的濃情。你們已逐漸地進入一位老年人的內心世界，並非是憐憫一位孤獨的老年人。」我的心頭已哽，眼眶微濕。

乾了吧，孩子。別忘了，我們也算是有緣人。把夜的寧靜和祥和，一起裝進記憶裡。

倘若有一天緣分已到，人間不再有分離，我們終將要溶為一體，成為一個家族的成員。

雖然我未曾盡到一位父親的責任，也不想推諉過錯，唯有你們母親，才能理解當初分離的原委。孩子，歲月匆匆已過三十年，萬壽山扶疏的草木，愛河潺潺的流水，西港的果園和田野，灣裡的狼來了，全印在我深深的記憶裡。我們不僅屈服於命運，也被當年的時空阻隔，並非被愛摒棄。如果當年能儘快地把她帶回金門，不到灣裡，此時此刻，我們將同沐在溫馨美滿的家園裡。而不是單親家庭的冷寂。雖然那匹狼已罪有應得地化成白骨一堆，帶她回金門的心願，更難達成。孩子，你已找到自己的方向，選擇自己的理想。在愛的園地裡，更有一位美嬌娘將與你同行；而我人生的路途即將走完，天國之路不再迢遙。有緣將團圓，無緣不必再相見，人間的悲歡離合，自古就難全……。

### 3

物外，又帶了一瓶卡爾培紅酒。

在我臨出院的那晚，吳大夫獨自來到我的病房，除了為我準備多種控制不同病情的藥

「老先生，只要按時服藥，注意飲食，少抽煙，不飲烈酒，一切沒問題啦！」他高興地說。並把紅酒和藥物放在櫃子上。

「看樣子，你是有意和我對酌囉？」我看看他，笑著說。

「酒雖不是你的對手，但我發覺輕嚐一杯紅酒，卻能把話匣子打開，就像那晚，談得多麼令人難以忘懷，意猶未盡。」

「那麼今晚你是要講故事呢？還是想聽故事？」我問。

「我們都不必預設立場，既然有緣，就談個痛快吧。」他興奮地啟開那瓶不起眼的紅酒，倒了滿滿的二大杯。

「梁小姐呢？」我問。

「下了班就來。」

「坦白說，」我接過酒，「如果我老人家沒看走眼，她是一位秀外慧中的乖巧女孩，令堂不會有意見吧。」

「實際上，我媽思想並不封閉，她只是反對我與陳姓的女孩交往，其他都認為是緣。」

「或許她太瞭解你，太放心你，所以給予你一個很大的自主空間。」

「她疼愛我，我自己心裡有數。對她，我也是百依百順，在記憶裡，只慘遭一次毒

打，那是在西港的外婆家，因為不小心，推倒了表弟，讓他額頭受了傷，流了血，舅媽罵我是一個沒有父親管教的野孩子；巧而被母親聽到，除了向她再三道歉外，並折了一段含葉的樹枝，當著他們，由我的腿部、臀部、到手心，猛力地抽打，我的腳腫得好高，哭聲終於喚來外婆。

『秋蓮、秋蓮，妳瘋了、妳瘋了。妳要把他打死嗎？妳不要孩子，我可要孫子！』外婆搶走她手中的樹枝，而我哭聲已啞，母親也淚流滿面，但始終沒有一句咒語、怨言，只呆若木雞般地看著藍天。

那晚，我們母子躲在被窩裡，放聲地痛哭了一場，過沒幾天，她就帶我離開西港，來到安平。從此以後，我雖有小差錯，但她沒再打過我，用開導的方式來教導我，啟發我。」他說後，端起杯子，「老先生，晚輩言多了，嚐一口吧！」

我們同時笑笑，飲下小小的一口。

「吳大夫，你的故事剛開始，」我放下杯，「對別人來說，或許會感到乏味，而我卻倍感親切，彷彿親眼目睹令堂抽打你時的模樣；一個淌著眼淚、流著鼻涕、揉著眼睛、哭啞了嗓門的小男孩，那是多麼令人心生憐憫的景象啊。」

梁小姐笑咪咪地推門而進，紅唇裡是潔白整齊的牙齒，一對水汪汪明晶晶的大眼，紅潤的雙頰，高挺的鼻樑，怡人的笑靨，讓人留下深如古井般的好印象。孩子，你有福了，

時代的不同，生活水準的提昇，教育的普及，思想的躍進，社會那面大明鏡，更反映出你們對愛的認知和不渝的深情。

「老先生，您好。」她看看我，走到他身旁，拍拍他的肩，「其實，我們應該叫老伯才得體，也可以拉近彼此間的距離。」

他點點頭，默笑著，果真他們馬上改口，齊聲喚了一聲聽來親切悅耳的「老伯」。

「叫老先生也好，喚老伯也很恰當，唯獨不能罵我死老頭。」我嚴肅而慎重地說，卻換來他們開懷的笑聲。

「蜜司王那副潑婦像、樸克臉，實在讓人不敢領教。」吳大夫搖搖頭，「高傲的服務心態更是要不得，那天我已當場糾正她，老伯您就別放在心上。」

「我自己也有錯，在沒有遇到你們以前，滿腦的歪理、謬論，談不來的朋友認為我愈老愈可愛。坦白說，在坎坷的人生道路上，後三十年我腳踩的是自己孤單的身影，以煙酒來麻醉自己，明知它們是我邁向死亡的禍首，卻甘心與它們為伍。怪，年輕朋友認為我愈老愈可愛。在酒後、在繚繞的煙圈裡，腦裡卻經常浮起一個影子，她也是我不想死、怕死的原因。」

「老伯，」梁小姐聚精會神地凝視我，「您的愛情故事一定很纏綿、很動人，我們是否有緣先聆聽呢？」

「孩子們，人生苦短，歲月無情，我心靈中已醞釀了一個美麗的故事，待另日有緣重聚，它將是許許多多文字與文字的再重疊，屆時讓你們看、讓你們感，而不是現在說給你們聽」

「我們何日有緣再相見呢？」吳大夫問。

「我是不得已，也身不由己地聽從你的命令，住進這間滿佈藥水味的病房裡；雖然是我的不幸，但卻慶幸認識你們，彼此內心裡也感應到有緣分的存在，這種地方我是橫下心，不想再來。如果有一天，你們突然間想起我老人家，請到鄉下煮茶暢談，需要我帶你們探訪金門的十三個陳姓村落，協助你尋找父親，隨時聽候你們的差遣，但願你們父子很快能相逢，闔家團圓的美好時刻，快速來臨。」

「老伯，我已從病歷表上記下您的住址，我們談得愈多，愈讓我感到急需緊握一雙未曾觸摸過的父親之手。誠然，我已長大，能獨立，有能力撫養母親，但我渴望父愛的心，比任何事物還強烈，也必須為我含辛茹苦的母親，尋回她愛的伴侶，如果沒有父親的信息，我與梁小姐永不結婚，將繼續留在金門找下去。」

「你的重誓，對梁小姐來說，是不公平的。」我看看他，卻把目光停留在她臉上，「梁小姐，或許妳未來的婆婆只是賣點關子，想考驗吳大夫尋父的恆心和耐力。一旦她來到金門，整個事情也就明朗化，妳儘管安心地等待吧。當他認祖歸宗後，妳就是陳太

太了。」

「老伯……」她的雙頰微紅，低下頭，羞人答答地。

「來吧，」我舉起杯，「卡爾培紅酒既酸又澀，就彷彿我明日即將出院的心情；雖然短暫的相處，卻衍生了深厚的感情，如果分離能換來永恆的再相聚，多好啊。」我飲卜一大口。

「老伯，慢點喝，輕輕嚐它一小口會倍感醇香。」他關心地說。

「我決定接受你們好心而善意的規勸，不吸煙，不飲烈酒。雖然酒能讓我緬懷過去，想起三十年前在港都認識的女孩，想起曾經許下要帶她回金門的諾言，想起我們牽手同登萬壽山，想起我們漫步在愛河畔，想起我們到過灣裡和西港……。」

「您到過西港？」他驚訝地，「我外婆家就住在新復村，老伯，您到過西港那一個地方？」

「三十幾年了，那是她的引導，只記得屋後有果園，屋前是田野。剛抵達時天空飄著微雨，就彷彿是我身旁的女孩一樣，有一份朦朧的美……。」

「後來呢？」他急切地問。

「孩子，後來已從我的記憶腐蝕掉，依稀記得幸福是被一匹狼所吞噬。」

「您是說其中發生了很大的變故？」梁小姐睜大眼睛，側著頭問。

「雖然它在我心中烙下一個很大的疤痕，但此刻，已像剛退潮的海灘，沒有留下任何痕跡，大海裡也是一片平靜。」我說。

「這是不是造成你們分離的最大主因？」吳大夫問。

我點點頭。

「或許，它不再有青春時期光輝耀眼的火花，但我一直珍惜這份感情，永遠記得愛是不渝的深情。如果你倆各站在不同的定點上，身為子女的你們，能接受他們那份遲來的喜訊嗎？」我說。

「如果他們受環境逼迫而分離，犧牲了三十餘年的青春時光，而現在又沒有家的牽絆；當他們心中的火花未完全熄滅，經過短暫的調適，我能理解，也贊成他們重新開創生命中的第二春。」吳大夫說。

「梁小姐，妳的看法呢？」我問。

「我與吳大夫的感受一樣，尤其人一進入老年，更需要有一位伴侶來相互照顧和扶持。他們希冀的是精神與心靈的慰藉，不是物質的享受。倘若我是他們的子女，絕對會認同這個事實，尊重他們的選擇。」她嚴肅地說。

「雖然你們都已年老，當有一天，因緣再碰面時，您還愛她嗎？」她緊接著問。

「你們的分析和見解，讓我這個孤獨的老人倍感溫馨，如果蒼天有眼，人世間真有緣

分的存在，能尋回失去三十年的美好春光，此生也無憾。」

「人生的確有許許多多的巧合處，老伯，我祝福您，也祝福我的母親！」

「不，該祝福的是你倆。相信你們的愛情已趨於成熟的階段，願你們能在這純樸的金門，完成終身大事。」

「相信你的心願會很快達成，倘若令堂能蒞金為你們主婚，它的不凡意義，遠勝一切。」

「我必須先找到父親。」

他點點頭。

她笑笑。

然而，我矛盾的心彷彿跌落在深山谷底裡，在這佈滿荊棘的人生歲月，遍體鱗傷尚未復元，果真還想冀望生命中的春光降臨；我的想法幾乎是童稚時的純真，沒有老年人的穩重。是相信命運，還是信服緣份，已逝的歲月，未曾給我答案，讓我獨自在這茫茫的人海裡探索找尋；誠然，餘生已不多，生命中的黃昏暮色已臨，我是否有勇氣來接受這份事實。當孩子叫我一聲爸，當她再低喚我一聲小弟，在我達成心願時，是否能就此無憾地長眠不醒，抑或是要陪她們母子走一段長長的路，過一個漫漫的夜。我的思維停滯在此刻，不敢再想起這變化多端的未來。

孩子，夜已深了。你們明兒還得值班哩！因緣讓我們相識，因緣讓我們品酒暢談。那年的安平之旅，迄今仍能感受到不是巧遇，而是蒼天冥冥之中的安排。此時此刻，亦是如此。你們該祝福我遠離病魔，而不是依依不捨地要我續留在這兒，把故事說完。我的承諾只有真，沒有虛。三十年的孤單歲月已醞釀成一個美麗動人的故事；當我攤開紙，握緊筆，定能如行雲流水般地傾瀉千里，不求它的完美，只求它的真實。沒有激情的表演，只有纏綿的心靈表白。我們曾經懷疑過彼此的人品和酒品，但很快就被交集的心所推翻。孩子，你們的言談，願能化成不悔的諾言。歸鄉的路途既遙又遠，你母親已走了三十年，依然在原點。國共已不再對峙，時空不再受限。如果我們真有緣，何須蒼天來憐憫；待明兒旭日東昇，陽光映照在青蒼翠綠的太武山頭。我們將同張雙臂，迎接她的歸來……。

4

我拎著簡單的提包，走出醫院，嗆鼻的藥水味也逐漸地由新鮮的空氣取代。溫煦的春陽已在門外等我。吳大夫正忙著看門診，梁小姐輕挽著我的左手臂，她像一隻輕盈亮麗的百靈鳥，我彷彿是腳步沈重的老病貓。剛來時的恐懼和心悸，在即將離開時，則化成不捨的依依。

「老伯，」她微昂著頭，凝視我的是一對明晶晶的大眼，「別忘了要按時服藥，您也說過不再吸煙，不再飲烈酒。」她的聲音輕柔悅耳，更含蘊著難以言喻的關懷意。

我點點頭，微微地笑笑。

驀然，她那襲白色的制服觸動了我。

「梁小姐，妳請留步，現在是上班時間哩。」我別過頭，看看她。「生在這塊土地上，每條路我都熟。」

「吳大夫再三交代，務必要送您上車。」她坦誠地說，看不出有一絲兒勉強。

「如果有那麼貼心孝順的兒子和媳婦，」我長嘆了一口氣，「死也無憾。」

她依然掛著笑臉，默默地挽著我走者，似乎找不出妥善的語辭來回應我。

「金門地方小、路又近，歡迎你們常來聊聊。」我神情凝重地說：「我會陪著你們看看那蒼鬱的山林、湛藍的大海，探訪島上的陳氏聚落，幫吳大夫尋找失聯的父親。」

「老伯，經過證實，吳大夫果然是陳氏子孫。」

「告訴他，不必性急，尋父的事，並非是一個難題。雖然你們掛的是軍階，依現行規定，不但可以回臺探眷，也可安排眷屬來金眷探。謎題很快就能解開。」我停頓一下，看看遠處的山林，而後又說：「既然確定父親是金門人，更應當走出來，到處走走看看，瞭解金門的民情習俗。梁小姐，妳也是未來的金門媳婦，更要瞭解金門事，知道嗎？」

「實際上，我與吳大夫的心情一樣，想見他老人家，卻也怕見到。」

「為什麼？」我不解地問。

「他獨自生活了三十幾年，脾氣、個性、生活習慣，或許會有很大的改變，一旦真的見面，不知彼此能不能接受？」她有所顧忌地說。

「人隨著歲數的增長，內心裡或許會失調而不平衡。你們是學醫、學護理的，相信比我更清楚。但人是有感情的，年紀愈大、人愈老，感情的渴望和流露更強烈；相信他會更珍惜這份遲來的父子情緣。」我說。

「但願如此。」

「春天已來到，美好的時光終將降臨在這片祥和的土地上，不久的將來，你們也將有一個溫馨美滿的家庭。然而，在這個以金錢掛帥的社會裡，真正想懸壺濟世的，已逐漸地式微，別忘了要時時刻刻地提醒吳大夫，多為鄉親服務，尤其是一些上了年紀的老年人，在國共對峙時，歷經九三、八二三、六一七等多次戰役，嚐盡了人世間裡的辛酸苦楚。雖然家園已重整，心靈的創傷卻難撫平、難彌補；身為金門人，更不能忘記這段悲慘的史實。」

「沒有歷經砲火洗鍊的孩子，永遠長不大。老伯，我會記住您說過的每一句話。實際上，我們也是懷著一顆熱忱的心回來服務，絕不會受到利益的誘惑。甚至吳大夫也提

過，待我們退役後，將在金門開一家診所，除了為鄉親服務外，也要免費為貧困無依的父

老義診」

「但願這是一個神聖而永不改變的諾言。」

「放心吧！老伯，我們絕對能做到，不會令您失望。」

她為我攔下一輛計程車。拉開車門，右手放在我頭頂的不高處，深恐我不小心碰撞到

車門框。又堅持地付了車資。然而，我卻默默地承受著生命中最可貴的親情，帶給我的溫

馨，彼此內心裡，是否已感受到這份尚未解題的情緣。我多麼冀望她用那悅耳的聲韻，喚

我一聲——老爸！

她佇立在路旁，甜甜的笑靨，彷彿是三月嬌豔的春陽；露出二排潔白發光的牙齒，輕

揮著纖纖小手，聲聲的再見，聲聲的保重，蠕動我閃爍的淚珠。

「孩子，再見，妳也珍重！」

然而，這句話卻梗在我喉裡，久久說不出來。

計程車緩緩地走動，巨巖堆疊的山頭，青蒼翠綠的山林，天邊的浮雲，已逐漸在我腦

後消逝。

「阿伯，」運將轉過頭，看了我一眼，「那位護士小姐是您女兒？」

「不。」我淡淡地說，「媳婦。」

「她待人很熱忱，又親切。」

「你怎麼知道？」

「我在內科看過病，」他正經地說，「還有那位剛來的吳大夫，除了醫術精湛外，對每位病人都很熱心，看起病來又細心。」

「弱勢居民，看慣了人家的臉色；一旦來了好醫師，我們都會感到很窩心。」我說。

「前些年，竟有盲腸炎被誤診成胃病，而不幸死亡的事件發生。那些蒙古大夫往往眼睛長在頭頂上。倒是少數醫術好的醫師待人較誠懇，較親切。」他說。

「真正懸壺濟世的名醫，除了要有好的醫術，也要有好的醫德，一顆熱忱的待人之心更不可少。」

「來了名醫，是我們金門人的福份，但往往不會停留太久。一年半載又會被調回去。」

「這也是醫療水準提昇不起來的主要原因。空有設備，沒有專精的人才，等於虛設。」

「聽說吳大夫有意要長期留在金門，為鄉親服務。」

「那是不可能的，尤其是一位名醫，在臺北隨便兼個差，月入也有幾十萬，誰願意留在這個窮鄉僻壤裡。」

「如果他是我的孩子，我一定要他留下來。錢，總是身外之物嘛，造福鄉梓才有

意義。」

他又轉過頭，用一對異樣的眼神輕描了我一眼。內心是否暗罵著：老頭，你別做白日夢，有位護士媳婦就該滿足了，還想有位醫師兒子哩！只是我不願在此時告訴你，那吳大夫就是我兒子。當有一天你發覺他同是我們金門老鄉時，或許會到處打聽，是那個權貴家的子弟。而萬萬想不到，他的老爸，竟是一位在人生舞臺毫不起眼的糟老頭，要記得浯鄉有句俗語——歹竹出好筍。

然而，運將，你不要以一對鄙俗細瞇的眼光來看我。人世間還真有許許多多難料的事

推開離別數天的古厝大門，除夕張貼的春聯依舊鮮豔朱紅。然而，冷寂淒涼卻上心頭。空蕩蕩的一落四欅頭，露天的庭院，斑剝的紅磚牆，我的心彷彿是被白蟻啃食的福州杉木，留下杉旁一堆沒有生命的木屑。軀體更像破舊待修的古門板，不但閂不緊，隨時還有倒塌的危機。暫且不管這樣的比喻是否妥貼，還是有失當之處。然而，去時的恐懼，回時的冷寞，已在我內心衍生一份無名的失落感。

我能理解孩子母親的用心良苦，也肯定孩子自我鞭策的恆心和毅力，尤其自幼沒有父愛的關懷，在幼小的心靈上，成長的過程中，所忍受的，相信是其他人的數倍。幸好，有位堅強識體的母親，陪他度過易使青少年墮落的危險期。如今，他的根已深植在醫界的土

壞裡，我迫切地期待它的茁壯，展露出頑強的生命力，把綠葉延伸到太陽輻射處，讓鄉親享受綠蔭下的清涼。

此刻所思、所想，並不是虛有的夢幻，而是不久即可實現的事實。我必須把供奉先祖牌位的神桌擦拭乾淨，把簡單的傢俱重新排列整齊。牆壁上雖被借住的駐軍，敲釘得坑坑洞洞，但依然不失古厝的莊嚴。地上的紅磚，已被歲月的酸素腐蝕而剝落一層層的磚屑，但它卻是這古厝裡最踏實的表徵。孩子們，當你們跨過古厝的門檻，叩拜過祖先，陳家延綿不斷的香火將由你們來傳承。這棟代表著整個家族珍貴歷史的古厝，它只能維修，不能拆除改建。年節祭拜祖先，葷素皆可，不可只拜生力麵、蝦味先。誠然，祂們看不見八仙桌上的供品，但這卻是傳統的習俗；不要把新新人類那套只要我喜歡的鬼理論搬出來狡辯，更不能以忙來推諉、虛偽地敷衍一下，而卻有空餘的時間上酒店、打麻將、唱什麼卡拉OK，如果歌喉美好，音韻真美，何不在浯鄉青蒼翠綠的太武山頭展露一番，讓佈滿青苔的巖石、讓天邊的雲彩、西下的夕陽、草地上的昆蟲、枝枒上的鳥雀，齊來聆聽。孩子，當冥紙焚燒成灰燼、當香爐繚繞的清煙在祖先牌位前迴旋，當你們雙掌合十微閉眼，那份虔誠、那份神聖、那份莊嚴，是古中國先賢遺留下來的傳統孝道；祈求祂的保佑時，生長在這個自由幸福的時代裡，更要以一份感恩的心來面對這個世界。別忘了要以寬宏大量的心胸來包容人世間不如意的一切；也要以愛心揉合你的醫術，為鄉親父老做更完善

的服務，把利擺一邊，救人醫病放中間。當診斷上有了疑問與不解之處，萬萬不可以病人寶貴的生命當試驗，必須做妥善的會診，找出病源，對症下藥，以免造成終生的遺憾。孩子，在專業的領域裡，我雖然是門外漢，但一些粗淺的道理和知識，也略知一二，願你能以父母賜予你的智慧，激發你的潛能，突破學院教育，以現有的成就為根基，創造一片讓鄉人引以為傲的新天地。

孩子，你能嗎？

我相信，你能。

只因為在你體內奔騰馳流的，是金門人的血液。雖然你的血緣因子是兩個不同省份的組合，然而他們的心早已揉合成一體，才有你的誕生。誠然在懷你時，你母親聖潔的身軀、曾遭受野狼的蹂躪，讓她留下永恆的污點，也因此，不能踏上浯鄉這塊土地而遺憾。但當我們在安平重逢時，存在於彼此心中依然是愛而不是恨恨；當她坦誠地告訴我一切，內心裡的陰霾隨即幻化成無色無味的氣體。我能理解她是咬著牙把你撫養長大，但她卻沒有把你們母子度日如年的辛酸過程告訴我。而今，當你長大成人，卻要你自行踏上這塊陌生的土地、認祖歸宗。孩子，你的母親曾經被譏為無情的剃頭查某；她是有情，或無情，已攤開在浯鄉高照的陽光下，且讓鄉親父老、世俗目光來評判、來公斷。職業原本就沒有貴賤、人格亦無高低之分；不務正業、無骨無格的人，才會被社會唾棄。

孩子，你要以你有位以剃頭為職業、把你撫養長大成人的母親為榮。她或許也已做好歸鄉的準備，當她踏上浯鄉這塊純樸的土地，當她俯身親吻浯鄉芬芳的泥土。三十年的路途已不再迢遙，髮絲或許已斑白，皺紋也密佈在臉龐，相信她的腳步會像鳥兒般地輕盈，她的心也會像豔陽般地熾熱。浯鄉幽雅的環境，翠綠的山林，湛藍的大海，純樸的民風，善良的百姓，野狼難以在這片祥和的土地生存。隨著解嚴、隨著開放觀光的腳步，它已不受時空限制，不再是一個封閉的島嶼，也不會有令人心悸的砲火煙硝。然而，當她啟動歸鄉的腳步，我是否有勇氣，陪著你到機場迎接她，帶她入家門，還是躲在遠處的山林裡窺望。孩子，你們是否能體會、能理解，一對相處短暫、分離久遠的老人心境；他們是否能重溫三十年前同牽手、共枕眠的浪漫美夢？還是心已死、情已絕。你們受過完整的學校教育，在社會歷練多年，雖不能察色，總能觀言吧！當他們無言相對時，能從中為他們拉上一條紅線嗎？線頭分繫在他們的心上，讓他們永遠永遠不再分離，終生斷守在一起。

燕兒在屋簷上不停地呢喃，我也不能繼續沉思默想下去。生命中綺麗的春夢終將要甦醒，不管明年春風來不來到金門，內心裡已有了盎然的綠意；庭院溫煦的陽光，已映照在簷前的紅磚上，下緣長滿綠色的青苔，是春雨過後留下的痕跡。然而，它卻禁不起豔陽的斜照，不久即將剝落脫離，歸回塵土。而人是否也如此，匆匆已過完生命中淒涼暗淡的春天，燦爛的時光永不再回頭，歸回塵土的時日也不再遙遠。來生是否有緣再成一家族，還

是形同陌路人；未來並非是我此時該思索的，而在我腦裡蠕動的，卻是不符實際的矛盾。

從前讓我緬懷，現在讓我躊躇，而未來呢？是內心裡矛盾與矛盾的再重疊，此生承受的悲

淒和苦楚，總比旁人加多一點點⋯⋯。

5

在我出院後的沒幾天，那是一個春雨綿綿、霧茫茫的午後，他們撐著傘，踏進古厝石

雕的門檻。紅瓦覆頂、燕尾馬背，這兒是我家？是他家？還是我們的家？已是無關他們蒞

臨的最終目的。

他們異口同聲，畢恭畢敬地喚了一聲：

「老伯。」

梁小姐把帶來的盒裝水果放在八仙桌上。

「你們冒雨而來，是想看看我老人家，還是要打聽令尊的消息？」我笑著說。

「當然是先來看您啦！」梁小姐搶先說。

「但願你們這番心意，是自然的流露，不是世俗的客套。」我拉出八仙桌下的長椅，

「兩位請坐，也謝謝你們來看我。這種天氣理應是喝酒天，不過為了要在人間多活些日

子，我已戒了煙和酒。」

「真的。」吳大夫高興地說。

「當然。」我簡單地答。

「您的毅力讓人敬佩。聽母親說，我父親也喜歡喝點酒。三十幾年前，他們曾經在港都，喝掉半瓶金門龍鳳酒。」他說著，雙眼凝視我。

「三十幾年前的事，她還記得那麼清楚。」

「從母親言談中的神色，她對父親的用情，絕對是又深又專。」他說。

「若非如此，不會要你回來尋根認祖。雖然姓氏只是一個家族的代表，但它卻是根的延伸；人活在世界上，不但不能沒有根，也不可忘了本。」我說。

「這是從課堂中學不到的知識。老伯，您不僅是我們的良師，也是最敬仰的父老；倘若有一天，能尋找到父親，相信你們也會談得很投緣。」

「我們同時生長在這片貧瘠的土地，歷經砲火摧殘、煙火瀰漫的苦難歲月，一旦見了面，會倍感親切，或許將成為無所不談的好朋友。」

他們點點頭，相視地笑笑。

「你們坐坐，我煮茶，反正這種天氣也不宜遠行，就在家聊聊吧。」我說著，逕自移動腳步，而內心裡卻交織著人生歲月中的悲和喜。喜的是，他們的來臨，讓我孤單的心

靈，如沐浴在一個溫馨的家庭裡；悲的是，始終欠缺一份、難以先啟口低喚一聲孩子的勇氣。當有一天，謎題被解開時，他們是否會誤認我虛偽不實呢？孩子，說來可憐，怎麼竟連父親的名字也不知道，是否能認同你母親對你的考驗，還是怨恨她沒告訴你詳情。竟讓你迷迷糊糊地，不知道坐在你身旁，歷經折磨與創傷的老年人，就是你欲尋找的父親。三十餘年來，是什麼力量支撐著他免於彎曲與背駝的腰幹？又是什麼力量讓他默守著這棟古老的屋宇、奉祀著列列祖宗的神主牌位。三十年一覺是永不甦醒的美夢，還是觸目驚心的惡夢？內心交織的是一份茫然和苦楚。

面對著「司命灶君」，茶香隨著蒸氣繚繞著，沸騰的茶水，彷若我體內鮮紅的血液在奔馳。孩子尋父的心迫切、堅決，我是否能就此果斷地定奪，要他下跪叩拜祖先，免得他耗費時間和精神、到處尋找。雖然身為金門人，是該踏遍這片土地的每一角落，瞭解姓氏聚落的分佈、瞭解鄉土民情習俗。然而，這個時機似乎尚未成熟，還是該說，父子相認的緣分未到。

「喝杯熱茶吧。」我為他們各遞上一杯，「三十年前到西港，正是這春寒料峭的時刻，滿地泥濘，細雨從三輪車上的帆布縫口，直吻著我們的臉龐……」我說著，長嘆了一口氣，啜了一口茶，「回憶是多麼地令人愜意啊……」我含笑地做了一個誇張的手勢。

「老伯，坦白地說，和您在一起，讓我們領悟到長者的風範、親情的溫馨。根本沒有

意識上的代溝存在著，但願我的父親能有您的風采。」

「人生就彷若一個大舞臺，每個人扮演的角色不一樣，凡事隨緣吧，不必刻意去追求。此生若能成為一家族，也是緣啊……。」

「老伯，想當年陪您同赴西港的女孩，一定很美囉！」梁小姐斜著頭，俏皮地問。

「人對美的詮釋，往往有不同的認定。她的美，是內在的嫵媚，不是外表的亮麗；是姿態的端莊，不是身軀的妖豔；尤其她頰上的那對小梨渦，迄今依然存在我深深的記憶裡。」

「我媽也有一對很美、很迷人的小梨渦。」吳大夫說著，指著自己的臉頰，「您看，我這個梨渦，就是遺傳自母親。」

我點點頭。含笑地點點頭。

是的，孩子，你母親把最美的標誌遺傳給了你，而父親傳給你的是什麼？或許，只是金門人那份傻傻憨憨的氣質。

「如果有一天，您遇見我媽，相信也會談得很投緣。」吳大夫又說。

「怎麼講呢？」我問。

「你們有共同的相似處，條理分明。」

「但願有這份榮幸。如果能像我們無拘無束地暢談，天南地北地閒聊，儘管地域不

同，習俗有別，但同為福佬，用閩南語言來表達，想不投緣也難啊。」

「有時也讓我奇怪，幾顆檳榔能讓她消磨整個上午。她削削停停，看看想想；當然，她想的是以前，不是現在。」他說完，看看我。

「伯母心中，或許蘊藏著一段少女時期尚未褪色的綺夢吧。」梁小姐看看他，又看看我，「回憶讓人感到甜美，感到快樂。」

「不錯，美好的回憶能讓人心生怡悅，惡夢卻能讓人遺憾終身；人生所歷經的，沒有樣樣兩全。當我們緬懷過去美好的時刻，微笑會從心中起。而當思維被惡夢盤繞，心中除了有恨、有怨、也有嘆！」我有些激動地，「你們此時，是置身在幸福中，不是在它的邊緣兒，更要珍惜現在所擁有的，別讓到手的幸福又溜掉了。」

「您放心吧，在愛情的路上，我們雖然走得很順暢，在專業醫務上，也沒受過挫折，但我們依然會秉持初衷，小小心心地跨過每一道關卡，讓歲月來考驗我們，讓時間來證實一切。」吳大夫說。

「梁小姐，妳的看法呢？」我問。

「坦白說，情海彷若大海，男女共乘的是一艘禁不起風浪吹打的小舟，從認識到現在，我們一直沐浴在溫煦的春陽裡。從身旁掠過的，是微微的春風；在舟上看到的，是碧波無痕的大海。老伯，我們不願輕嚐愁滋味，而是要面對未來的幸福。」她說。

「如果你們不嫌棄，我倒希望你們能在金門舉行一場傳統的婚禮。古厝裡的眠床和龍鳳被，鄉村裡的人情味，許許多多都市裡見不到的儀式，將逐一地出現在這個純樸的農村裡。」

「倘若此時面對的是自己的父親，多好！」吳大夫略帶傷感地說。

「有時也讓自己感到好笑，我彷彿不是你們的老朋友，也不是你們心中的老伯，竟像一位父親那麼地關懷著你們。」我說。

他們訝異地看看我。

「對不起。」我有些歉疚地，「我老人家失言了，並不是想佔你們的便宜。」

「您對我們的關愛，與父親並無兩樣，讓我們倍感溫馨；如果我爸能像您，足可見我媽年輕時的眼光不差。我真怕遇到一位脾氣暴躁、欠缺理性的老年人。」

「佛家所謂：福有福報。相信令堂和你都是有福份的人，若真碰上這樣的父親，也必須認命。世界上沒有不愛子女的父親，被子女摒棄的更是少見。父子緣、母女緣、夫妻緣，早經天定，根本沒有反悔的空間和餘地。如有其他不可抗拒的因素，就姑且把它歸咎於命運吧！」

「有時命運也會戲弄人。」梁小姐笑著說，「說不定吳大夫要找的父親，就住在這個村落。」

「我從小在這個村子裡長大。村裡只有八十餘戶人家，與我同齡的更是少數。在三十年前戒嚴時期，從事的都是艱苦的農耕工作，那有機會到臺灣。」我為他們解釋著。

「我媽對宗教的信仰，並非走火入魔，但對佛家這個緣字，卻情有獨鍾。我看咱們也別耗費精神到處尋找，把她請到金門來，不就ＯＫ了嗎？讓老天為他們續一次良緣吧！」

「這是一個好辦法。」梁小姐拍起手，「下個月我們就可返臺休假，先為她訂好來金的機票，屆時再慢慢來說服她。」

「萬一她不肯來呢？」我問。

「除非她心中，對父親已沒有了愛。」

「近鄉情怯這句話你們懂嗎？我已是一個即將垂死的老年人，深刻地瞭解老年人的心態。他們已分離了三十餘年，受到時空的不變、社會的變遷，誠然心中還有愛，也需要短暫的時間來調適，千萬不可強行說服。讓它自然地衍生，將來返鄉的路途，才會更平坦，心中也會更坦然。」

「回金門是母親的願望和夢想，她要我先回來的目的，或許是深恐父親的影像不能立即進入我的內心世界。如依心理學來研判，她在心理上，已先有了一番準備，尤其是前年，因緣與父親再相逢⋯⋯」

「因緣再相逢？」沒等他說完，我重複他的話，神色凝重地問，「在何處？」

「安平。」他說。

「令堂還告訴你什麼?」我緊追著問。

「把三十年來的遭遇,全告訴了父親,而不是告訴我。」

「為什麼令尊不留在安平呢?」我再問。

「她並沒有告訴我前因和後果,只長嘆了一口氣,而後淚流滿臉地唸著——

『倘若蒼天有眼,歲月有情,我將重臨安平,追尋我生命中的真愛,以度餘生……』

我想這一定是父親臨別時說的話。」

「或許他不敢冀望你們回金門,而是要到安平依靠你們。由此可知,他對你們母子,仍然存著生命中不可更改、無可取代的真愛。」

「我能理解父親的心境,他能對母親說出那麼感性的話,相信有很深厚的文學功力。」

「自古有明訓,人是不可貌相的。在我們短暫的人生舞臺上,有些人耍的是假把戲,有些人是深藏不露,不管他是基於什麼,總是自然的流露,愛的昇華。」

「怎麼我一直感受到,彷彿我父親的思想,已進入您的內心世界。」

「或許是同齡的關係吧。吳大夫,你別誤解,我是依常理、做判斷。」

「不,沒其他意思,和您在一起,如同沐浴在父愛的光輝裡。」

「我理解你渴望父愛的內心表白。我突然想起，梁小姐剛才的意見很好。還是讓令堂先回金門看看吧。一旦連絡上了父親，其他事可慢慢地克服。相信蒼天有眼，歲月有情，讓彼此永不再分離。」

「謝謝您，老伯。當我們全家團圓時，將邀您為嘉賓。我將以茶代酒，先敬您兩大杯。」他興奮地說。

「不。」我搖搖手，「屆時我要的是酒，而不是茶和白開水。人生難得幾回醉嘛！在那美好的時刻，我不但要重嚐高粱酒的醇香；當我醉茫茫的時候，也要告訴你們一個久遠的故事。」

「久遠的故事？」梁小姐睜大眼睛，凝視我，「您不是說要以文字來傳承嘛？」

「是的，我曾經說過，當我難以啟口時，文字是最好的表達方式，也是我青春歲月的最好詮釋。」我說。

「我一直深感，父親在我心中始終是一個難解的謎題，怎麼從您身上也嗅到這種況味。老伯，您就爽爽快快地把故事說給我們聽吧！」吳大夫笑著說。

「是啊，老伯。」梁小姐附和著。「下雨天，說故事天嘛！」

「孩子，一旦我啟口，故事的內容將讓你們感到訝異和不可思議，這也是我心靈中難以承受的。」

「您曾經為愛而傷神，而失志？」吳大夫問。

「沒有，只是不甘心已到手的幸福又走遠了。」

「如果故事重新發展，老伯，您自信能抓住幸福、掌握幸福嗎？」

「故事只有過去，沒有重新；只有以前，沒有現在。不管用任何方式來表達，你們永遠是我欲傾訴的第一對象，也是最後一名聽眾和讀者。」

「我們將洗耳聆聽，拭目以待。」梁小姐高興地說，「但願我們心中這份夢想和期待，不久即可實現。」

「坦白說，我內心裡已有了一番準備，會專心來記敘這個故事，把它經營成一篇動人的文學作品，讓大家同感這份事實，而不是虛偽地杜撰。」

「什麼時候可以完成呢？」吳大夫閃爍著一對期待的眼光，看看我。

「腹稿已完成，校稿已在我腦中謄錄中，當我喝了團圓酒時，它將一字不漏地複印出來。」

「團圓酒？」吳大夫迷惑地看著我。

「你不是說過要邀我為座上賓嗎？」我頓了一下，又說：「喔，對不起，老昏了頭，竟忘了加上『你們』兩個字，倒以為喝的是自家的團圓酒。」

「如果我們能成為一家族，該有多好！我害怕一旦找到了父親而疏遠了您，果真如此

的話，是失，而不是得。」

「放心吧，孩子。我歲數雖大，腦卻未昏，這份可貴的情緣，我不但珍惜，也非常重視。倘若失去了你們，我會更孤單，也會想到要重新吸煙、重嚐烈酒，讓它們一起來侵蝕我的腦細胞，讓我不能再緬懷過去、想起從前。你們忍心看到這幅情景嗎？」

我說完，內心竟湧起一份無名的傷感。眼眶裡彷若綿綿春雨中的庭院，陰陰沉沉地濕了一大片。

他們同時站起，吳大夫雙手握緊我的右手，梁小姐則輕挽我的左手臂，我失態的形色，也讓他們感染到這份悲懷的況味。孩子，父子連心已不自覺地在我們內心裡滋長，相繫的距離也愈來愈短。綿綿春雨後，將是盛夏的好晴天，內心裡的陰霾，終將被普照的陽光所吞噬。何日能迎接你母親的歸來？相信是在不遠的時光裡。古老的屋宇，將有我們的歡笑聲響起，右廂房是簇新的傢俱和被褥，左廂房是古式的眠床和油燈。你們是新時代的一對，我們是老一輩的表徵，這是上天恩賜的良緣，不是強行的組合。誠然，你們是新時代的滄桑，遭受蹂躪，但在我心中，卻是完美無缺的。當有一天你們看完我青春歲月時期的剖析，我不冀望你們的認同，卻請肯定我們的深情。三十年歲月雖已過去，心中的愛卻未遠離。春風已吹遍浯鄉的田疇，春雨也落在乾枯的草地，愛的枝枒將萌起綠色的新芽，老幹新枝更彌堅、更牢靠。倘若沒有愛的根基，生命中的綠芽也難萌起；浯江溪潺潺的水

流、太武山頭盎然的綠意、中央公路綠色的長廊、許白灣沙白水清的海域，將與我們共枕眠……。

## 6

吳大夫告訴我，他母親已接受遊說，決定來金門。

依常理，她來探望兒子，看看未來的媳婦，是極其自然的事。然而，她肩負的，卻是要為兒子安排一場父子會；當然，不是盲目尋找。那年無意中在安平重逢，彼此腦裡默記的，是雙方永不改變的居所。金門地方小，條條道路都難不倒計程車司機，她可以雇車直駛這個純樸的村落，在古厝前的紅土埕下，推開福杉大門，高喊一聲已是老年的小弟。而當孩子喊聲老爸，我們是該在這一落四櫸頭的庭院裡擁抱痛哭，還是默默無言的深淵裡。人生的際遇，歲月的反覆無常，讓我倍感無奈，讓我深深地感到，彷彿活在痛苦的深淵裡。

海島的氣候，雖與季節的變幻有所關連，但在這春末夏初的季節裡，不是雲層偏低而下雨，就是濃霧瀰漫在原野、在山頭。在導航設備未改善前，機場隨時會受氣候影響而關閉。誠然，它美其名為「停泊在廈門港口不沉的戰艦」，但仍然得看海洋大氣的臉色：飛機的起降，由不得人們自行操控。

孩子為母親訂的是大華航空十點五十五分由臺南飛金門的班機，他們邀我同赴尚義機場相迎。然而，在他們尚未解開謎底前，捫心自問，我憑什麼？經我再三地婉轉推辭，仍然無法解除他們的堅持。

「老伯，」吳大夫有些激動地說，「在我尚未找到父親前，您是我們在金門最敬愛的長輩，最談得來的長者。前些日子返臺休假時，我曾多次向母親提起，她喜悅的形色，簡直難以形容。她認為這是緣，我們也相信這是一份難得的老少情緣。」

「你們別笑我頭腦呆板，頑固不化。我與令堂素昧平生，冒然地陪著你們去接她，不覺得太唐突嗎？一旦見了面，我該如何來稱呼她呢？」

「我媽是一個很隨和的鄉下人，她也不習慣人家稱她太太或女士，您就叫她秋蓮不就得了嗎？」

「那麼，我就叫她秋蓮姐吧！」

「老伯，您真行，怎麼突然間想起一個既感性又貼切的稱呼。」他興奮地說，「我媽的年齡不會比您大，當她聽到您喊她秋蓮姐，不高興才怪！」

「這是禮貌，總不能叫她秋蓮妹吧。」

「同齡的老年人，還能以兄姐相稱，在這個年代裡已屬少見，尤其是您的一聲秋蓮姐，連我都倍感悅耳。」

「別高興太早，屆時讓令堂笑話，別忘了聯合梁小姐，替我擋擋、解解圍。我年紀雖大，但也懂得羞恥、更會臉紅。」

「老伯，您真愛說笑。」梁小姐笑瞇瞇地說：「從您的言談行事，都能有條不紊、面面俱到；這點小事，絕對能應付自如，怎麼突然間多慮了呢？」

「並非我多慮，而是替你們設想，一位陌生的老人家，加入你們的接機行列，當事人是驚，還是喜呢？」

「老伯，」吳大夫突然拉起我的手，極端慎重地說：「我媽不是驚，也不是喜，而是高興！」

我搖搖頭，無語地沈默著。孩子，你們是強我所難，還是已從你們母親口中得到一些蛛絲馬跡？你們是想親眼目睹我們相見時的那份窘態，還是想看看我們久別重逢、相互擁抱的情景。雖然，我曾年輕過，但無法進入你們的思維裡，不知你們想的是什麼？倘若你們想儘速地掀開謎底，那也不該在此時。

「好。」我擊了一下掌，「既然能讓令堂高興，我老人家就陪你們走一趟！」

他們拍著手，像鳥兒般地雀躍著。

「坦白說，我腦裡一直有一個構想⋯如果令堂不嫌棄，古厝的房間很多，你們就輪流陪她住這兒。雖然是鄉下，但環境清新幽雅又安靜。」

「真的，」吳大夫訝異地，「這是我們想說而不敢講的內心話，你真是太瞭解我們啦！」

「老伯，話先說在前頭，」梁小姐笑著，「如果有一天，我爸媽到金門來，也要住這裡哦！」她瞄了一下吳大夫，「可不能厚此薄彼。」

「那當然，那當然。只要不嫌棄，隨時歡迎。萬一讓人家不滿意，」我握緊拳頭，比畫了一個想揍她的手勢，「就找你們算帳！」

他們相視地笑出聲來。

然而，我能笑嗎？不能。心中是憂多於喜的輕愁。往後的生命裡，是碧波無痕的大海，還是要再歷經風浪的侵襲？一切得由上天主宰，我們毫無改變它的能力。經常地，我們把好的一面、善的一方，歸功於緣分，而相反的，都歸咎於命運。這樣的說辭，是否公平、是否能令人信服，讓人接受？

或許，他們已從我們相處的這些日子裡，窺探出潛在我思維裡的一些祕密，謎題終究要被解開、戲也臨近落幕的時刻，而我卻沒有把應有的角色扮演好，聆聽一次生命中未曾有過的掌聲，好讓孤單鬱悶的心靈上，充滿著喜悅和溫馨，讓思維裡，不再有噩夢的糾纏。

甜蜜幸福的日子即將來到。當大華航空的班機滑落在那片銀灰色的地面，雙旁的木麻

黃將搖曳著迷人的手姿、天邊也將飄起醉人的雲彩，微風輕輕掠過跑道旁的草木，上下起伏躍動的心，將隨我凝視每位下機的旅客。而當那熟悉的身影在眼裡出現，喜悅是否能取代內心裡的陰霾？

當思維逐漸冷卻，不再有任何的雜念浮動，面對的是要服侍我餘生的兒子和媳婦，不敢冀望他們能盡三十六孝，只要瞭解自身的角色就好。孝字寫來簡單，實行亦不難，就端看雙方對孝字的認定。有人重視官能的享受，有人需要精神的慰藉；儘管能面面俱到，也會有疏失的時刻，我們能就此認定是孝，還是不孝？往後的歲月有限，代代相傳是必經的過程。孩子，我們心中存在的是不同的情緣，迎你母親進入古厝大門後，將在適當的時機，送你們入洞房。人生如戲，戲如人生；好戲在前面，而不是在後頭，你們能從其中悟出真理嗎？

「老伯，」吳大夫把我從沈思中喚醒，「如果班機準時起飛，再過二十分鐘，即可抵達金門上空，我們該出發了。」

「你倆抬頭看看，太武山頭霧茫茫，尚義機場地勢低，又臨海，常遭山霧海霧群起籠罩，今天吹的又是南風，濃霧更不易散開。」

「依您老人家的看法，飛機能不能降落呢？」梁小姐關心地問。

「除非南風轉北風、風力強勁；要不就必須炎陽高照。」我解釋著說。

「如果飛機因霧而取消，母親返鄉的路途將更遙遠。」吳大夫嘆了一口氣，「真是好事多磨。」

「天機難測，有時也讓人感到意外，說不定飛機已在尚義上空盤旋，正準備降落哩！」

「那我們就上路吧。」梁小姐說。

孩子滿懷喜悅的心情，也因我對氣候的解說而低落，海島的天氣，不像晚娘般地善變，而是像繼父地，隨時會翻臉。早晚的溫差，濃霧的瀰漫，最新式的導航設備也起不了作用。孩子，你就忍忍吧，你母親返鄉的路途雖然遠了一點，今兒進不了家門，還有明天；茫茫的霧氣終究敵不過強勁的北風、高照的炎陽，等待是希望的前奏曲，不是休止符。不管今天她能不能回到金門，我們何不趁機飽覽浯鄉怡人的景緻。道路的雙旁正在拓寬，險彎處已築上護堤，鄉人引以為傲的中央公路已架上路燈，並重新舖上烏黑光亮的柏油，所經之處，必是一片蓬勃的新氣象。孩子，令人心悸的砲火煙硝已遠離浯鄉這片純淨的土地，我們也不再飽受戒嚴時期，軍管體制下的恐怖，你們不僅是幸福的一代，也是充滿著希望的一代。

我告訴運將，把車停在臨近左轉的路旁，視野依舊是白茫茫的一片，紅壤土坡上的草木，滿佈著晶瑩的小水珠，春天剛萌芽的枝枒，已展露嫩綠的丰采，潔淨的水泥路面，有

我們不同的腳步聲響起。是蹣跚、是漫步，聽鳥聲、看美景，各有各的音調，各有各的心情和感受。

「吳大夫，」我笑著，企圖打破這沉寂的局面，「別把那張俊逸的臉繃得緊緊的，你看，梁小姐也不說話了。」

我說完，隨即引來他們的笑聲，繼而地又說：

「大家難得一起出來，走在這片寬廣的人生大道，眼前是濛濛的霧氛，雙旁是翠綠的草坪和花木，迎面是微微的和風，這是一幅多麼難尋的情景啊！倘若因天氣不佳，令堂不能如願返金，但別忘了，今天過後，還有明天，還有後天，還有我們人生中一串串長長遠遠的日子，要懂得欣賞眼前的美景，別把失望的陰霾，放在心中。」

「老伯，這幾天，我們值的都是白班，預約門診的，已有幾十位，三天也看不完。」

吳大夫無奈地說。

「你們不是說過，我陪你們來接機，令堂會很高興嗎？既然你們有公務在身，把飛航的時間告訴我，由我來迎接。」

「旅客那麼多，您怎麼辨認呢？」梁小姐說。

「我會站在入境的大門口，看到女士就問：『請問是不是秋蓮姐？』不就得了嗎？」

「老伯，您不愧是我們最敬愛的長者，我們擔心的問題，您的一句話，全都解決

了。」吳大夫說。

「不過我有一點善意的建言，雖然令堂返金的主要目的，是要讓你們父子早日團圓，然而，在這春末夏初的季節裡，氣流的不穩，霧季尚未遠離，從安平到機場又是一段不近的路程，萬一明後天的氣候依舊，讓她來回奔波，實在有不妥之處。」我說。

「您的高見呢？」

「時序一進入小滿，天天是炎陽高照的好晴天，雖然氣溫高點，但也不會像七月火爐般地悶熱。如果能在這個時候來，或許較恰當。」

他凝視著前方，輕輕地擊著掌，而後停下腳步，轉回頭，重擊一下手掌說：

「老伯，就以您的高見為意見吧。不過，我們得把話說前頭，在我尚未與父親連絡上，不管我媽什麼時候到金門，您一定要陪我們接機，而且要暫時借住您的古厝。」

「我們老少三人，簡直已到了心連心、形影不離的地步，彼此是坦誠地面對，不是虛偽地應付。你們所交代的事，就如同我自己的事，絕不會讓你們失望。」

他們的笑靨，是三月裡盛開的杜鵑，一片嫣紅。他們的喜悅和歡欣，彷如枝枒上跳躍的鳥雀，輕盈自然。梁小姐禮貌地攙扶我的手臂，一份老年人的優越感隨即在我內心裡迴旋。左邊是媳婦，右旁是兒子，不久的將來，當一個小生命降臨人間，他必定以家鄉的語言，喚我一聲：「阿公！」

過了貨運站，排班的計程車，彷若是一條黃色的巨龍，飛航班次的取消，已沒有客人可招攬，他們索性在行李箱上，玩起撲克牌。

搭機的旅客擠滿候機室，航空公司的櫃台張貼著：「氣候欠佳，暫停報到」的紙條。

然而，歸心似箭的旅客依然等候著天氣的好轉、濃霧的消失，好讓班機能按時起降，讓該來的能來，該走的能走；但往往天不從人願，望天興嘆的無奈，不是寫在臉龐，而是烙印在每個旅客的心上。

穿過左邊的長廊，牆上的電動飛航班次表，出現在螢光幕上的不是準時，而是延誤。

然而，它到底要延到什麼時候，是日薄西山、還是夜霧又茫茫？

我們從入境廳的大門走出，花崗石舖設的地板，吸水力比不上古厝裡的紅磚；滿地的泥腳印，霧絲沾滿我們的髮際，孩子們是否也感染了我蒼老的心境，久久，久久，聽不到他們的話聲和笑聲。

眼前石雕的風獅爺，竟公然地把生殖器展露出來，它能鎮邪，抑或是擔負著守護浯鄉微開的門戶。這已涉及到民間傳說和歷史考證，在缺乏有力的佐證下，焉能妄加論斷。

他們攙扶我步上層層的階梯，我們佇立在收費停車場的路邊上，航空站巍峨的建築，跑道旁的木麻黃，依然是白茫茫的一片。尚義的出海口，也被濃霧所籠罩。計程車一部部地駛離，我們也必須步向歸途。今日懷抱失望而歸，他日必將滿載希望而回。大地雖然

濃霧瀰漫，但我們不會迷失方向；雙旁翠綠的草木依稀，坡上的紅壤土依舊，腳踏堅硬的水泥路面，雙眼凝視幸福的未來。孩子，蒼天已把我們熔為一體，你們是我永恆的依靠……。

7

前些日子，或許是氣候的遽變受了點風寒，終日打噴嚏、流鼻水、咳嗽、頭昏、胸悶、呼吸困難，這些小毛病曾經也患過，往往都是不藥而癒；而這次，似乎有愈來愈嚴重的趨勢。我就近在村裡的小店舖，買了一盒感冒藥，服過後，原以為它真能止咳、鎮痛，解除我體內所有不適的症狀，然而，它並非如我想像中的萬靈丹，一點也起不了作用。

人，一旦進入中年過後的半老年狀態，體內的各項器官，都會明顯地退化，抵抗力裡長眠。儘管醫藥、醫療水準已進入廿一世紀的高科技時代，換心、換腎、開胸、剖肚樣樣來，然而，以前少見的病疼，卻也相繼地衍生，各種「癌症」的形成和病變，讓醫界窮以應對，人們談癌色變，並非恐懼自然的老化和死亡。

孩子們或許是公務繁忙吧，已足足有十幾天沒到鄉下來了。這樣也好，免得看到我這副狼狽相。幾天下來，我的體力也因胃口的不佳、食量的減少而虛弱，一起身、一離床，

頂上的福杉樓板就隨著我旋轉，彷彿要塌下來般地讓我心悸、想嘔。尤其是腎火的上升，滿嘴苦澀，昏昏沉沉地躺在床上度日，有時竟也惡夢連連地、夢見妖精鬼怪、牛神蛇鬼，祂們吞噬著我的靈魂，襲擊我的身軀，胸口彷若千斤巨石重壓著，讓我喘不過氣。冷汗濕透了我的內衣裳、雙唇滾燙，裂痕疼痛難忍，我似乎已在死神的召喚下，一步步地走向地獄之門，在陰曹地府裡漫步著……。

醒來時，我的左手腕纏著醫用膠布，長針扎進微鼓的血管裡，鵝黃色的液體，順著透明的小膠管，由針孔流進體內，維持我脈搏的跳動，以及微弱的生命。我身躺的，是醫院三Ｆ的病房裡，不是巖下的洞窖中；死神雖然釋放了我的肉體，卻奪走了我的健康。我的意識清楚，卻不能語言，手能動，腳無力，心絞痛，呼吸困難，還有許許多多讓我感到難受的地方，只因為我不是醫師，不能說出罹患的是什麼病症，只感到活著是痛苦，是受罪。其他，對一位遭受病魔折磨的老年人來說，並沒有什麼意義。

推門進來的是一位中年醫師，緊跟著的是吳大夫和梁小姐。他們快速地走近我的床沿，吳大夫把著我的脈，輕按我的額頭。我清楚地聽到梁小姐喊我好幾聲老伯，又輕握我的右手。然而，我只能蠕動雙唇，用一對疲憊無力的眼神來代替一切，我的舌頭已僵，胸口疼痛，只能張口換氣，不是用鼻來呼吸。我聽見吳大夫告訴他們說：

「對不起，主任。老先生是我的親戚，他的病情不輕，我想幫他轉院，以便就近

照顧。」

他點頭，而後中文夾著英文，低聲地交談著。他們凝重的神色，彷若我失去健康的身軀。如果能就此長眠，不再甦醒，該有多好，我將失去知覺，永遠不會感到痛苦。如今，雖然尚有一絲微弱的生命存在著，往後必將是苟延殘喘地度餘生，甚至還要連累未曾入家門的秋蓮，以及父親欄尚是空白的孩子。三十年是一段悲傷苦澀的歲月，幸福只從思維中掠過，並未享受它的溫馨。孩子，此生我虧欠你們母子的何止千萬和萬千，在你母親尚未安排我們相認的此時，卻讓你倆為我操心費神。轉院是否能減輕我的病情，還是挽回我的命運。當有一天揭開了謎底，眼前這位垂垂病危的老年人，竟是你們費盡心思尋找的父親時，你們心中，將感受不到父愛的光芒，而是一顆即將殞落的孤星。你們心存的希望終究要落空，而我卻慶幸，有你們送我上山頭，管它能不能抵達西方的極樂世界，我將無憾地走向盡頭。

迄今我仍然不清楚，是那一位好心的鄰居把我送到醫院來的，又用什麼方法把我抬上三樓的病床上，如果是不人道的拖和拉，也是無可奈何的事。而此刻，我是一個很有尊嚴的病人，護理人員小心地扶起我，讓我平躺在附輪的擔架上，為我蓋上天藍色的被單。她們是懷抱著愛心，展現著南丁格爾燃燒自己照亮別人的精神，還是看在吳念金醫師的面子上？以目前這個現實的社會來衡量，想必講的是相互利用的人際關係，愛心和服務就暫時

擺一邊吧！

　　從我時而微閉，時而張開的雙眼、從我的聽覺和意識中，孩子心中所承受的，是一份難以言喻的苦楚，儘管我們身處的，依然是沒有任何名分與地位的朋友關係，但老少情誼的進展，已是心中不能承受之重，它勝過一切，超越一切，只是我已不能用任何語言來表達對他們的謝意，一切盡在不言中，而這無言中，又有誰能親歷其境，去深思、去體會。

　　往往，人看的是外表，是一層經過粉飾、禁不起考驗的假面。我能意識到，他們焦躁地輕扶著床的兩邊，急促地跟著前進。我的左胸口疼痛難忍，深入血管裡的針頭，讓我不能作任何掙扎，把一切痛苦展露在多皺的臉上。咬緊牙，閉上眼，忍受著前所未有的病痛煎熬。呼吸的困難，腿部的酸麻，體內的器官，多數已失去了運作的功能，這是否意味著死亡的預兆，還是已到了生之盡頭。如果此刻生與死讓我自由選擇，我寧願放棄生，選擇無思無想、沒有牽絆的死。唯有如此，才能緊閉雙眼，求取莊嚴神聖的自我解脫，如果毫無尊嚴地求生，處處要人服侍、攙扶、餵食，甚至便溺也不能自己，試想，它的存在能為別人、能為自己帶來什麼？是快樂？是幸福？還是累贅？在我毫無能力求取解脫的現在，一切歸還還賜予我生命的上天，由祂們來主宰。

　　護理人員把我推上救護車，下一站可是我人生的最後一段旅程。孩子將會運用一切資源，絞盡腦汁，想盡方法為我解除病痛，他們也會真誠而細心地照料我的一切。誠然，我

已不能陪他們品嚐卡爾培紅酒也不能為他們敘述一個美麗動人的故事，更不能陪伴他們到機場，迎接他們母親的歸來。夫妻緣、父子情已逐漸地在我腦中消失，如果命運之神能憐我，死亡之神不再向我招手，人間還有愛神的存在，或許，我們團聚的日子不再遙遠，三十餘年未曾綻放的花朵，也將在此刻盛開。然而，我們是否有那份榮幸來欣賞它，抑或是讓它盛開後又自然地枯萎、凋零。

救護車鳴起令人厭煩的汽笛，雖然它是善意地、要急速地把我送達另一家醫院，做最妥善的醫療，但那聲音，像極了出殯時的聲樂，那麼地淒涼，讓我煩躁和不安，彷彿此時我已躺在黑色的棺木裡，正等待黃土的覆蓋。而棺旁的孩子，他們是否依傳統的禮俗，就地抓起一把土，含淚地洒在棺木上，而後獨留我在這荒郊野外的山頭，任風吹、雨打、日曬，任身軀化成一灘屍水，留下一堆白骨。

我明顯地感到，身體已失去了平衡，車速略為緩慢，它正吃力地行駛在坡道上。過一會，或者是我們人生中的一霎時，我將隨車進入曾經來過的長廊裡，雖然腦海已不能浮起任何印象，但卻是與孩子結緣的地方。當他們把我抬下車，白色燈光將映照我泛黃多皺的臉，以及一對無力微閉的眼，一頭散亂滿佈雪霜的髮絲，我是否有幸聆聽到：

他是——

吳大夫的老爸。

梁小姐的公公。

這二句窩心的話，是否能讓我所有的病痛不藥而癒，還是讓我含笑無憾地赴黃泉。

果真，這二句話讓我隱約地聽到，內心的喜悅，取代所有的病痛，但很快地又被絞痛的心奪走。孩子或許已感應到我們之間相互存在的微妙關係，彼此的內心裡、深心中，都在期盼另一位親人的到來，好把謎底揭開。如果不因氣候的影響，想必她已焦急地陪伴在我身旁。老伴、老伴，的確該由老的來陪伴，孩子們盡的是孝道，如果想減輕他們的負擔，蒼天有眼，就該自然地把我化為塵土；上天堂，入地獄，輪迴或超生，那只不過是人類的虛幻和假設。從我們懂事迄今，看過無數的生生死死，他們的軀體已腐蝕，靈魂是在陰間受苦難，還是在天堂享清福，又有誰能看得見，是「三姑」，還是「道士」？

他們輾轉地把我推向白色的小房間裡，我的內心裡已不再有貪生怕死、想在人間多活一些日子的念頭。渾身難忍的病痛，並沒有因轉院而減輕。床前擠滿了來會診的各科醫師，想找出病源，把我從死神手中搶救回來。他們低聲交談，朗朗上口的是一些我聽不懂的洋文和專業名詞，他們謹守醫德，不讓病人聽出自身嚴重的病情，然而，我已看透了一切，果真得的是無藥可救的絕症，我也難以啟口，說出一句不滿的怨言。誠然，內心裡會感到難過，拋妻、別子，撒手西歸本是人間的慘劇，但總得坦然面對死神的召喚。

孩子除了值班，都輪流來陪伴我、照顧我。除了為我做簡易的按摩，協助我翻身，並

沒有一些多餘的言辭，要我這個形同啞巴的病患來作答。他們並非運用官階和職權，踏進病房的醫護人員都清楚，這個老頭與他們絕對有不尋常的關係，無論做任何的醫療服務，都是小心翼翼，彬彬有禮地不敢怠慢。雖然迄今我尚不知自己得的是什麼病症，也不知道施打的、服用的是什麼針劑和藥物，一切由他們擺佈，沒有自主的空間和權利。然而，病情並沒有獲得改善，難忍的疼痛已成自然，我只皺眉，沒有呻吟；我緊握右拳，嘆口氣，好讓額上的熱汗變冷泉。

牆上日夜點燃的燈光，讓我難分白晝與黑夜，孩子已露出疲憊的眼神，她輕揉我滿是針孔、略微紅腫的手臂，他則在我腿部捏捏揉揉地按摩著，而後，附在我耳旁，低聲地說：

「老伯，我媽明天回金門。」

我睜大眼睛，隨即又閉上，眼角的雙旁，是一串串冰涼的淚珠。

「雖然您不能去接她，她會先到醫院來看您。」

我伸出顫抖的右手，在被上比畫著，然而，他們卻會意不出我的心意。她取下隨身的紙和筆，我握了好久，試了好幾次，仍然抓不緊那微小的筆管。稍後我咬著牙，五指緊握著筆管，終於歪歪斜斜地寫下——

住古厝。

他取下我手中的紙和筆，雙手緊握我的手，猛力地點著頭，而後微紅著眼，我清楚看見，眼眶裡，盈滿著淚水。

「老伯，您不覺得，我們愈來愈像一對父子。雖然我此刻不能冒然地喚您一聲老爸，但您父愛的光芒，早已映照著我們。媽明天就回金門，我再也不是一個有母無父的孩子。」

我的眼眶裡也盈滿著淚水，無顏面對三十年沒有父愛關懷的孩子。她取出手帕，輕輕地為我擦拭。是否也感染了這份悲傷的況味，也竟低聲地哭泣著。

孩子，或許我在人間的日子已不多了，此生不能略盡父責，願來生再償還。雖然你的戶籍資料和兵籍表上，父欄裡不再是空白，但下方的括弧內將不是「存」，而是「歿」，不管能不能接受死神的安排，我將獨自上西天，留下你們母子在人間。

「老伯，您體內只是併發了一些不該存在的病症，媽明天就回來，我們將徵求她的同意，為您做必要的手術，一旦成功，很快就可減輕痛苦，病情就能獲得改善。」

不錯，一旦成功就能獲得改善；如果不成功呢？勢必要成仁。孩子，我相信以你在院中的階級和醫術，倘若我的病情輕微，何須經過你母親的同意，早已從手術室裡出來了。

我不敢怨天尤人，只怪我低估了生存的價值。三十餘年來，我吸煙、酗酒，把健康置身於度外，當它亮起了紅燈，才發覺生命的可貴，但畢竟已太遲了。

「老伯，吉人自有天相，您會沒事的。」她含著淚水，柔聲地安慰我。

然而，我會沒事嗎？心存的已不再是僥倖，當呼吸器官失去功能，心臟停止跳動，意識不再清醒，將是我遠離人間的時刻。對這個美麗的世界已無緣再懷念。

我微動了一下身，孩子更靠近我一步，胸口彷彿又被千斤巨石重壓著，讓我有窒息般地難受。緊跟著來的，是一陣陣更難忍的絞痛，額上不是熱汗，而是冷泉。我弓著身，抓住床墊，痛苦的表情逃不過孩子的眼神，她為我打了針，或許那是含有麻醉性質的止痛劑吧。又從鼻孔裡，噴進一些液狀藥物，讓我感到呼吸上的順暢。突然間，我意識到死亡不再可怕，宇宙有生亦有死，它們依然處在一個平衡點；只是死必須要有尊嚴，為什麼臨死還要承受那麼多的苦難……。

### 8

白色的燈光明亮依稀，我的內心裡始終感應不出明天在那裡。維持我微弱生命的，不是依時間供應的三餐，而是懸掛在床頭的點滴。我實在已記不清換過多少瓶了，只感到針頭一直深插在我的血管，平放的手臂已僵、已麻，但深恐戳破血管，就像沒有生命的小木棍，畢直地擺放著。

體內的不適，已由胸前移轉到背後，脊髓骨像芒刺般地疼痛，彷彿有許許多多的細針，在裡面亂闖、猛戳。想不到一向挺直、粗壯，支撐著人體的脊髓骨，竟是那麼地脆弱，禁不起那小小的芒刺，讓我難以忍受，又得承受的痛苦。除了耳能聽、眼未盲、腦能思、手微動，所有的器官，已尾隨著西山的落日而敗壞。失去原有的功能，我無怨，我也深知自己的病情，已非頭痛和腹痛，而是只能鎮痛、難以痊癒的病症。每當鎮痛藥效過後，又是萬箭穿心的苦難時刻。我一直想不到、猜不透，是那一種病魔能有這般功力，把自稱為萬物之靈的人類，折磨得比小小的螞蟻還不如。那會不會是讓人色變的「癌」呢？我們粗淺地認識，癌也叫惡性腫瘤，它的細胞能轉移和擴散到人體的任何部位，破壞人體的組織，最後卻走上無可救藥的不歸路。難道我是這種病症的罹患者，是否已到了無可救藥的末期？想起這種恐怖的病症，如果能不必遭受它的折磨，就此長眠也甘心。然而，人都有求生的意志、怕死的意念，當死亡臨頭，還想做最後的掙扎。

梁小姐告訴我，吳大夫到機場接母親，今天是一個風和日麗的天氣，相信他母親會如願回金門的。然而，我內心裡，恰如被病魔吞噬般地難受。今天，理當我迎她回家門，而不幸，她卻趕回來送我一程。人生這齣戲，從啟幕到落幕，沒有喜感，只有悲劇；沒有重聚，只有分離。這種劇情，雖然在銀幕上常見，在現實人生裡卻不多。我們並沒有刻意

地去篩選，而是生活中自然的反映。當她踏進這白色的房間裡，我的呻吟將取代久別的問候，無聲的語言是虔誠的祝福，願我承受的不再是痛苦，好陪她進家門。

孩子終於陪著母親進來了，她尖聲地喚了一聲讓我心碎的小弟後，竟不顧身邊的孩子，淚流滿臉地在我臉上狂吻著，我忍受著即將溢出的淚水，伸出無力的右手，輕撫她的髮絲。是那一條毫無血性的神經，壓迫著我的聲帶、是那一條神經，遂使我欲言又止，在我即將遠離人間時，竟然說不出一句：

親愛的秋蓮。

她撫摸我深凹的眼眶，消瘦的臉頰，涼涼的淚水一併滴下，一聲聲親切，悅耳、柔情的小弟，讓我彷彿置身在三十餘年的港都，以及雨夜的西港。然而，那畢竟是已逝去的歲月。此時，我們身處的，卻是浯鄉的醫院中⋯⋯。

「金門這條路既遙且遠，我走了三十餘年才抵達。孩子已先揭開謎底，你心裡明白。我會珍惜我們相處的每一個時光。」

我微微點點頭，露出一張痛苦的臉，孩子也走近床沿，附在我耳旁，低聲地喚了我一聲：

「老爸！」

我的內心裡，只掠過短暫的一陣喜悅，隨即又被病魔纏繞著。我顫抖著手，輕撫孩子

的臉，浮現在我眼簾的是一個小小的酒渦，儘管我的雙眼已老花，它卻是我心中永不磨滅的第一印象。

梁小姐也走了過來，熱淚盈眶地喚我一聲：

「老伯。」

我無神地搖搖頭，輕拍一下她的手，孩子，辛苦妳了，這是我心裡想說的一句話，妳能聽到嗎？或許，永遠也不能。孩子，辛苦妳了！

「小弟，不能心存悲觀。你的身體很快就會復元的，爾後將是我們相偎不離的美好時光。孩子也長大了！美麗乖巧，善解人意的未來媳婦，正等待進我們家大門呢？」

她說著，說著。依然輕撫我的臉，一遍又一遍，輕輕又柔柔。然而，此刻的溫馨，並沒有取代我軀體的苦痛，從心、肺，到脊髓，彷彿有尖銳細長的繡花針在游移著。所經之處，像毒蠍般地猛螫，英雄好漢，仙人道長，也難受它的折磨，何況是一位風中殘燭的老年人。

孩子或許不忍心讓母親見到我這副痛苦的狼狽狀，讓我服下好幾顆藥丸。過不久，體內已麻，感覺不出有疼痛的地方，意識中，好像幾天沒睡時那麼地睏著，我已失去了知覺

……。

時間陪我在這張病床度過，然而病魔正不停地吞噬我的生命；我已失去了計算它的能力，任由它啃食和摧殘。體內或許只剩下壞死的器官、皮包骨的軀體，以及一絲微弱的生之氣息。

迷朦中，我聽到孩子與母親的對話。

「癌細胞已擴散到爸爸的肝、肺，甚至蔓延到了脊髓骨。」

「他第一次來醫院，你不是為他做體檢嗎？難道什麼也沒發現？」

「那時只是一些老年人常見的慢性病，並沒有其他症狀。」

「你是什麼時候知道他罹患那麼嚴重的病情，為什麼不趕緊為他動手術，把腫瘤切除。」

「媽，您先別激動，小聲點，讓爸聽到對病情沒好處。當我為他轉院，做切片檢查時，已是末期了。」

「孩子，我的命真那麼苦嗎？金門一直是我嚮往的地方，三十餘年前，該來未來，想不到走了大半生才抵達；然而，卻沒有獲得蒼天的憐憫，今天回來，不是夫妻重聚、全家團圓，而是要面對著永恆的再分離。」

「媽，我們內心都同樣地難過。三十年來在您的慈暉下成長，卻無緣親沐父愛的光輝。而萬萬想不到，無論從任何一方面，我們父子都有十分相似之處，父子心早已熔為一

體，他不僅是我的父親，亦是我的良師兼益友，我們在一起，沒有意識上的代溝，有的是父子深情。」

「如果轉到臺北榮總、長庚那些較大型的醫院，接受化學治療，是否能把病情控制住？」

「化學治療是用鈷六十來透射腫瘤的部位，它較適合於罹患時的初期。爸爸已到了最嚴重的末期，而且癌細胞已擴散到肝、肺、脊髓。現在只能以藥物來減輕他的痛苦，其他的計策都已太晚了。」

「孩子，你是學醫的，我尊重你的專業知識。自你學成踏入醫界，服務過多少病患，醫好多少病人，但今天面對奄奄一息的父親，卻是一籌莫展。」

「媽，請您原諒，面對爸爸的病情，我實在有措手不及之感，也愧對您的養育之恩。原以為找到爸爸，就是我們家團圓的日子，我也自信能負擔家計，讓您倆無後顧之憂地安享晚年；然而，上天似乎對我們太不公平了，我救人無數、醫病難計，卻救不了、醫不了自己的父親。我感到慚愧！」

「孩子，你也別自責。醫師只能醫人病，不能醫人命，怪他不懂得珍惜生命。那年在安平，我已警告他，煙少吸、酒少喝，竟把我的話當耳邊風。」

「不錯，長期的煙酒，是造成腫瘤滋長蔓延的主因。但人往往是生病才找醫師，平

常的體檢幾乎少見。尤其經常從小感冒中發現到重大病症，想恢復健康，已是遲了一大步。」

「依你的經驗，類似你爸爸的病情，會不會有奇蹟的出現？」

「媽，我並非悲觀，也並非不鍾愛爸爸的生命，雙親俱在是我的福份。依爸爸的病狀，只能讓他有尊嚴地、很自然地，選擇他要走的路，不可能有奇蹟的出現。」

「如果改服中藥呢？對病情是否會有幫助？」

「不錯，中醫是我們的國粹。中藥能強身、固本、治病。我知道您與爸爸認識的時間最短，感情卻最深；長久的分離，深情卻依舊。我們都有不能接受這份事實的感嘆。中醫、西醫；中藥、西藥，它的本意都是救人、醫病。說句不孝的重話，爸爸已是病入膏肓，如果以醫學的觀點來說，用西藥來減輕他的痛苦，比中藥強烈。」

「既然如此，我們只好聽天由命了。」

「媽，在這段日子裡，我們必須堅強地面對，人生最慘痛的遽變時刻。在他意識尚清醒時，儘量地陪伴在他身邊，任憑一分一秒也不能放棄與錯過。」

「是的，孩子，這是我們唯一能做到的。」

「喔，對了，媽，爸爸曾經到過西港、到過安平？」

「到過。」

「很遺憾，爸爸曾經說過，要告訴我們一個美麗的故事；或許這個故事，只能隱藏在他自己的心中，我們永遠也聽不到了。」

「不會的，你爸爸是一個重情感、講信用的人。他現在雖然不能說，或許會以另一種方式來告訴你們。」

「對。爸爸曾經說過，要以文字來傳承，說不定他已寫好，放在古厝的抽屜裡。」

「不，在我的提包裡。」

「在您的提包裡？媽，您的話真玄，爸爸想說的故事，怎麼會放在您的提包裡？」

「孩子，從他發現你、認識你，所有的經過都寫信告訴我。我佩服他的面面俱倒。實際上，他想說的故事，已在報上刊載過，只是你忙於工作，沒有注意到。」

「在報上刊載過？」

「是的。」

「叫什麼題目呢？」

「〈再會吧，安平！〉」

「再會吧，安平！這篇小說我看過，很感人。」是梁小姐的聲音，「女主角就叫秋蓮，原以為這是巧合，想不到描寫的是自己。」

「他是以平凡的筆，來敘述一個不平凡的故事。想不到事隔三十年，仍能記下當時的每一個細節。」

「媽，相信爸爸對您的感情是誠摯的，是永恆不變的，才有這篇作品的誕生。雖然我尚未拜讀爸爸的大作，但能夠通過編者這一關，在報上刊載，已算是過了火海。如果再蒙受讀者的青睞和肯定，更可見真章，我們感到榮幸。」

「孩子，我也以你父為榮。只是我們一直沒有蒙受命運之神的眷顧，祂一而再、再而三地逼迫我們分離。青春歲月已過，竟連年老時的相依靠也不可得，如果他能帶我一起走，多好，不管陰間地府，永不再分離。」

「不，媽，您不能有這種悲觀的想法。失去父親，是我內心永恆的痛。雖然我已長大，能獨立生活，但您依然是我精神上不可缺少的中流砥柱，不能沒有您，不能再失去您！」

……

聽到這裡，我流下的淚水已濕了枕頭一大片。滿懷、滿肚的話想說、想吐。然而，我已好久好久不能言語，渾身也使不出一點點、一絲絲說話的力氣。胸痛、背痛、五臟六腑，沒有一處不痛。我已是一盞即將熄滅的孤燈；不必同情和惋惜，不必經過颶風的吹襲，讓燭油流盡乾枯後，自然地熄滅。雖然心有不甘，為什麼趁著我們夫妻、父子即將團

聚時，讓我飽受如此不人道的折磨？我此生自信沒有造過孽、也沒有當過土匪和強盜，為什麼把人世間最悲傷的慘劇和痛苦，全給予我。讓我沒有機會選擇其他的生存方式，等待著死亡。誠然，自古英雄誰無死，何況我只是一個凡人，但為什麼不給予我一個機會，等待團圓後再自然地老化、死亡？讓我們夫妻、父子，有一段相互依偎的美好時光。

或許，體內的麻醉藥已全然地失效，它沒有恢復我的健康，而是藥劑失效後的更痛苦。我佩服癌細胞的刁鑽和厲害，整個身軀已是皮包骨，但它依然不放過——一位即將垂死的老年人，要把他混濁的血吸乾，把骸體化成一泓死水才甘心。

我的體內，彷若被分屍般地難忍。鄰人戚友也相繼來探望，投給我的是同情，憐憫的眼神。一旦我閉目西歸，相信他們會主動來協助，絕不會讓她們母子獨自捆扛。屆時，親友們將會為我佈置一座小靈堂，供奉「五牲」和「菜碗」，道士會唸些常人聽不清楚，我更聽不見的悲咒術語。是頌我、是咒我，還是依俗淨身，只有來生當道士才能明瞭其中的原委。

想的愈多，疼痛愈劇烈、愈難受。如果意識失去靈光，僅留一絲殘喘微弱的生命，是否還會那麼地痛苦。她們日夜輪流陪伴，我無言無語，默默地承受這份溫馨，如果來生否還會那麼地痛苦。她們日夜輪流陪伴，我無言無語，默默地承受這份溫馨，如果來生舌

頭不再打結，再說聲謝謝吧！

她在我耳旁的柔聲細語，我並沒有裝進尚未敗壞的記憶裡。迷迷糊糊，昏昏沉沉，有時讓我哽咽悲傷，有時讓我窩心傻笑。或許她已說盡一切安慰我的話，而我卻不能留下一言半

語，更無法告訴他們阿公阿祖的忌辰，年節也勿忘要到破舊的豬舍、牛欄、護龍，依習俗燒些紙錢，祈求平安。實際上，我也不必操心，當他們回到老家的古厝，同宗的叔嬸都會把這些俗事相告，我何不趁機，加快腳步，儘速回到西方的極樂世界，減少在人間所受的苦難。

我的腹部已鼓起，是肝硬化而積水，腿部浮腫，是腎臟敗壞而水腫。昏睡時間總比清醒多，視線也逐漸地模糊，只能見到影子在晃動，看不清人的真面目。或許在人間的日子已不多，天堂之路也不再迢遙，她輾轉走了三十餘年才踏上浯鄉的土地，而我只歷經幾十個悲悽酷寒的晨昏，就已上了天堂路。她的不幸，正是我的僥倖，稍待一會，我即可脫離苦海，走到一個不想去、又不得不去的地方。

突然間，我的精神一振，意識格外地清醒，睜眼能見到房內的人和物，竟能沙啞微弱地喚聲：

「秋蓮。」

她急促地走近我，俯下身，附在我的耳旁，柔聲地叫我一聲：

「小弟。」

我苦笑地輕握她的手，輕撫她那歷盡滄桑的臉，再喚聲：

「秋蓮。」

而後，我微閉著眼，彷彿被一片烏雲籠罩著。

「媽，」是孩子急促的聲音，「爸爸他……」

「孩子，你是醫師，知道病人最後的徵狀，讓他自然地、有尊嚴地離去。快為他辦理出院手續，趁他彌留時，我們必須護送他回老家，面對列祖列宗。萬一在外氣絕而進不了古厝大門，我們承擔不起這份罪過。」

「媽，我瞭解您的心意，入鄉必須隨俗，但我實在不甘心，這麼快就與爸爸分離。等了三十年，還是等不到他來引導我認祖歸宗，這是我此生最大的遺憾。」

「孩子，我們母子都有同樣的心情，金門路迢遙，我已走到它盡頭，縱然風雨腐蝕我的身軀，我也要守住這片土地。引導你認祖歸宗的重擔，將由我來承擔，孩子，你放心吧……。」

哭聲繚繞在我耳旁，淌下最後一滴淚水，我的靈魂彷彿已飄進老家的古厝大門，躺在冰涼的水床上。白色的燭光，床頭的沉香，金銀紙錢在紅磚地上燃燒著；黑色的棺木，是我陰間的華屋；請再為我準備一瓶酒、一包煙、一枝筆、一疊紙，我將在陰間地府，寫下此生難以忘懷的篇章——

迢遙浯鄉路……

（全文完）

# 冬嬌姨

## 寫在前面

離開家鄉很久了，冬嬌姨首次回到這個小島上，陪同她回來的是創業有成的兒子和媳婦。不管她是衣錦還鄉，或是落葉歸根，並沒有在這個純樸的小村落裡造成騷動。除了少數親友外，青少年對她已完全沒有印象，老一輩多數已凋零，能認得出她的，所剩也無幾，倒是轟動一時的⋯冬嬌姨跟「老北貢」跑的新聞，讓人記憶猶新。

1

冬嬌姨是王家的童養媳，和王川東成親時她才十八歲，次年王川東遠赴南洋謀生，落腳處不是新加坡和呂宋，而是印度尼西亞的一個島嶼，從事的是討海的漁工，獲得的是一份微薄的薪資。然而他依然省吃儉用，按月寄回一點錢，交由寡母貼補家用；但好景不常，隨著國際情勢的驟變，這個落後的國家轉而親共，相對地兩國人民也失去了通信、通匯、來往的自由；因而，王川東已音訊杳然，生死不明，留下寡母以及新婚不久的妻子，靠著農耕來過活。

王川東的父親早逝，母親是出了名的潑婦，她姓林單名快，村裡大大小小、老老少少，都不依她的輩分來稱呼她，而直接叫她「虎母快仔」。「虎母」是兇悍的動物，「快仔」是她的本名；虎母快仔的大名，在附近的幾個自然村裡，簡直是無人不曉，而知道林仔」是她的本名；可能只有村指導員和她的家人。

虎母快仔身長腳短，多皺的馬臉又加了些麻點，扁扁的鼻子，黃色的牙，蓬鬆的髮絲在腦後挽成一個髻，用一個破了小洞的髮網罩住，鐵絲彎成的髮釵，扣在髮髻上，頭蝨已在她的髮間產下許許多多白色的卵，懶得換洗的衣裳，散發出一股濃烈的異味，一副邋遢相，在這個小農村裡，實在是不得人緣。村裡的住軍叫她「邋遢婆」，她會回應他們一

聲：「汝去死」，始終不承認自己的邊遢。

冬嬌姨三歲進入王家大門，長大後並沒有受到虎母快仔的影響，雖然僅讀過小學二年級，又必須上山下海、牽牛牧羊、餵養雞鴨、煮飯洗衣，幾乎所有的家事農事她都做過，也充分地發揮一個童養媳的角色，但無論工作多麼地繁忙，始終為自己梳理得乾乾淨淨。她圓圓的小臉有兩個深深的酒渦，長髮紮成兩條小辮子，潔白的牙齒，伶俐的口才，一副人見人愛的小大人模樣，大家都叫她冬嬌姨，她不但欣然地接受，美麗光澤的臉上，更綻放著燦爛的笑靨。當然她也知道，長大成人後要和王川東「做大郎」，因而，對王川東這位「阿兄」敬愛有加。相對地，王川東並沒有排斥這位「新婦仔」小妹，月以繼日，兩人已培養出一份異於兄妹的深厚感情，看在虎母快仔眼裡，是很興奮的。

虎母快仔養了五頭牛、十幾隻羊，經常都是由她自己去放牧，兩頭「大牛港」走前面，三頭母牛走後面，大小羊兒跟在母牛後，每天清晨，大部份都由她領隊，由破落的「老戶龍」改成的牛欄裡趕出來，而後浩浩蕩蕩地走向山林野地，有時則放牧在鄰人的口埂上，或許是牛繩老舊，抑或是人為的疏忽，經常地，不是牛偷吃人家的番薯，就是羊吃了人家的花生。

「幹恁老母，」有一天，火仔氣呼呼地來到虎母快仔的家門口，邊走邊罵，「虎母快仔，有種給我出來！」

虎母快仔嚥下一口「安脯糊」聽見有人在門口叫囂，放下碗筷，老神在在地走出來，

尖聲地指著他說：

「火仔，你大聲小聲咧哭飫，是吃嘸飽呢？」

「虎母快仔，恁老母耶，妳不要給我裝胡塗！」火仔氣憤地，「妳那隻老老牛哥整整吃

掉我十棵番薯，妳要給我一個交代！」

「火仔，我們是幾十年的老厝邊，不要以為我這個老查某好欺負，」虎母快仔說著，

突然插起了腰，高聲地，「牛吃番薯，干我啥代誌！」

「是妳家的牛，怎麼不干妳的代誌！」火仔更加氣憤。

「是我叫牠去吃的嗎？」虎母快仔向前跨了一大步，指著他說：「牛是畜生，如果牠

知道這塊番薯田是你火仔的，牠敢去偷吃嗎？做人要講理嘛！」

「妳的牛吃了我的番薯，還說我不講理？」火仔氣憤的聲音震耳，「妳這隻老虎母，

簡直不可理喻！」

「你才是畜生！」虎母快仔不甘示弱，尖聲地罵道，「不要以為你塊頭大，全村人都

怕你，嘿、嘿，就是我快仔不吃你這一套！」

「好、好，算妳厲害、算妳厲害。」火仔放低了姿態，也提出警告，「今天算我倒

楣，以後如果不把牛拴好、綁緊，讓牠再偷吃我的農作物，大家就等著吃紅燒牛肉！」

「你敢動牠一根牛毛，我就跟你拚生死！」虎母快仔說著說著，嘴角的泡沫與口水同時噴出，「不信試看嘜！」

坦白說，村人已多次領教過虎母快仔的厲害，她一年賣牛、賣羊也賣了不少錢，但始終捨不得買幾條新繩索，來拴綁牠們，長長的牛繩歷經風吹雨浸，不知打了多少結，才把它又接上，怎能禁得起牛羊使力地一拉，因而虎母快仔的牛羊吃人家的農作物，是經常發生的事，虎母快仔與人紛爭，多數也因牠們而起；一些不願惹她的村人往往都自認倒楣，當然，找她理論的也不在少數，但都是乘興而來，敗興而歸，休想從她身上得到補償，更甭休想從她身上討回公道。

虎母快仔氣呼呼地回到餐桌，王川東與冬嬌姨依然吃著他們的安脯糊，剝著花生當佐餐，似乎沒把它當成一回事，這也是他阿母經常與人發生的紛爭，對他們來說已是司空見慣。

「阿母，我們的牛又吃了人家的番薯啦？」王川東關心地問。

「只不過吃了十幾棵，沒什麼大不了的事嘛。」虎母快仔不悅地說：「你們沒聽見，火仔好像發瘋似的在外面吼叫，不給他一點顏色看看，以為我這個老查某好欺負！」

「阿母，」冬嬌姨放下碗，雙眼看著虎母快仔，「我們的牛繩實在該換了，尤其是那兩頭大公牛，動不動就把繩子扯斷，跑到人家的田裡，偷吃人家的農作物，難怪人家會找

上門來。

「死查某鬼仔，這點我還不懂，要妳來教！」虎母快仔白了她一眼，「能省就省，今天換新的，過幾天還不是要斷掉，況且我每一個結都打得緊緊的，是牛把它扯斷，怎麼能怪我們呢？」

「阿母，我看以後不要再把牛放牧在人家的田埂上，」王川東眼看著虎母快仔，手剝著花生，附和著說：「免得經常跟人家吵。」

「夭壽死囝仔，」虎母快仔瞪了他一眼，「田埂上的草，長又青呀，難道你們瞎了眼，沒有看到我們的牛羊每隻都是肥肥壯壯的，不小心吃它幾棵番薯，有什麼大不了的事！」

「阿母，話不能這樣講啦，」冬嬌姨聲音柔柔地說：「一棵番薯從插栽到長成，的確要花費很多精神和心血，無緣無故被牛給吃了，人家當然心疼。」

「你們兩個了尾仔囝，手臂老是向外彎，從來就沒有替阿母說過一句公道話。阿母的辛辛苦苦養這些畜牲，還不都是為了你們。」儘管虎母快仔在這個村裡，是一個不可理喻的「赤查某」，但對孩子卻是疼愛有加，雖然經常地「死囝仔」、「死查某鬼仔」不離嘴，卻少有疾聲厲色和打罵，因而，也拉近了母子間的距離；孩子也因瞭解母親，而從沒嫌棄過母親，儘管她邋遢，在村裡又不得人緣，然她在孩子的心目中，永遠是一個慈祥的

好母親。

「阿母，妳不要再生氣啦，」冬嬌姨站起身，伸手拿起虎母快仔的碗，「安脯糊涼了，我為妳加點熱的。」

「阿母，我給妳剝花生。」王川東抓了一把花生，快速地剝著，而後放在虎母快仔的面前。

「總算沒有白養你們。」虎母快仔內心裡，掠過一絲甜蜜的微笑，而後說：「明年是吉年，牛羊也養大了，你們也長大了，我決定選個好日子讓你們成親。」

「什麼？」冬嬌姨訝異地，「阿母，我今年才十八歲耶。」

「十八歲還小啊？」虎母快仔反問她，「我十六歲就跟你阿爸結婚，十七歲就生下阿東，妳今年十八歲還小啊？」

冬嬌姨看看王川東，想不到他也正看著她，兩人的臉上，同時浮起了一朵艷麗的彩霞。

王川東雖然是虎母快仔親生的兒子，但一點也不像她，而是遺傳自早逝的父親。他有一張忠厚樸實的臉，雖然不很壯碩，但五官端正、性情溫文、無不良嗜好、又勤於農耕，對冬嬌姨這個新婦仔小妹，早已愛慕在心，如今虎母快仔提出要讓他倆成親，他的心裡有無限的喜悅在歡騰，更期盼這個日子能早日到來，只是不好意思表明罷了。

當然，冬嬌姨也不會排斥這段婚姻的，十八歲結婚怎麼能稱早，只是羞於啟口說好而已。虎母快仔是過來人，對年輕人的心裡，或許已摸得一清二楚，早日讓他們結婚，以免夜長夢多，尤其是村裡的那些「北貢」駐軍，經常藉著年節，透過村指導員，要冬嬌姨參加勞軍團，去唱歌跳舞，慰勞「勞苦功高」的將士，萬一出了什麼差錯，可不是鬧著玩的。因此，她的決定絕對是正確的，也可了卻她的心願，十幾年來的辛苦總算有了代價，再不久，她也可以升級做阿嬤了，這是一件讓人多麼興奮的事呀！虎母快仔每當想起這件事，總是難掩內心的喜悅，也可為她苦難的一生，增添一些燦爛的色彩。

轉眼，一年一度的中秋佳節又降臨到人間，村指導員援例通知一些能歌善舞的婦女隊員，參加駐軍的月光晚會。在戒嚴時期一個封閉的小農村裡，保守的民風，以及知識水準的低落，若與那些「北貢兵仔」較親近，難免要遭受村人的非議。然而，村指導員的通知，視同命令，不想被捉去關，就必須乖乖服從。冬嬌姨雖非絕代美女，但她的姿色在這個村裡，還真沒人能跟她相媲美；她的歌喉、她的音色、她的台風，一曲「桃花江」，一首「馬車伕之戀」讓老少北貢拍紅了雙掌，一段「月下對口」讓台下的兵仔爭著上臺跟她合唱，由於她的美麗和熱情，這些在金門島上等著反攻大陸的北貢兵，給她起了一個綽號叫「小辣椒」，當小辣椒隨著音樂跳起了時下最流行的「曼波舞」時，台下也跟著唱起了：

「嗨曼波，曼波啦。嗨曼波，曼波啦。」

「曼波一呀一呀嗨曼波，曼波一呀一呀嗨曼波。」

讓小辣椒把現場氣氛帶到一個火辣辣的境界，讓這些北貢兵仔流下辛辣的口水，也流了興奮的眼淚。然而看在虎母快仔眼裡，卻是另一種不同的滋味，一個未出嫁的黃花閨女，跟那些肖兵仔搖著屁股裝瘋賣傻，成什麼體統。這個夭壽死囝仔、死查某鬼仔，實在真見笑，她在心裡暗中地罵道，但一想起這個中秋節，她們家收到十幾盒兵仔送來的月餅，心裡也就坦然多了；尤其都是她愛吃的「五仁月餅」，餡中有芝麻、有冬瓜、有豬油，她一口氣可以吃掉二個而不膩，如果家中沒有一個像冬嬌那麼活潑的女孩，又有那一位北貢兵願意送呢？想到此，她的心中也沾沾自喜，隨即又出現一股淡淡的憂慮，冬嬌可是她未來的媳婦，千萬不能被那些老北貢拐去，月餅的甜頭還是少嚐為妙。

其實虎母快仔是多慮了，冬嬌姨雖然很活躍，但她始終很清楚，自己生長在一個保守的社會和農村，不久就要和王川東成親，一切言行和舉止，應當更謹慎，以免落人口實。然而身為婦女隊員，參與年節勞軍卻是義務，如果不帶動一點輕鬆的氣氛，一個個如木雞般地呆立或靜坐，是那些英勇戰士所不願看見的。況且，她喜歡唱歌，她買了一本厚厚的流行歌本，沒事時就哼哼唱唱，不但唱出了興趣，也唱出了信心，更展現了幽美的歌喉，因而當她唱完每一首歌，都獲得如雷的掌聲，以及「再來一個，再來一個」的尖叫聲。然而她是懂得分寸的，儘管她的歌聲和美麗，同時獲得北貢兵的青睞，但她並不會刻意地去

搶別人的風頭，不管唱好、唱壞，讓人人都有表演的機會，這也是冬嬌姨可愛的一面。

## 2

冬至過後，虎母快仔賣掉一頭大牛港、二頭老母牛，以及好幾隻羊。

她單槍匹馬親自上街，為王川東和冬嬌姨的婚事張羅一切，她一生做牛做馬地拖磨，等待的就是這個日子的到來，再怎麼辛苦、再怎麼勞累，也是值得的。然而在她內心充滿喜悅的同時，也讓她想起了老伴，想起一個白色恐怖的夢魘。那年她的夫婿喬仔正值壯年，在一次民防訓練的政治課堂中，因為反駁了教官幾個有關大陸「人民公社」的問題，提出了一些個人的看法，第二天隨即被武裝憲兵帶走，罪名不是「匪諜」，而是「思想有問題」，必須接受「洗腦」。眼見喬仔被押走，虎母快仔的心簡直涼了半截，一個目不識丁的鄉下婦人，更是欲哭無淚，走頭無路。村人一旦提起喬仔，只好任由喬仔接受情治單位的嚴幫她說句話，「思想有問題」是一個多麼恐怖的罪名啊，只好任由喬仔接受情治單位的嚴刑拷打，逼供和洗腦。當喬仔重回虎母快仔的身邊時，除了遍體鱗傷外，精神也出現了異樣，村人除了同情還是同情。在戒嚴時期白色恐怖的年代裡，民主和人權是不存在的，人民的尊嚴，猶如畜牲般地被當權者踐踏；言論沒有自由，行動沒有自由，上天賦於人類的

思想竟然也失去了自由！

喬仔每天手持木棒，喃喃自語，到處遊蕩，時而有攻擊飛禽走獸的傾向，經常地打得雞飛狗跳、牛羊四竄。然而對於村人，除了無言以對外，並沒有為他們帶來任何的困擾。

唯一的是見到北貢兵、或者是那位北貢村指導員，他會翻起白眼，丟下一句：「操你媽的！」，這句在北貢心中非同小可的國罵，經常讓村指導員追著要把他關起來，當然喬仔是怕關的，他承受過被關的痛苦、他承受過被嚴刑拷打的滋味，於是他快速地跑開，卻依然沒有忘記要「操」那些北貢的「媽」。

一年一度的民防隊訓練，喬仔並沒有因精神失常而豁免，因為他沒有取得任何的證明文件，村公所仍然通知他要參加出操上課，但為了安全，並沒有把槍發給他。

「各位隊員：兄弟我姓陳，是二營的指導員，今天的政治課由我來上，希望各位在下面不要講話，有事舉手喊報告，不服從命令者要倒大楣！」營指導員說著說著，竹桿削成的教鞭，猛力地在桌上拍了一下，而後高聲地問：「大家聽見沒有？」

「聽見。」隊員們齊聲地答。

「大家都知道，自從三十八年國軍從大陸撤退後，在蔣總統英明的領導下，我們是一年準備、二年反攻、三年掃蕩、五年成功……」

營指導員尚未講完，喬仔突然舉起手站了起來，神情嚴肅而高聲地說：

「報告教官，放屁！」說完後隨即打了一個大響屁。

然而，這卻是一件不得了的大事，在蔣總統英明的領導下，一年準備、二年反攻、三年掃蕩、五年成功，怎麼能說是放屁，這個人絕不是單純的思想有問題，而是匪諜，是共產黨的同路人。經過營指導員的反映和呈報，於是，喬仔又被押走，過不了幾個月，村指導員就通知虎母快仔到西埔去收屍。

每當想起這段往事，虎母快仔的血脈就不停地賁張，一個活生生的人就這麼地被折磨死，留下川東和她相依為命，次年抱來冬嬌做「新婦仔」，長大後將與川東成親「做大郎」。苦難的日子總算過去了，孩子的喜事就在眼前，虎母快仔的內心裡，湧起一股甜蜜的微笑。

成親的那一天，王川東穿了一套深藍色的中山裝，足登「回力牌」球鞋，厚厚的髮臘把他的髮絲掛三七分邊，唇角掛著一絲喜悅的微笑，展現出一份農村青年純樸的帥氣。冬嬌姨穿了一件大紅的花旗袍，鬢邊別了一朵小紅花，雙頰抹了一層薄薄的胭脂，更有一份脫俗艷麗的自然美，如此一對標緻的新郎和新娘，虎母快仔喜悅的形色溢於言表。當然她也換了新衣，髮上也抹了一點「土豆油」，黑白相間的髮際，在「桔仔花」的襯托下，多了一份盎然的生氣。她今天已不是人人嫌棄的潑婦，亦非北貢兵口中的邋遢婆，而是這個村子裡的貴婦。她曾經發過願，在川東和冬嬌長大成親時，不管生活多麼地困頓，也要殺豬

宰羊、擺設喜桌，宴請村人。今天，經濟雖然談不上寬裕，但畢竟孩子已經長大成人，是該她還願的時候了。因而，她不分東角西落，南邊北面，甚至曾經與她吵過架的村人，她也不記前嫌，依然誠懇地邀請他們入席，更沒有收受人家一分一毫的賀儀，如此的作為，簡直與她平時不可理喻的潑辣狀，判若兩人。

那晚，供桌雙旁的紅燭高照，鬧新房的村童村婦也走了，新人也相偕地踏進新房，虎母快仔獨自立在喬仔的神主牌位前，她雙手合掌，口中唸唸有詞，是祈求喬仔的保佑？還是稟告心願已完成？是與否對她來說已不重要，只見喜悅的淚光在她眼裡閃爍。

甜蜜的時光易逝，王川東和冬嬌姨彷彿還生活在新婚蜜月裡，卻在一位同齡的遠房表親鼓勵下，過完年同赴南洋謀生，原以為三、五年就可衣錦還鄉，讓母親和嬌妻過好日子，然而竟是一去不復返……。

3

虎母快仔的意志是較堅強的，中年喪夫，老年失子，但她始終沒有被命運擊倒，每天依然牧放牛羊，從事農耕，在忙碌中過日子、求生存。

「喬嫂仔，喬嫂仔。」有一天大清早，她剛開啟房門，看見火仔牽著母牛，神色慌張

地在門口叫著。

「火仔，你七早八早、大聲小聲，在叫什麼呀？」虎母快仔不高興地問。

「不好意思啦，」火仔嬉皮笑臉地說：「我家這隻老母牛昨晚叫了一夜，屁股一片紅腫，八成是起狷了，今早牽來想借妳家的老牛哥交配一下。」

「火仔，不是我說你，」虎母快仔指著他說：「大家都是幾十年的老厝邊，我的牛港吃了你幾棵番薯，你一開口就是『幹恁老母，虎母快仔』今天你有事來求我，就叫我『喬嫂仔』，做人不要那麼現實嘛！」

「失禮啦，失禮啦。」火仔說著、說著，又連續點了好幾下頭。

「話先說在前面，全村的公牛，也找不到一頭，像我家這頭老牛港那麼壯碩的。如果交配成功，生下『牛種仔』我要抽三元，生下『牛豚仔』抽二元。」虎母快仔正經地說：

「這是老規矩。」

「喬嫂仔，這點我知道啦。」火仔笑著，「早上牛港精力旺，趕快把牠牽出來吧。」

虎母快仔不慌不忙地把牛港牽出來，一見到起狷的母牛在一旁，老牛港把頭一轉，拉動繩索，快速地走到母牛背後，用牠那敏銳的鼻子聞聞母牛起狷時的騷味，而後前腳騰空，後腳一蹬，急躁地爬上母牛背部，一挺一挺地尋找母牛紅腫的部位。在虎母快仔的經驗裡，只要母牛真正起狷，而來找她家的老牛港交配，從來就沒有失敗的紀錄，生出來

的牛犢，更是發育正常，粗壯無比。因而，她很自豪，始終捨不得把牠賣掉，除了犁田拖肥，也成了眾牛羨慕的牛哥，一年累積下來，更讓虎母快仔增加了好幾十元的額外收入。

「火仔，」交配完後，虎母快仔牽著無神的牛哥，對著他說：「上一次牠偷吃了你的番薯，這一次我不抽你的牛哥錢，現在誰也不欠誰的，不要忘了我們是幾十年的老厝邊，多包容、少計較，更不要誤認為我這個老查某好欺負。」

「喬嫂仔，失禮啦、失禮啦，以後絕對不會有這種事情發生。」火仔牽著母牛，再三地向虎母快仔點頭道歉。

冬嬌姨挽著一籃換洗的衣物走出大門，看見虎母快仔和火仔各牽著一頭牛，以為又發生了什麼事，她神色慌張地走到虎母快仔身旁。

「阿母，」她雙眼凝視著虎母快仔，低聲地問：「又發生什麼事啦？」

「火仔家那頭母牛起肖了，來借我們家牛港的種。」虎母快仔淡淡地說：「完事了，妳去洗衣，我先把牠牽上山吃草。」

冬嬌姨點點頭，看看剛移動著腳步的火仔，也看了一眼搖擺著長長尾巴的母牛。是的，凡是動物都有思春期，牛和人並沒有兩樣；牛的思春期一到，飼養牠的主人均能明察秋毫，為牠們尋找一隻精力旺盛的牛哥，除了繁衍牛犢，也安撫牠們發情時暴燥的情緒。

而人呢？雖然能用理智來控制心理或生理上，一切不規律的反應，然而她已是一位身心成

熟的女人，與川東結婚後也體驗過男女之間的歡怡，此時想起，記憶猶新，內心也會湧起一股難以言喻的喜悅，只是這份甜蜜，早已隨著王川東漂浮到天邊海角。夜夜，她忍受著獨守空閨的寂寞，她忍受著野貓叫春時的煽情。如果沒有曾經過多好，如果未曾體會過男女間激情的床上遊戲那該多好，她的心將如同一泓碧波無痕的湖水，平靜安祥。然而，她處女的心扉已被王川東啟開，無論用什麼方式，依然不能再把它閂緊，只能癡癡地等待，等待那個男人早日歸來。

冬嬌姨邊走邊想，已來到溪仔墘，她把整籃衣物浸泡在溪水中，又一件一件把它撈起放在石板上，而後在一塊方形的石頭上坐下，把腳伸進水裡，讓潺潺的流水從她的腳上流過，當然也流走了無情的歲月。

她一一地打上肥皂，有的用力搓，有的輕輕揉；洗衣煮飯、上山下海、餵養飛禽走獸，已成為她每天例行的工作，對未來她不敢想，也不敢奢望川東有歸鄉的一天。婆媳倆，一個守死寡，一個守活寡，婆婆已是一棵葉落滿地，即將枯萎的老樹，而她卻是一朵盛開的春花，期待著露水的滋潤。然而春去冬來，日復一日，她的心靈依然是乾涸的一片，期盼中的露水，卻滴在旁枝的花蕊上。

在一個封閉而靠天吃飯的小農村裡，生存原非易事，虎母快仔的體力已大不如前，經常地腰酸背痛、四肢無力、頭暈目眩，面對著一群大大小小不聽使喚的牛羊，更令她精

疲力竭，田裡的農事也不是冬嬌姨一人可負荷的。因而她經常地左思右想，要如何來改變目前的環境，要如何來改造婆媳兩人的命運。她也曾經思考和檢討過，如果不讓川東遠赴南洋該有多好，相信他有能力擎起這個家，那時，她將是這個村落最幸福的老人。而今，川東在外生死不明，她也垂垂老矣，爾後將是這個家的累贅，冬嬌雖然從小由她撫養長大，也是一個乖巧的好媳婦，但她還年輕，怎能忍受長期獨守空閨的寂寞。想當年喬仔被折磨死後，她正處在一個女人生活中不能缺少的高峰期，雖然她忍受著寂寞與空虛的雙重煎熬，但卻有一對乖巧的兒女陪伴著她，讓她的精神有所寄託，讓她度過一段艱辛苦楚的人生歲月。萬一有一天她走了，留下冬嬌一個人怎麼辦？又有誰能成為她生命中的精神支柱？或許是寂寞和空虛，抑或是她另有計劃和盤算，背祖離宗去改嫁？屆時，一切不可能發生的事也會發生.；這個時代，那來的忠貞烈女，這個年頭，時時刻刻充滿著變數，人更是一種善變的動物，只不過是變的時間未到而已。

「冬嬌仔，」有一晚，婆媳倆吃著飯，虎母快仔突然放下碗筷，神色黯然地對著她說：「阿母的身體已一天不如一天了，以前是牽牛上山，現在是被牛拖著走，再如此下去，有一天不是被牛踹死，就是被牛港觸死。」她頓了一下，而後長嘆了一口氣，接著又說：「我決定把牠們都賣了！」

「全部賣，」冬嬌姨訝異地，「以後我們用什麼犁田？」

「我們那幾塊田都是沙地，這些年來不是旱災就是蟲害，花生收不到二麻袋，大小麥和高粱都是有穗無實，連種籽都成問題，簡直是白忙了一場。」虎母快仔說著說著，又嘆了一口氣，「女人的體力是有限的，我倒下沒關係，卻不能拖累妳，因此我決定把所有的牛羊都賣掉，用這筆錢在我們的戶龍裡開家小舖，由妳來經營。」

「阿母，我們都沒有經商的經驗，萬一經營不善賠了錢，到時候什麼都沒有了，那要怎麼辦？」冬嬌姨憂心地說。

「這點妳放心，我們賣些糖果雜貨，日常用品，種類多一點，數量少一點，雖然小本生意賺錢有限，只要我們省吃儉用，生活應該不成問題的。」虎母快仔信心滿滿地說。

冬嬌姨不再說什麼，這是她阿母的決定，說了算數。或許，她阿母也有獨到的眼光，村裡村外駐了好多軍隊，村人也不在少數，在日常生活上，難免會缺東缺西，距離街上遠，交通又不便，如果真能開家小舖，不但利人也利己。況且，事在人為，經驗也是慢慢累積起來的，從事農耕何嘗不是也如此，現在又有阿母做她的後盾，怕什麼！冬嬌姨想著想著，頓時也有了信心，總比種田強吧！尤其當她想起扛犁挑肥、捉蟲拔草、擔水灌溉，任風吹、任日曬、任雨打的苦難時光、農耕歲月，這些原是男人肩扛的粗活，卻落在她的肩膀上，徒讓無情的歲月在她臉上抹上一片烏黑的色彩，也讓生活的重擔壓彎了她的腰。

未來雖然是一個未知數，但她能體會出阿母的愛心，也能理解到阿母為什麼要放棄從事大

半輩子的農耕工作，轉而要她來經營一個陌生的行業。誠然，隔行如隔山，但她會全力以赴的，好讓阿母安享晚年。

## 4

虎母快仔賣掉牛羊，放棄農耕，準備開店的消息傳出去後，村人不但訝異也認為不可思議，就憑她那副潑辣又邋遢的德性，又有誰願意上門光顧。當然在品論虎母快仔的同時，也發現到一個恰與她相反的冬嬌姨，以冬嬌姨的端莊、嫻淑和活躍，假以時日必能經營得有聲有色，絕對不會辜負虎母快仔對她的期望。

賣掉所有的牛羊，虎母快仔實在有些不捨，以前曾經被譏笑全身充滿著牛羊的騷味，而今這些味道已遠離虎母快仔的身軀，爾後將是滿身的油鹽味和糖果香，村人是否會另眼相待？駐軍還會不會叫她邊婆邊婆？火仔家的母牛如果再起肖，全村也找不到一頭壯碩的大牛港可替牠交配，雖然偷吃人家的農作物與人多次紛爭，但這種情事永遠不會再發生，總而言之，虎母快仔的放牧生涯、農耕生活，還是會讓村人懷念，畢竟這是一個富有人情味的小農村。

婆媳倆再三地研議和思考，決定以「川東雜貨店」來命名，以懷念遠赴南洋謀生、音

訊杳然、生死不明的王川東，也期望有一天，他能回到這個溫暖的家庭，負起為人子、為人夫的雙重責任，尤其是供桌上的香火，急待他來傳承、來延續，無論發生什麼事故，總要捎個信，竟連同行的遠房表親，也是音訊全無，真是情何以堪呀！而且無情的光陰已輾過無數的日夜晨昏，虎母快仔的鬢邊已是雪花片片，冬嬌姨也已邁向青春時期的最高峰，過著人生歲月最苦悶的時光，承受著女人生命中無情的枷鎖和傳統的束縛。

三十三師調回台灣，由六十九師來接防。王氏家廟援例由營部借用，官兵分別駐守在村郊的碉堡或民房，冬嬌姨佔了地利之便，生意更加興隆，虎母快仔腦筋一動為冬嬌姨買了一部手搖的中古「針車」，除了賣雜貨也兼起了縫紉，專門為兵仔修改軍服、縫「襪底」，當然一年發一套的軍服，大部份是放長改短，補破洞；一年發四雙襪子，往往穿不了幾次襪底就破了，只要他們找上門，冬嬌姨會依襪子的大小，先用漿糊把三層舊布粘上曬乾，再裁剪成腳底狀，然後用「針車」一圈圈地「車牢」，再用手工一針針地縫接在襪子上，如此精工又細密，保證可穿上好幾個月而不破，雖然價位低廉又費工夫，但薄利多銷是商場上另一種竅門，久而久之，的確為冬嬌姨賺了不少錢，也不得不佩服虎母快仔的眼光。

營部新來了一位「副官」，雖然都是北貢，但比一些老北貢年輕多了，而且溫文儒雅，沒有一般北貢兵的粗豪。

「冬嬌姨，」有一天，副官帶來一件草綠色軍褲，一進門就禮貌地說：「公發的褲子腰太大，麻煩妳幫我改一下。」

「你怎麼知道我是冬嬌姨？」她從椅上站起，面對著這位未曾見過面的軍官，笑著說。

「汽車官介紹的。」他也笑著。

「大多少？」冬嬌姨接過他手中的褲子，攤開一看柔聲地問。

「還是麻煩妳幫我量一量。」

冬嬌姨點點頭，然而當她的手拉著自製的布尺環過他的腰，卻聞到一股熟悉而成熟的男人味，她的心一怔，猛而地抬起頭，看了他一眼，一朵美麗的彩霞從她的頰上掠過，眼前這位陌生的男人隨即幻化成王川東的身影，讓她喜悅異常。

她眨眨眼，搖搖頭，企圖摔掉浮現在腦中的一切雜念，回歸到現實中的自我，於是她收回布尺，用筆在褲腰的內側做上記號，把它摺好，放在縫紉機旁。

「好了，後天再來拿。」她說著，隨即低下頭，走向櫃檯。

「對不起，冬嬌姨，我順便買塊肥皂，買一個洗衣刷。」他緩緩地走向櫃檯，並從口袋裡取出一張五元的鈔票，緊握在手中，而後問：「這個村子裡，不知道有沒有幫人洗衣的？」

「有呀，」冬嬌姨不假思索地說：「你要請人洗衣啊？」

「自己洗不乾淨，花點錢，省得麻煩。」

「那我來幫你洗好了。」

「真的？」

「當然。」

「是論件還是算月的？」

「到時再說吧。」

冬嬌姨真的幫副官洗衣了，她自己也說不出是基於什麼理由，平常的店務已夠她忙碌，現在又多了一份額外的工作，難道是想聞一聞男人的味道，還是想從其中回味舊有的時光和失去的歲月？沒人曉得她內心想的是什麼，虎母快仔看在眼裡也不敢問明原委，只感應到她的春心在蠕動，尤其是副官單獨送衣服來洗的時候最強烈。

「冬嬌姨，妳已經幫我洗了一個多月的衣服，工錢還沒有算呢。」副官很誠懇地說。

「急什麼，以後再算也不遲。」冬嬌姨不在乎地說。

「冬嬌姨說著，順手拉出一張椅子，「請坐，我為你倒杯水。」

「小錢不算，大錢就理不清囉。」

「不會啦。」冬嬌姨說著，順手拉出一張椅子，「請坐，我為你倒杯水。」

「別客氣，冬嬌姨。」副官移動了一下椅子，「經常來打擾妳，真不好意思。」

冬嬌姨笑笑，逕自走向桌旁，從熱水瓶裡，倒下一杯白開水。然而當她移動著腳步的同時，副官炯炯有神的目光卻緊緊地盯住她。他似乎看到一個美的化身，那是一個成熟的少婦之美，彷彿是回到老家，看見愛妻的影像；彷彿是身著戎裝，返抵家門，接受愛妻親手奉上的一杯熱茶。

「喝杯熱開水，」冬嬌姨走近他身旁，雙手遞給他，「小心，別燙著。」

「謝謝。」副官接過開水，目光卻依然滯留在她的身上，他是否要從她身上尋找一即將褪色的記憶，還是這個記憶已隨著河山的變色而失去。從海南島輾轉到台灣，從台灣來到這個離家漸近的小島，時時刻刻做著歸鄉夢，時時刻刻喊著反攻回去的口號。而夢多了、聽多了，所有的神經也跟著痲痺，思鄉的情愁也不再那麼地強烈，只是今天來到這個島嶼，來到這方小店，看到一個美麗而熟悉的影子，看到一個親切怡人的笑靨，怎不教他黯然神傷。

「只知道你是營部的副官，還沒有請教你貴姓大名呢？」久久的沈默，突然冬嬌姨含笑地問他。

「何景明，」副官極端豪爽地答：「人可何，風景的景，明天的明。祖籍山東煙台。」

「山東，」冬嬌姨看了她一眼，「山東人喜歡麵食，改天我煮麵請你吃。」

「麵是我們家鄉的主食，不怕妳見笑，我一口氣可以吃下一大碗麵條。」他用手勢，興奮地比劃著，「來到台灣吃的都是大米飯，在這裡也不例外，如果能吃到妳親手煮的麵，就彷彿回到自己的家一樣，相信我也能吃下一大碗。」他頓了一下，而後又說：「妳的生意那麼忙，實在不好意思麻煩妳。」

「只要你不嫌棄，隨時歡迎你的光臨。」冬嬌姨由衷地說。

「冬嬌姨……」

「叫我冬嬌就好，」副官尚未說完，冬嬌姨搶著說：「以後我也不叫你副官，就叫你何大哥，好不好？」

「妳的坦率、妳的真誠，讓我有回家的感覺，冬嬌姨比冬嬌更富有親切感，在我心中，妳是永遠不變的冬嬌姨；當然，我也願意聽妳叫我一聲何大哥。」

「何大哥，」冬嬌姨隨即低喚了一聲，她的聲音是那麼地幽美柔情，她的內心也沒有一點兒虛假，這絕對是真情的流露，不是一般勢利的應對。

副官從椅上站起，雙眼久久地凝視著冬嬌姨，冬嬌姨何嘗不是也看著他。於是，一絲微妙的因素在他們內心滋長著，它能幻化成一道什麼樣的光芒，它能開出什麼樣的花朵，就讓時間來告訴我們吧。

5

虎母快仔聽不懂國語，當然也不會講國語。每次看到冬嬌姨和副官有說有笑，雖然聽不懂，但卻能會意到這對男女有不尋常的關係存在著。尤其每逢禮拜天，冬嬌姨都會留他在家裡吃麵，雖然沒有什麼越軌的情事發生，副官也左一聲「阿婆」，右一聲「阿婆」來尊稱她，有時會托採買帶半斤五花肉，或偷偷地帶來一罐軍用酸菜罐頭，因此，虎母快仔並沒有排斥他，始終把他當成自己的孩子來對待，但也憂心有一天，純樸乖巧的媳婦，會禁不住男人甜言蜜語的誘惑，以及難以忍受的孤單和寂寞，丟下她這個無依無靠的老人，遠走高飛，虎母快仔的憂慮不是沒有理由的。

從平日的言談中，副官對於這個沒有男主人的家庭，也粗淺地有一些瞭解，冬嬌姨的命運與他有家歸不得是很相似的，但她似乎比他強多了，至少她還生活在自己的土地上；有相依為命、相互照顧的婆婆，有一個屬於自己的家，而他卻隨著部隊，流浪在天涯和海角，何時何日能歸鄉，何年何月能見到白髮蒼蒼的爹娘，還有聚少離多尚無子嗣的愛妻，以及那片壯麗的山河。

人的感情是脆弱的，尤其是常年在外漂泊的遊子，副官雖然是一條壯碩的山東漢子，每當想起或談起故鄉事，眼眶依然會有淚珠在蠕動，但他卻從不輕易地讓它滴下，把思鄉

的情愁和淚水，一滴滴往肚裡吞。

「何大哥，將來調回台灣，如果有機會應當再成個家。」一個風雨交加的假日午後，來往交易的客人並不多，冬嬌姨站在櫃檯旁，右手托著腮，面對著坐在椅上的副官說。

「坦白說，剛到台灣時，的確有很多機會，但我一直深信，不久就要回家去了；到處留情受傷害的最後還是自己，而且男女間的關係很微妙，像冬嬌姨妳那麼誠懇端莊的女人倒是少見。」副官極端感性地說。

「台灣地大人多，工商業發達，它的社會是較開放的；而我身處的是一個思想保守、社會封閉、貧窮又落後的小島，雖然從小在這個家庭長大，但也被這個家庭所束縛，何大哥，或許我的命運就定位在這裡了。」

「認命，有時是一種錯誤的想法，不認命，誰膽敢與命運博鬥；人，有時生活在矛盾裡而不自知，這是多麼地悲哀呀！」

「不錯，何大哥，我就是其中之人。」冬嬌姨突然傷感地，「我們雖然際遇不同，病情卻沒兩樣。你是因戰亂而離家拋妻，我是因夫君出外而獨守空閨。如今你與家人失去連絡，我的夫君生死不明，命運卻安排我們相遇相識，在這裡閒話家常。」

「有時我們也不得不相信佛家所謂的『緣』字，從認識到現在，我們一直談得很投機，但並沒有逾矩，因為我們心中有一個『誠』字，惟有如此，友情才能持久，才不會

中斷。」

「你的譬喻讓我感同身受，尤其在這個小農村裡，村人的思想很保守，男女經常在一起聊天，有時也會惹來一些閒言閒語，以及異樣的眼光。或許我們都不會顧忌和計較，但我婆婆的想法就不一樣了。」

「我們都能體會到一個老年人的心情，一位失去兒子的母親，焉能再失去媳婦。上天對待祂的子民有時是不公平的，好不容易把孩子拉拔長人，卻在一瞬間又失去了孩子，如果沒有妳這位好媳婦，她人生之路將更難行，她的生活也沒有了依靠。」

「或許，這就是命吧。」

「不，有時也不必向命運低頭。如果有一天，妳對人生另有規劃和打算，也必須侍奉她老人家終生，絕不能棄之而不顧；別忘了，她永遠是妳的母親。」

「如果有這一天，天涯海角我也願意揹負她一起走；但我深信，這一天是永遠不會到來的。」

「冬嬌姨，」副官從椅上站起，愉悅地笑著，「留點空間，不要把話說絕了。」

冬嬌姨沒有任何回應，只抿著嘴微微地笑著。

窗外的雨依然沒有停的意思，副官走到門前，抬頭望著陰暗的天空，這場雨要下到什麼時候呢？他自個兒嘀咕著。

「何大哥，」冬嬌姨也從櫃檯走了出來，站在副官的旁邊，「時候不早了，我先下碗麵給你吃。」

「不必麻煩了，」副官轉過頭，面對著她，「回去還趕得上晚餐。」

「雨下得這麼大，你怎麼走？」

「冬嬌姨，別忘了我是一個革命軍人，」副官笑著說：「大砲、子彈都不怕，還怕這點小雨。」

「說來也是，我倒忘了革命軍人是鐵打的！」冬嬌姨也笑著。

送走了副官，面對著窗外的雨聲，冬嬌姨的內心似乎有一份難以言喻的空虛感。於是，她想起了生死不明的王川東，她想起成親時的那份甜蜜，她想起婚後繾綣纏綿的美好時光，然而逝去的歲月永遠不能再復返，再怎麼甜蜜，再怎麼美好，依然只是一縷繚繞的雲煙。

冬嬌姨轉頭走回店內，坐在那台老舊的針車旁，待縫的襪子、待改的軍服，挑著擔子上街進貨，回來時忙於家事店務，還必須照顧行動不便的阿母，如此的生活，雖然沒有農耕的笨重，肩頭的壓力卻始終沒有減輕。然而這些對她來說似乎都是次要的，真正讓她難以忍受的，是在夜深人靜時。好多次、好多次，她總會在半夜裡醒來，彷彿有許許多多不知名的幼蟲在她體內蠕動，她抱緊著枕頭，抱緊著一床厚而重的舊棉被，她要使盡力氣，把那些小蟲壓死，排出她的體內，還她一個安寧，還她一個寧靜的夜。於是，她的體溫不

停地上升，汗水浸濕了她的衣裳，床褥也濕了一大片，她的身軀已被黑夜所吞蝕，流出一泓生命中難以忍受的春水，但卻驅不走青春歲月裡，心靈空虛又寂寞的苦痛時光。

## 6

「川東雜貨店」的營業狀況一直很好，但進進出出的人也很複雜，尤其是一些北貢兵，看準了小辣椒的風華和獨身的好欺，買東西兼吃豆腐是常見的事。冬嬌姨為了生意，始終不願意得罪他們，任由他們說一些不正經的「三八」話。

「我說小辣椒，」高個子排副一見面，就大聲地嚷著：「我敢保證，妳那個沒良心的老公，鐵定是不會回來的，說不定已經娶了印尼番婆，妳還替他守這個活寡幹什麼呀！趁年輕，找個郎，嫁了吧！」

「冬嬌姨，如果妳想開了，要嫁就嫁給我們排副。」麻子文書竟做起了媒人。

「你他媽的別亂開玩笑。」排副不好意思地罵著他說。

「冬嬌姨，我不是開玩笑，」麻子文書正經地說：「排副年紀和妳差不多，既不吸煙也不喝酒，長得又帥，妳倆倒是挺相配的。」

「別開玩笑了，」冬嬌姨收起了笑容，提出了警告，「等一下讓我婆婆聽見，她要罵

人的。」

「她聽不懂我說的國語，我也聽不懂她罵的地瓜話，正好擺平。」麻子文書不在乎地說。

「汝去死。」冬嬌姨故意用本地話罵他。

「嘿，妳這個小辣椒，怎麼罵人呢？」麻子文書指著她，笑著說。

「你不是聽不懂地瓜話嗎？」冬嬌姨笑著反問他。

「妳這個小辣椒，比我們四川的還辣！」麻子文書一臉的無奈。

排副和冬嬌姨則笑成了一團。

「怎麼好久沒看見邋遢婆呢？」排副對著冬嬌姨說。

「四肢無力又氣喘，在床上躺了一個多月了。」排副關心地，「少了一個幫手，妳辛苦啦。」

「其實也沒什麼，只是上街進貨時，沒人照應，必須關上店門。」

「上了年紀的老年人，都是這樣。」

「妳可以坐我們的採買車，上街進貨呀。」麻子文書為她出點子，「叫排副給汽車官打聲招呼就成了嘛。」

排副面有難色地說：「軍車不能載老百姓，難道你不知道！」

「你真他媽的麻子多點，」

「車子那麼大，多坐一個人有什麼關係，」麻子文書理直氣壯地說：「只要採買和駕駛不講出去，鬼會知道！」

「麻子點子多，一點也不假。」排副取笑他說。

「別損人了，我是為誰辛苦為誰忙呀！」排副取笑他說。

「當然是為了冬嬌姨。」排副直接了當地說：「你麻子最好不要亂講話，小心副官要你站好。」

「是的，排副。」麻子文書向他敬了一個舉手禮，是誰常到這個地方走動走動，他們清楚得很，只不過是想逗逗小辣椒而已。

冬嬌姨聽到他們提起副官，平靜的心湖也湧起了一絲漣漪。她裝著沒聽見，只聚精會神地看著他們在演戲。

「坦白說，小辣椒，妳真是看對了眼，」排副正經地說：「副官的人品文品都是一流的，營長也要敬佩他三分，據說馬上要調二營的副營長。」

「不要跟我開這個玩笑，」冬嬌姨神情嚴肅地說：「他和你們沒兩樣，只不過是常來買點東西，偶而地坐坐、聊聊。」

「隨時歡迎。」

「冬嬌姨，咱們排副也是山東人，什麼時候請吃麵，讓我麻子來做陪。」

「冬嬌姨，咱們排副也是山東人，什麼時候請吃麵，讓我麻子來做陪。」冬嬌姨雖然答得很爽快，但也感到雙頰一陣熾熱，心想這些三北貢兵真

是神通廣大，竟連副官在這裡吃頓麵，也摸得一清二楚。

「好，就這麼說定了，」排副右手擊了一下左掌，「另日大夥兒就在冬嬌姨家裡，為副官餞行。」

他們興奮地笑著，惟有冬嬌姨的心情是沉重的，雖然何大哥升官是一件值得慶幸的事，但二營距離這裡有一段很長的路要走，或許，將來見面的機會要少了，閒話家常的機會也不會太多，就讓一切隨緣吧，該來的總是會來到，不該來的也不能去強求。

在川東雜貨店進進出出的北貢兵多於村人，生意興隆有目共睹，冬嬌姨的活躍和親切以及圓融的生意手腕，的確為她賺來一筆可觀的錢財，尤其能和這些來自不同地域的北貢兵打成一片，更是讓人佩服。然而，保守的村人卻不認同她的做法，虎母快仔臥病在床，川東生死不明，如今剩下她一個人，整天與那些兵仔嘻嘻哈哈、動手動腳，成什麼體統。如果要改嫁趕快，如果想走也趕快，不要做一些傷風敗俗的事，萬一將來出了什麼差錯，誰來負責。那些北貢兵打從大江南北來，北仔的個性有些是很「草包」、很凶悍的，鄰村的一位寡婦，就是與北貢兵發生一點感情糾紛，被他用槍活活地打死，這是一個多麼慘痛的教訓，村人也提出警告，冀望冬嬌姨好自為之。當然，以冬嬌姨的智慧和手腕，或許有足夠的能力來判斷是非的真偽，但如果碰到一些自作多情的北貢兵呢？任憑冬嬌姨的智慧再高超，依然是鬥不過他們的，因為他們什麼都怕，就是不怕死！

冬嬌姨的廚房就設在「尾間仔」，但留有一個小門與雜貨店相貫通，好方便她一面煮飯一邊看店。裡面築有一大一小兩個燒柴的土灶，平常只有她和虎母快仔兩個人，煮飯炒菜用的都是小灶。然而，一件不幸的事故，就發生在她煮晚飯的時刻；那時她剛點火燒柴不久，店內卻有人喊著要買香煙，她連忙地塞進許多枯枝和樹葉，讓它自己燃燒，而後逕自回到店裡賣香煙，就在她找錢的那一個時刻，突然一聲巨響，一陣嗆鼻的火藥味和濃煙由廚房冒出，冬嬌姨快速地跑進虎母快仔的房間，揹起臥病的她，驚慌失措地往外跑，口中不停地喊著「救命啊、救命啊！」。然而，當濃煙被風吹散後，一切卻歸於平靜，只是引來大批圍觀的村人和兵仔。村指導員聞訊趕來瞭解，並配合師部的憲兵官做調查、製筆錄。冬嬌姨的土灶被炸燬，鍋子也被炸碎，受驚的程度不在話下。是那一位「天壽短命」的兵仔，想把她炸死、想把她害死、想置她於死地？她自信沒有得罪過任何人，為什麼會遭受如此激烈的報復手段？冬嬌姨百思不解。

自此之後，「川東雜貨店」被軍方列為禁區，不管是老北貢或新北貢，沒有人敢再踏進店門一步，竟連副官也不例外。冬嬌姨的生意隨即一落千丈，僅靠村人和孩童一些零星的消費；老舊的針車擺一邊，修改軍服和「縫襪底」是否會成為歷史，其實也不盡然，相信川東雜貨店會有解禁的一天，因為這個師已駐防一年多了，不久又將換防，俟新部隊一到，冬嬌姨會不會又是一條又紅又辣的小辣椒？

7

虎母快仔死了，她似乎沒有太大的痛苦和掙扎，而是在自然、安祥的睡眠中死去。

接二連三的家庭驟變，冬嬌姨已流盡了悲傷的淚水，如今更是無依無靠，孤單無助，幸好有這間小店舖來打發時間、維持生計。而令她更興奮的是，大表哥已同意把小佉兒過繼給她，讓她孤單的心靈有一個伴，讓王家的香火有人來傳承，她也將正式地成為這個孩子的母親，負起撫養和教育的重責大任。

孩子長得聰穎乖巧，活潑可愛，雖然只有四歲大，卻善解人意。依輩份，他尊稱虎母快仔為姑婆，將來長大後，林家、王家可同時兼顧，這何嘗不是美事一樁。冬嬌姨僅把他的姓由林改為王，名字依然是耀忠，小名叫阿忠；但阿忠不叫她阿母，是喚她阿娘，然而不管孩子叫她阿母或喚她阿娘，冬嬌姨的內心永遠有一份難以言喻的滿足感。如果川東不出外，她們的孩子何止四歲、何止一個；如果川東能依諾歸來，相信她們也有了自己的孩子，一切都是命，一切都是命中注定，她又能怨誰、又能恨誰。而今，心靈總算有了寄託，老時也有了依靠，在未來的人生歲月裡，她又有何冀求。

一個風雨交加的夜晚，阿忠已睡了，她洗完臉正要回房，突然一陣急促的敲門聲……

「冬嬌姨，我是阿志，拜托妳開一下門，我買二包煙。」

阿志，冬嬌姨心裡一怔，這個村人公認的「歹囝」，在這個風雨交加的夜晚來買煙，她的內心不禁打了一個寒噤，就在她猶豫不決的剎那，激烈的敲門聲又響起……

「冬嬌姨、冬嬌姨、冬嬌姨，快開門、快開門，我買二包煙！」而後又是一陣砰砰的敲門聲和急促的喊叫聲。

「阿志啊，你要買什麼煙？」冬嬌姨心想如果不回應他，這扇門遲早會被他踢開，於是她燃起「土油燈仔」，在門裡問著說。

「新樂園！」阿志的口氣很不友善。

冬嬌姨從置物架上拿了兩包新樂園香煙，把土油燈仔放在櫃檯上，輕輕地啟開一條拳大的門縫，左手拿著煙從門縫遞出去，右手握著門閂，以防止他進來。然而再怎麼防，也防不了有心的小人，他猛力地把門一推，冬嬌姨深恐被門撞到，快速地退後一大步，然而阿志的雙腳已跨過門檻，而後身子一轉，急速地把房門閂上，冬嬌姨首先聞到的是一股噁心的酒臭味。

「你出去、你出去！你要幹什麼、你要幹什麼？」冬嬌姨驚慌地、恐懼地一直往後退。

阿志沒說一句話，張開雙手，一步步向前逼進，佈滿血絲的雙眼緊緊地凝視著她。

「冬嬌姨，我警告妳，不要大聲小聲叫，妳知道我阿志是吃軟不吃硬的，」他說著說著，突然地亮起一把尖刀，在冬嬌姨面前比劃著，「我知道妳已守了好幾年的活寡，妳也清楚我是沒有結婚的歹囝，只要妳乖乖地聽話，辦完事我就走，如果想掃我的興，」他說著突然提高了嗓門，露出一副猙獰的嘴臉，「刀子是沒長眼睛的！」

「阿志，我求你、我求你，不要這樣、不要這樣，」冬嬌姨雙手作揖，不停地抖著，「我給你一百元，再送你一條煙，求你饒過我，求你饒過我。」

「冬嬌姨，我想妳已經想很久了。在我心裡，妳是一個無價之寶，怎麼僅值一百元、一條煙呢？」他說著「拍」地一聲，把刀插在一旁的桌上，緊緊地抓住她的衣袖，一把拉了過來，冬嬌姨使盡力氣，想掙脫他的魔手，非但不能如願，反而讓他緊緊地抱住。

「阿志，我求求你、求求你，你要多少錢，我給你、我給你。」冬嬌姨苦苦地哀求著說。

他無視於她的哀求，依然緊緊地抱住她，不停地用唇在她的臉上尋找一個可以停留的地方，而冬嬌姨的頭卻不停地搖晃著、不停地搖晃著，讓他不能得逞。然而，他的慾火已燃，理智也難以控制逐漸加溫的慾火，她愈掙扎，他抱得愈緊，並不停地扭動下半身，一挺一挺地挺著她的身軀，右手又撩開她的上衣，伸進她的褲腰裡，企圖脫下她的長褲。

冬嬌姨邊掙扎，邊捶打他的胸、他的臂，幾乎消耗掉大半的體力。終於冬嬌姨的體力已耗

盡，被強壓在地上不能動彈，但她的理智告訴她，絕不能讓他得逞、絕不能讓他得逞！

阿志的左手環過她的脖子，舌尖不停地在冬嬌姨緊閉的唇上擾動，冬嬌姨不停地晃動著頭，不僅想晃走他的舌、他的唇，更想晃走令人反胃的口臭和酒臭。理智再次地告訴她，絕不能讓他得逞，也不能高聲呼喚而驚嚇到熟睡中的孩子，她絕對會戰勝一切，驅走這個惡魔！

他再次地用力想褪下她的褲子，冬嬌姨咬著牙，雙腿一縮，猛力一瞪，巧而正踢中他的下體，只見他「哎」地一聲，雙手緊緊地搗住被踢中的地方，痛苦地扭轉著身軀，冬嬌姨迅速地站起，猛力地甩了他一記耳光，又踹了他一腳，憤怒地指著他說：

「你不要欺人太甚！如果不快點滾出去，我馬上叫人來！」

阿志痛苦地爬了起來，手撫著下體，狠狠地瞪了她一眼，而後有氣無力地罵著：

「幹恁娘，妳這個臭查某！總有一天，老子會找妳算帳的！」說完後，拔起刀，開了門，一跛一跛地往外走。

「呸！」冬嬌姨一把把他推出去，並朝他身上吐了一抹口水，而後閂緊了門，疲憊地走回房，坐在床沿，獨自地啜泣著，想起剛才那幕恐怖的情景，想起一生的清白差點蒙塵，怎不教她淒然淚下。

她看了看熟睡中的孩子，未脫的稚氣，滿臉的純真，何年何日才能長成，何年何日才

能護衛著她這個母親，一切仍是未知數，一切仍在遙遠的深邃裡。明兒天明後，她是否該到村公所報案？或是向村中長老提出申訴？抑或是息事寧人，爾後嚴加防範，以免擴大事端？無數的問號，正考驗著她這個弱女子的智慧，橫生的枝節、突發的狀況，同樣地讓她百感交集，心生疲憊；人活著，痛苦遠勝快樂，這是她親身的體會和感受。

她走出臥室，端來一盆水，重新擦拭著被魔掌碰觸過的身軀，一遍遍地擦拭，絕不讓它留下一點污濁的痕跡。從她懂事、長大、結婚到現在，她的身體只屬於川東一人所有，雖然川東離開這個家好幾年了，但她依然為他守著一個乾淨清白的身軀，忍受身心的雙重煎熬，日日夜夜期待著他的歸來，夢想著他的歸來；然而這個夢似乎已離她很遠很遠了，或許是尋好夢，夢難成，誰又知她此時情，至少她內心的感嘆是如此的，她的思維何嘗不是也如此。

她喚醒孩子起來便溺，孩子溺畢倒頭又睡，永遠不知道他的母親在短暫的時光內，歷經過一場浩劫。如果她的行為有差池，這是上天對她的懲罰和報應，也是罪有應得，如果蒼天憐憫她的處境，應該賜福予她、保佑她，不應讓她再遭受如此的折磨和打擊。或許，苦難的日子很快就會過去的，明天將是一個艷陽高照的好天氣，燦爛的陽光將驅走她內心的陰霾，她將陪著孩子往前走，走向一個幸福的康莊大道，讓孩子留下一個美好的回憶。然而她能嗎？向人生挑戰才開始，還有一段長長的路要走，還要歷經生命中，另一段

辛酸的凄風苦雨。

## 8

二年，七百多個日子，雖然是一段漫長的時光，駐軍在海岸邊新築的工事也尚未完工，但輪調換防的命令到了，打前仗的先遣人員有些來、有些走；走了「他媽的」山東部隊，來了「丟他老母嗨」的老廣，「川東雜貨店」的冬嬌姨也順理成章地列入移交，因為她的貨物最齊全，待人又誠懇，全村也只有她一台修改軍服、縫襪底的針車。以前「他媽的」禁區，此時卻「丟他老母嗨」地解禁了，財源也滾滾地來，然而冬嬌姨開始忙碌了，讓她忘了許多不愉快的事。不久之前，那個「死囝仔」阿志，因為犯了許多案件，被捉去關了，但她的床頭、門後卻依然準備著一枝短小的木棒，畢竟小人是很難防的，萬一有突發的狀況發生，好自衛，別以為她這個女人好欺負。

活潑可愛的阿忠，經常跟著北貢兵到處玩，甚至在兵仔營吃飯，營部的矮仔士官長還教他識字、寫字，講故事給他聽，甚至帶他上山烤番薯、捕蟬、捉蟋蟀，讓他度過一段快樂的童年時光。

矮仔士官長雖然二十好幾，但因長得矮小，又是天生的樂天派，公餘常在村裡打

轉，除了阿忠外，其他孩子也儼然成為他的好朋友，冬嬌姨也非常放心地，讓孩子跟著他一起玩。

「唉翟。」每當阿忠見到矮仔士官長，都會這樣子叫他。

「小唉翟。」矮仔士官長也會高興地拉著他的手，摸摸他的頭。

然而看在冬嬌姨眼裡、聽在冬嬌姨耳裡，卻也倍感新鮮，一個「唉翟」、一個「小唉翟」到底他倆講的是什麼話，搞的是什麼名堂，的確讓她滿頭霧水。

「阿娘，士官長說：『唉翟』就是『傻瓜』和『戇呆』啦。」阿忠滿臉稚氣地說。

「既然唉翟是傻瓜和戇呆，你為什麼還要叫人家唉翟呢？」冬嬌姨好笑地問。

「他說：他偷偷跑出來當兵是唉翟。」阿忠滿臉純真，看著冬嬌姨說。

「你並沒有當兵啊，他為什麼叫你小唉翟？」

「他說：想跟他玩、想聽他講故事的都是小唉翟。」

冬嬌姨聽著聽著，看他滿臉的稚氣，一副天真模樣，情不自禁地笑出聲來。巧而一位老北貢走到桌旁，拿起二個花生餅，問說多少錢，冬嬌姨尚未來得及答覆，阿忠卻不加思索地答：

「一顆。」

「你亂說什麼呀！」冬嬌姨輕拍了他一下，趕緊向老北貢說：「二個一塊錢。」

「冬嬌姨，這位小弟沒說錯，一顧就是一塊錢。」

「誰教你說這些怪話呀？」冬嬌姨摸了一下阿忠的頭，笑著說。

「阿娘，這不是怪話啦，是嘍翟的家鄉話。」

冬嬌姨看看孩子，內心隨即掠過一絲甜蜜的微笑，阿忠的聰穎，讓她感到安慰；尤其當她看到日漸茁壯的孩子，更令她高興萬分。辛苦總算有了代價，但人生的路途絕非如她想像的那麼平坦，前面有阻礙前進的高山，頂上有酷寒的風霜和雨雪，它正不停地、永無止境地考驗著她，如果不在起跑點自我調適，如果缺乏恆心和毅力，鐵定抵達不了終點。

「小嘍翟，」一個悶熱的夏日晚上，矮仔士官長帶著一把手電筒，興奮地告訴阿忠說：「你去叫阿平、阿順一起來，我們到樹林裡捕蟬。」

「天這麼黑，我不敢去。」阿忠抬頭看看他，膽怯地說：「戀伯公說：樹林裡有鬼，

小孩子不能去。」

「真是嘍翟，」矮仔士官長搓了他一下頭，笑著說：「你不要聽他胡說，戀伯公是老胡塗、活見鬼！」

阿忠真的找來阿平和阿順，由矮仔士官長打著電筒，直接往村後的樹林裡走去，他們在一株苦楝樹下停住腳步，矮仔士官長輕聲地告訴他們說：

「現在大家都不要講話，阿忠拿電筒照在地面，我爬上樹搖動著樹桿，蟬會飛到光

亮處，阿平和阿順就負責撿拾，一隻隻把它放進盒子裡。」矮仔士官長的聲音放得更低，

「你們都聽清楚了吧？」

他們都默不出聲，只微微地點點頭。

矮仔士官長走到樹下，只見他手一攀、足一蹬，很快地爬了上去，而後猛力地搖動著樹桿，於是一聲聲吱吱的叫聲，一隻隻黑色的蟬兒，快速地撲向燈光處，讓阿平和阿順忙得團團轉。

他們相繼地搖了好幾株苦楝樹，捉了滿滿的一盒子，公母合計約有百來隻，平常捕一隻蟬要花費好些功夫，想不到矮仔士官長這一招竟然那麼厲害。阿忠把手電筒還給矮仔士官長，他雙手捧著紙盒，盒裡掙扎的蟬兒讓他雀躍萬分。回到家裡，矮仔士官長向冬嬌姨借了一把剪刀，他一隻隻把翅膀剪掉，簡單地洗了一下，熱了鍋，滾了油，端上桌的是一盤香噴噴的油炸蟬，孩子們都看傻了眼，矮仔士官長卻一隻隻往嘴裡送。

「好！又香又脆。」矮仔士官長端起盤子，分給他們每人一隻，轉而走到冬嬌姨面前說：「冬嬌姨，妳也嚐嚐。」

「不，不。」冬嬌姨輕輕地推了一下盤子，皺著眉頭說：「看到就噁心，我不敢吃。」

「阿娘，」阿忠口中吱吱地嚼著油炸蟬，興奮地對著冬嬌姨說：「真的很香、很脆、

很好吃。」隨即又從矮仔士官長手端的盤裡拿了一隻，送進嘴裡。

冬嬌姨細地看了看，一隻隻被炸得扭曲變形的可憐蟬，怎捨得再吃它們一口；然而她的不捨，卻讓孩子們興奮異常，從來就沒有吃過這麼好吃的東西，他們也非常感謝矮仔士官長，如果沒有他這個「囝仔王」，他們根本不懂得捕蟬的技巧和方法，或許永遠也吃不到這麼好吃的「蟬酥」。

矮仔士官長在部隊似乎沒有什麼事情，或許最主要的原因是與營長同鄉，是營長從家鄉把他帶出來的，如今有家歸不得，營長的內心始終有一份愧疚，因而，他一直在營長特權的照顧下，享受到一份不一樣的待遇。當然矮仔士官長是懂得分寸的，他除了童心未泯，喜歡和孩子們打成一片外，長官交辦的事，以及他份內的工作，都會如期地完成和做好，他自稱是「唆翟」，但很多人都認為他是「天兵」，常保一顆快樂的心。

矮仔士官長養了一隻漂亮的小黑狗，經常跟著他在村裡打轉，孩子們也是小黑、小黑地呼喚著牠，乖巧通人性的小黑，無形中也成了孩子們的朋友。然而有一天，矮仔士官長卻告訴孩子們說：要請他們吃狗肉，就在說後的那天晚上，他真的端來一大碗熱騰騰的狗肉，孩子們只知道狗肉香，他們怎麼知道吃的是小黑的肉，啃的是小黑的骨頭。

「夭壽，真夭壽！」冬嬌姨心裡有數，暗中罵道：「這些廣東仔，真夭壽！」

然而夭壽歸夭壽，誰不知道狗肉是老廣的最愛，只是令人不解的是，一隻那麼乖巧，

那麼可愛的小狗，他們竟忍心、竟那麼殘忍地把牠給殺了，無知的孩子竟也吃得津津有味，一旦他們知道吃的是小黑的肉呢？是否會流下一把同情淚，還是期待著下一次的狗肉香？

在冬嬌姨眼裡，矮仔士官長就猶如自己的兄弟一樣，對孩子的疼愛，她也是感激在心。有一天他帶營長來修改褲子，想像中的營長，應該是一個老態臃腫的老北貢，然而，佇立在眼前的卻是一位溫文儒雅的中年軍官，冬嬌姨為她量了腰圍，量了褲長，卻情不自禁地多看了他一眼，他濃眉大眼又留了一個小平頭，顯現出一副英姿煥發的革命軍人氣慨。中等的體形，雖沒有山東漢子的魁梧，但全身上下卻散發著一股中年男性獨特的魅力，以前那位山東副官，或許要略遜他一籌，面對著這個男人，的確讓她的心兒怦怦跳。

「營長，」冬嬌姨攤開待修改的褲子，面對著他說：「急不急著穿呀？」

「不急、不急，有空再改。」營長搖搖手說。

「營長，你請坐。」冬嬌姨順手拉出一張椅子，極端客氣地說；而後又搬來一張「椅頭仔」，對著矮仔士官長說：「你也請坐。」

「謝謝妳，冬嬌姨。」營長依然站著，並沒有坐下，「聽士官長說，妳店裡的生意不錯啊！」

「馬馬虎虎啦，」冬嬌姨客氣地說：「都是營上弟兄的照顧啦！」

營長微微地笑笑，面對著這個風韻猶存的小婦人，想起自己離鄉背井、孤單又苦悶的軍旅生活，如果不出來多好，他賢慧的妻子，也有冬嬌姨般的韻味，孩子也比她的兒子大。而此時，歸鄉的路途愈來愈遠了，妻子是否能像冬嬌姨一樣，養育孩子、守住家，還是已改嫁成他人婦？家，對一位長年在外漂泊的旅人來說，是多麼地重要啊，然而人海茫茫，何處去找尋！營長的思緒剎那間掉進深淵谷底……。

「營長，」冬嬌姨挪了一下椅子，「你請坐啊！」

「不打擾了，改天再來吧。」營長向冬嬌姨點點頭，而後緩緩地跨出川東雜貨店的門檻，他的腳步似乎沉重了點，沒有來時的輕盈。

冬嬌姨為營長改好了褲子，請矮仔士官長帶回去，但並沒有收取他的工資，是基於什麼理由，她竟然是一臉的茫然，只感到自己的做法是對的、是正確的，其他的問題似乎沒想過；唯一的，或許是一個俊逸而略帶點憂愁的容貌，令她難以忘懷。於是，她想起了音訊杳然、生死不明的夫婿王川東，她想起了輪調後方的副官，她想起了那個暴風雨夜，阿志手握尖刀，企圖非禮她的那幕情景，如果家裡有一個男人該多好，不僅可撫慰她孤單寂寞的心，又可護衛著她的安全。想起新婚的那一夜，她的心身幾乎被王川東的熱情所軟化，當王川東的手輕輕地碰觸她的身軀，褪下她的衣裳，她把一顆彌足珍貴的處女心，完完整整的呈現在他的面前，被單沾著她初夜的落紅，體內有王川東熱氣騰騰的液體在奔

馳，這是她人生歲月的第一次，雖然有些兒懼怕，卻是她最美好的體驗；原以為這段美好的時光永不消逝，殊不知它如江水東流，一去不回頭……。

冬嬌姨想著想著，卻想紅了臉，都已經是陳年往事了，怎麼突然間會想起這些呢？或許，能思、能想方有美好的回憶，才能找回褪色的記憶，為自己求取一絲兒安慰；然而空有的幻想猶若雲煙，來得快、去得更快，如果有一天能重溫這個美夢該有多好，該有多惬意，但願有一天能尋回失去的春天和歲月，為自己苦難的一生，增添一些美麗的色彩，只是這個日子，不知何時何日才能到來。

9

矮仔士官長用舊報紙包著一罐用豬肉罐頭，這是營長要送給冬嬌姨的，似乎沒有什麼較充分的理由，只因為冬嬌姨幫營長改褲子不收錢，如此地一來一往，也是人之常情，矮仔士官長單純地想著；而營長的思維裡是否也是如此呢？還是別有用心？旁人是難以理解的。和他同時離家從軍報國的伙伴們，有些已深知回家已無望，早已在台灣另立家室，生兒育女，享受天倫之樂，像他這種年輕的頑固份子倒是少見。論軍階、論學歷，他都是前途被看好的中級幹部，當初從家裡帶出來的錢也不在少數，加上每月的薪餉，養一個家

絕無問題，只是他的腦海裡，還深深地烙刻著反攻大陸、回老家的夢想，錯失許多成家的機會。今天在這個離家最近的小島上，他思鄉的情愁更濃厚，然而當他碰到像冬嬌姨這麼令人心儀的小婦人時，他平靜的心湖，卻湧起一波波小小的漣漪，他是否會改變心志，拋棄夢想，在這個小島上，尋找他人生旅途上的另一個新家。

「營長也真客氣，」冬嬌姨接過矮仔士官長手中的罐頭，笑著說：「改一條褲子只不過是二元工錢，這罐豬肉罐頭可是有錢也買不到的。」

「說來也是，」矮仔士官長心有同感地說：「戰備罐頭和乾糧堆滿倉庫，寧願讓它腐蝕、讓它被老鼠啃食，也不能買賣和送人。」

「代我謝謝營長，」冬嬌姨把罐頭放在櫃檯下，而後又說：「改天我用豬肉罐頭炒米粉，請你們吃。」

「真的？」矮仔士官長興奮地問。

「當然是真的，」冬嬌姨正經地說：「就在這個禮拜天晚上好不好？」

「好！」矮仔士官長高興地擊了一下掌，「我代營長先謝了。」

「要是營長不答應呢？」冬嬌姨有點兒憂慮。

「冬嬌姨，妳放心。」矮仔士官長鐵定地說：「他是營長，我是士官長；公事他管我，私事我管他，反正都是『長』。」

「如果營長不來的話，」冬嬌姨提出警告，「吃不完的米粉，你可要負責把它吃完。」

「這點妳放心，我矮子幹不了粗活，就是能吃能喝！」矮仔士官長自我消遣地說。

「能吃能喝？」冬嬌姨疑惑地重複著他的語氣，而後問：「營長喝不喝酒？」

「在老家，他是飽讀詩書的闊少；在軍中，他是治兵嚴謹的領導幹部，人家是品酒而不是喝酒，只有我們這些穿草鞋、打八路的，才懂得喝酒。」

冬嬌姨含笑地點點頭，不再說什麼。

禮拜天那晚，冬嬌姨炒了一大盤米粉，又準備了好幾道菜肴，當然也為矮仔士官長備了一瓶高粱酒，雖然今晚的主客不是他，但矮仔士官長待人誠懇，尤其對阿忠十分照顧，更讓冬嬌姨銘記在心，因此，今晚似乎都是她的客人，沒有什麼主副之分。

六點左右，矮仔士官長陪著營長來了，他們帶來一罐軍用鰻魚罐頭，當做禮物，送給冬嬌姨。

「營長，你也太客氣了，」冬嬌姨接過罐頭，笑容可掬地對著他說：「上次送豬肉罐頭，今天又帶來鰻魚罐，真不知要如何謝你才好。」

「冬嬌姨，一點小意思，妳千萬別客氣。」營長笑著說，卻情不自禁地多看了她一眼。

眼尖的冬嬌姨，隨即報以會心的一笑。雖然歲月曾在她的眼角，銘刻著一條條細細的魚尾紋，但仍然掩飾不住那份成熟的少婦之美。她高佻的身材，豐滿的胴體，甜甜的笑靨，營長的雙目似乎沒有移走的意願，一對水汪汪的大眼，更從他的眼簾滑進他的心底，這是一個美的化身，一個讓他難以忘懷的影像，多年來的尋覓，終於了了他的心願，圓了他的夢想，他是否該掌握住這個機會，還是依然做著回老家的美夢？營長雖然面帶微笑，他的思維卻進入到另一個夢境裡；冬嬌姨此時雖如一個活寡，但她畢竟是一個有夫之婦，他在老家也是一個有妻室的男人，不一樣的時空，相同的命運，是否能引起她的同感和共鳴，是否能在有限的人生歲月，激起一點愛的火花？一切仍是未知數。尤其此刻他身著戎裝，時間由不得自己來支配，行動亦無充分之自由，是一個以服從為天職的革命軍人；而冬嬌姨處在一個民風保守的農村，是否有勇氣接受她生命中的第二個春天？還是依舊守著傳統的婦女貞節、經營川東雜貨店、撫養阿忠成人、忍受寂寞與痛苦的雙重前熬，讓無情的歲月輾過她燦爛的金色年華，讓無情的風霜雨雪腐蝕她美麗的容顏和身軀，而後回歸塵土，回歸自然，回歸到一個古老的原始世界。

「營長，你請坐。」冬嬌姨悅耳的聲音終於打破營長的沉思。

「謝謝。」營長微微地向她點點頭，輕輕地挪動一下椅子，而後對著矮仔士官長說：

「你也坐。」

冬嬌姨含笑地忙進忙出，在這個村落裡，能請營長吃頓飯，的確是一種光榮，況且今天並沒有大魚大肉，只是用他們送的豬肉罐頭炒米粉，煮了一大碗筍片湯，另加一條魚，二道小菜，或許是對了他們的味口，還是革命軍人的肚量較大，竟讓他們吃得津津有味，矮仔士官長口中品酒不喝酒的營長，在冬嬌姨殷勤的款待下，不想點也難。

「冬嬌姨，」矮仔士官長抹抹嘴，站了起來，「我已是酒醉飯飽，妳陪營長慢慢吃，我帶阿忠到外面走走。」

「酒還有半瓶，米粉還很多，」冬嬌姨說著，也跟著站起來，「再多吃一點。」

「謝謝妳，真吃不下了。」他說著，牽起阿忠的手，緩緩地移動腳步，逕自往外走。

「營長，」冬嬌姨舉起杯，「今天實在不成敬意，我們隨意喝一口。」

「冬嬌姨，」營長也舉起杯，「坦白說，今天是我從家裡出來後，第一次吃到這麼豐盛的晚餐，妳的隆情盛意，遠勝大魚大肉，讓我有回家的溫馨和喜悅，我喝一大口，妳隨意。」興奮的營長，真的喝下好大的一口。

「只要你不嫌棄，就把這兒當成自己的家，」冬嬌姨說著，不知怎麼地，突然感到自己的臉頰有點熱，是說錯話、還是喝了一點酒，抑或什麼都不是？只感到內心有無比的舒暢，「吃多了軍糧，有時換點別的口味也蠻不錯的。」冬嬌姨柔聲地說。

「妳每天要照顧生意，又要照顧小孩，看妳忙得團團轉，實在不好意思來打擾。」營

長目視著雙頰微紅的冬嬌姨，極端感性地說。

「瑣碎的事比生意多，可以今天做完，也可以留到明天做；況且孩子也乖巧懂事，不用我操心。」冬嬌姨依然柔聲地說：「營長，我還是老調重彈，只要你有空，只要你不嫌棄，隨時歡迎你的光臨。」

營長目不轉睛地看著她，看她一頭飄逸的長髮，看她一對烏黑明亮的大眼睛，看她挺直的鼻樑、薄薄的雙唇，看她清新秀氣、端莊婉約的姿態，以及用衣裳緊緊地裹住的豐滿胴體。打從家裡出來後，跟著部隊東奔西跑，滿頭滿腦，不是機槍大炮，就是作戰計劃，女人的影像在他心中猶如一泓死水。當然他也曾想過、也曾夢過，那是一個健康男人夢遺後的快感，當他夢醒時，這些幫助他射出體內多餘液體的女人，卻一個個不見了，他的腦裡也永遠不能顯現出這些女人的影像。今天，面對著冬嬌姨這個令他心儀的小婦人，他反常地喝了一點酒，想從酒中品出這個女人的韻味，雖然只是二度的會面和交談，卻有一見如故的感覺，如果這是他的家該有多好，如果能有冬嬌姨這麼嫻淑的家室，該有多麼地甜蜜和幸福，只是此刻，他置身的不是他夢想中的家，而是軍旅途中的一個海島，他遙對的也是一個有夫之婦的小婦人，一切都是不實際的虛幻。

「謝謝妳，冬嬌姨，對這裡我只有嚮往，不會嫌棄。軍人雖然四海為家，但一個溫暖的家庭，對一位常年在外漂泊的革命軍人來說，是多麼地重要呀！」營長感慨地說。

「你有沒有想過要成家？」冬嬌姨問。

「年輕時只想打戰、只想升官、只想快一點反攻大陸回家去，從來沒有想過要在台灣落根；當年紀大、思想成熟時，渴望成家卻不易。」

「或許緣分未到吧，還是你的條件太高？」

「一個有家歸不得的已婚男人，他能有什麼條件。」營長淡淡地說：「如果說有，那是個人對婚姻的觀點不同、看法不一；有些急於成家的老兵，用金錢換取婚姻，有些經人介紹，勉強湊合，如此的婚姻，能得到幸福的又有幾人？」

「你對婚姻的看法如何呢？」

「冬嬌姨，我的想法很單純，我追求的是一顆純潔的心靈，我要的是人生旅途中，能相互扶持、相互依靠的精神伴侶，其他的，聽天由命。」

「聽天由命？」冬嬌姨重複他的話，而後睜大眼睛，看著他激動地說：「我就是聽天由命的犧牲者，讓歲月腐蝕了我的青春。」

「不錯，冬嬌姨，我們都是這個時代的不幸者，戰爭讓人妻離子散，惡劣的國際情勢，阻擋了海外遊子的歸鄉路；斷絕音訊與死亡又有何差別，難道妳從未為自己的將來做打算？」

「就因為聽天由命，所以我活得很辛苦，那談得上有什麼將來。」冬嬌姨由激動轉為

柔聲，「營長，你知道，一個孤單的女人獨撐這個家，她所付出的代價要超過常人好幾倍呀！有時想想，實在也不甘心如此地過一生，有時也以聽天由命來安慰自己，竟連一個談心訴苦的知音也難覓，這就是我的人生歲月。」

「冬嬌姨，我打從江南走過江北，從大陸到台灣，又回到這個離家最近的小島上，我能體會到妳此時此刻的心情，在短暫的人生歲月裡，人必須要為自己而活，如果不能悟出這個粗淺的道理，活著還有什麼意義。」

「謝謝你的提醒。」冬嬌姨移動了一下坐姿，「生在這個保守的小農村，想突破傳統的牽絆，的確是很難的。尤其是一個獨身女人，她的一言一行，更必須小心翼翼地，去面對一些風言風語，如果不加謹慎，鐵定是遍體鱗傷。就打一個譬喻吧，今天我單純地請營長和士官長吃頓便飯，原是人之常情，如再經過長舌婦的宣揚，保證是：『不得了了，冬嬌姨在家裡請兵仔喝酒吃飯。』的大新聞。」

「古人說：『人之多言，亦可畏也。』真是一點也不為過。」營長搖搖頭，笑著說。

「坦白說，以前我是較在意的，現在或許是看多了、也聽慣了；反正清者自清，濁者自濁，只要對得起自己的良心，其他的，似乎不必去管它。」冬嬌姨微微地笑著說。

「妳的想法我很贊同，千萬別忘了我們是為自己而活，如果跟那些人一般見識，與他們又有何兩樣。」營長說著，突然端起了酒杯，目視著冬嬌姨，「時候不早了，晚點名

也快到了，冬嬌姨，我永遠會記住這頓此生最豐盛、最難忘的晚餐。雖然是第一次閒話家常，但我們一直談得很投緣，就彷彿是多年的老朋友一樣。現在我借酒敬主人，乾下最後一口酒。」營長一口乾下，手中依然握住酒杯，「冬嬌姨，妳隨意喝吧。」

「謝謝你的賞光。」冬嬌姨說著說著，卻也一口飲下剩餘的杯中酒，「營長，我很高興覺得知音，有空的話常來坐坐、聊聊。」

「會不會為妳帶來不必要的困擾？」營長從椅上站起，低聲地問。

「我記住你剛才說過的一句話：『人要為自己而活』，其他的已不重要。」冬嬌姨極端感性地說。

營長含笑地向她點點頭，一個美麗的少婦身影卻不停地在他腦裡盤旋著，剛移動的腳步卻又停下，他猛一抬頭，冬嬌姨關愛的眼神已投射在他眼裡，這不知道是一絲什麼樣的光芒，只感到內心有無比的舒適和快感。回老家已是一個不實際的夢想，生命中的另一個春天是否能來到，如果能在這個離家最近的小島上，尋找到心靈中唯一的伴侶，共築一個溫暖的小家庭，那是他夢寐以求的。然而，這個夢能實現嗎？或許，猶如歸鄉路般地迢遙。

10

無情的歲月，總是從人們忙碌的指隙間溜走。

營長英俊挺拔的身軀，幽雅誠懇的談吐，以及中年男性的穩健和魅力，已深深地吸引著冬嬌姨。常久地忍受孤單和寂寞，冬嬌姨生命中的春水，已不能像青春時期那麼地澎湃洶湧，她曾經期待著綿綿的春雨，來滋潤她即將乾涸的心田，她曾經打翻黃豆復又撿拾，來排遣內心的空虛和夜晚的寂寞。對川東，她不但絕望，也死了心，說不定川東在番邦，已另娶了番婆，而她還在癡癡地等待，還為他守著一個聖潔的身軀，這是一件多麼不公平的事呀！雖然表哥把阿忠繼給她，美其名是和她做伴，說白一點，還不是為了要延續工家的香火，或者是用阿忠來牽絆她，深恐她改嫁，深恐她跟人跑了！這是不公平的，這是不公平的！自從營長的影像闖進她的心扉以後，冬嬌姨開始有不同的思維和想法，她渴望一個有男主人的家，她渴望一個像營長那麼誠懇隱健的男人、陪她過一生。然而這只不過是她自己的夢想，果真有那麼的一天，而何方是她的蟄居處，這個島嶼畢竟太小了，營長是否能帶她遠走高飛？而要飛向何地？卻又讓她感到茫然。

營長都是選擇適當的時機，光臨川東雜貨店，起初是矮仔士官長陪他一起來，但矮仔士官長是很識趣的，兩、三次後，他不再當電燈泡，也不做跟屁蟲，營長成了獨行俠，

因此並沒有引起太多人的注意，尤其是每逢他一到，冬嬌姨都會把他引到置物架後，一間隔板的小客廳坐下，泡了一杯他喜歡的香片茶，一方面陪他聊天，另一方面從一處沒有隔板的空隙處觀望著店內，顧客上門，她快速地走了出去，客人走了，她又進來；當然，做生意的時間是不會比陪營長的時間長，因此他們無所不談，談得很多、談得很投緣、談得很愉快，只是誰也沒有勇氣先啟口，說出對對方的愛慕情懷。論情論理，冬嬌姨生長在一個窮鄉僻壤，沒有出過遠門，所受的教育也有限，她的思維是較窄小的，又受到傳統道德的束縛，一旦讓村人知道：「冬嬌姨跟營長相好」的情事，不管他們多麼地清白，或是情同手足的兄妹，保證會轟動整個村落，以及封她一個「肖查某」的頭銜，讓冬嬌姨「討客兄」的新聞流傳千古。因而，針對這件事，她想過很多，在沒有得到營長任何承諾的同時，對週遭一切可能發生的事，她總是小心翼翼地來面對，絕不為自己留下一個讓人譏笑的話柄。

營長雖然渴望一個家，但依他此時的身分，許許多多的事，必須受到軍中法規的限制，身為革命軍人，只有服從，沒有個人的自由，與冬嬌姨受限於傳統是沒有兩樣的。尤其他現在所處的，是孤懸在金廈海域的一個小島上，是戰地、也是反攻大陸的跳板，時時刻刻準備與共匪作殊死戰，因而它所訂定的法令規章，比一般軍法還要嚴謹，在戰地是不能結婚的，更不容許一位軍官與鄰近的村婦，發生感情上的糾葛；況且，冬嬌姨又是一位

有夫之婦，如此發展下去，將是兩敗俱傷，營長的前途，冬嬌姨的聲譽，都會受到嚴重的影響。然而，感情的進展有時是盲目的，有些人能以理智來控制感情，有些人感情勝過理智，而受過嚴格軍事教育的營長、飽讀詩書的營長、走遍大江南北的營長、曾經結過婚的營長，他是否能以理智來控制感情？還是感情控制不了理智？或許，在戰場上，他是一流的指揮官，在部隊是稱職的營長，而在一位心儀中的少婦面前，想說的話、他說不出口，想做的事、沒有勇氣，他像極了一位懦弱的新兵，內心隱藏著難以忍受的苦痛和酸楚。

冬嬌姨的生日是在秋節前夕，虎母快仔過世時，每當這個日子到來，都會特別煮一碗麵線、一個蛋為她慶祝一番，自從虎母快仔過世後，冬嬌姨似乎把這個日子也忘了，從沒再為這個日子費周章。今年的生日，她突然想到要請營長一起過，自己的內心說不出是基於那一個理由，也刻意地不去計算她今年已經幾歲，就過一個迷迷糊糊的生日吧。

那晚秋月皎潔，微風徐徐，營長依約前來，但冬嬌姨並沒有告訴他今天是她的生日，只見冬嬌姨早早就把店門關上，在廚房又煎又炒地忙得團團轉，營長則陪著阿忠，坐在那張他常坐的椅子上，為他講著一個傳奇的民間故事。

「阿忠，快請營長伯伯來吃麵囉！」冬嬌姨手端著一盤熱騰騰的炒麵，高聲地說著。

三人圍著一張小餐桌，冬嬌姨也取來上次未飲完的高粱酒，似乎有意和營長對酌一番。當然營長也是有備而來的，他已告訴副營長，晚點名由他主持，同時也向值日的作戰

官打了招呼，如果有緊急的公事，叫傳令來通知一聲，如果沒有其他事，他會在十點戒嚴前回營部，副營長和作戰官豈敢問原委，只有立正站好答「是」；營長心想，這是一個難得陪她們母子吃飯的機會，他要讓這頓飯吃得輕鬆，不要受到任何事情的干擾，不要有任何心裡上的壓力。

「冬嬌姨，」營長巡了一下桌上的菜餚，含笑地說：「今天是不是有人生日啊？看妳炒麵又煮蛋，煎魚又燉肉，備了那麼多菜。」

「沒有人生日啦，」冬嬌姨順手移動了一下盤子，笑著說：「如果說有，那我們三個人都是壽星，是一個家庭式的慶生會。」

「妳的譬喻很好，我們同吃壽麵，也同吃壽蛋，三人同時慶生。」營長說後，接過冬嬌姨為他斟的酒，順手高舉，「冬嬌姨，辛苦了，如果我沒猜錯，或許今天真的是妳的生日，能成為妳的坐上賓，是我此生最大的榮耀，祝妳生日快樂！」營長輕嚐了一口酒。

「謝謝你，營長。」冬嬌姨也輕嚐了一小口，「聽到你的祝福聲，就彷彿真的是我的生日；我收下你的祝福，但也同時祝福你！是誰的生日倒是其次。」

「在我的想像中，一般鄉下婦女都是不擅於言辭的，想不到妳的談吐竟是那麼地幽默和文雅。」營長由衷地說。

「你當我是土包子？」冬嬌姨笑著，順手拿起營長面前的碗，為他挾了一碗麵，「先

吃麵吧，免得待會兒涼了。」而後也為阿忠挾了小半碗。

「冬嬌姨，妳誤會了，」營長接過麵，含笑地看著她，「喜歡都來不及了，我怎敢把妳當成土包子。」

「講點良心話，」冬嬌姨挾起一大口麵，放在自己的碗中，「你是喜歡吃我炒的麵，還是喜歡聽我說的話？」

「兩樣都喜歡，」營長果斷地說：「我講的都是良心話，而且喜歡的何止這些。」

「謝謝你的良心話，」冬嬌姨舉起杯，「我們隨意喝一口吧。」

他們時而淺嚐、時而隨意、時而盡興、時而高談闊論、時而談些孩子聽不懂的大人話。終於，孩子吃飽了，他也不願坐在大人身旁聽些無聊話，自個兒先行離開，冬嬌姨並沒有加以過問，似乎孩子已能自己料理一切，洗腳、睡覺都不必冬嬌姨來操心，往往當冬嬌姨打烊回房時，孩子早已在她隔壁的小房間裡，睡得很香很甜，想叫他起來便溺，都要呼喊老半天。

營長平時很少喝酒，冬嬌姨喝酒的機會也是少之又少，但他的酒量是勝過冬嬌姨的。營長黝黑的臉並看不出有飲後的酒紅，而冬嬌姨的雙頰，像似印著兩朵燦爛的紅玫瑰，更顯現出她的艷麗，微量的酒似乎也能加速她血液的循環，增加她的肺活量。營長的雙眼一直停留在冬嬌姨上下起伏的胸前，雖然她用衣服緊緊地包裹著，但那誘人的少婦胴體，

卻深深地激動著營長的心靈，於是他生理上有一股強烈的反應，當冬嬌姨站起身，他的眼睛卻滑落在她的小腹上，而在冬嬌姨轉身的那一刻，他的眼珠卻在冬嬌姨渾圓微翹的臀部上打轉，營長雖然為自己訂下一個較嚴謹的道德標準，但他是人，是一個正常健康的男子漢，他亦有七情六慾，當他面對冬嬌姨這個美麗的小婦人時，從他腦中掠過的是一股強烈的佔有慾，以及一幕一幕，男歡女愛的激情影像。

「你坐一會，我幫你沖杯熱茶。」冬嬌姨站起身，移動了一下腳步。

「不。」營長快速地走到她身旁，右手摟住她的腰，左手輕搭在她的肩上，復而一使力，竟把冬嬌姨緊緊地摟在懷裡，並俯在她的耳旁，輕聲地、柔情地喚著：「冬嬌姨，冬嬌姨……。」

冬嬌姨並沒有掙扎和反抗，內心似乎也沒有一絲兒罪惡感，她接受營長的唇在她耳後輕輕地吻著，她接受營長的手在她身上輕輕地撫摸著，她的心剛開始時跳得有些快速，然而當營長托起她的下巴和她深吻的時候，她卻以一顆極其平靜的心來迎接他。和營長一樣，她也是一個正常健康的女人，她需要愛，她需要愛來滋潤一塊即將乾涸的心田，她忍受著一個女人難以忍受的寂寞。營長的手已從她的背部游移到她的胸前，正用他的拇指和食指，輕輕地揉搓著她飽滿的乳房，冬嬌姨忍不住了、冬嬌姨再也忍不住了，想想十餘年來的守身、潔身，或許要被營長熱情的功力所破解，猶如乾柴遇見烈火般地，將會快速地

燃燒。想起和王川東新婚的那一夜，當男人那話兒挺進她體內時，她體會到痛苦過後的歡愉，當王川東在她體內射出第一滴精液的同時，她更是如癡如醉地，享受人生歲月裡，最令她難以忘懷的一刻。然而這些回憶似乎已從她的記憶中失去，而當營長扶著她進入她的臥房時，她微閉著眼睛，靜靜地躺在那張曾經讓她消魂的雙人床上。營長輕輕地，慢慢地解開她的衣釦，柔情地，深情地吻著她白皙的肌膚，她已不能忍受營長火熱的舌尖在她的乳頭上蠕動，她把營長的臉按在難忍的乳房上，營長卻不停地搖晃著頭，用他的唇磨擦著她高挺的乳房，她難忍地微動著身軀，營長順勢拉動著她的褲子，就在緊要關頭的剎那，突然，冬嬌姨猛力地把營長推開。

「不！營長，我們不能。」一股無名的罪惡感，霎時侵蝕著冬嬌姨的心靈，她快速地把褲子拉上，坐起身，整好衣服。

「冬嬌姨，我愛妳，為什麼不能？為什麼不能？」營長激動地晃著她的雙臂。

「小聲點，」冬嬌姨用食指在唇上比劃了一下，「孩子就睡在隔壁，別吵醒他。」而後用手輕輕地撫著營長的臉頰，「忍耐點，現在還不是時候。」

「或許，妳是比較理智的。」營長深深地吸了一口氣，而後緩緩地吐出來，「冬嬌姨，請原諒，我實在太衝動了……。」

「不，你沒有衝動。」冬嬌姨搶著說：「在人生這條坎坷的大道上，我們是相遇、相

知又相惜。或許，經過今晚這場我們生命中最激情的經歷，它將是我們邁向人生另一個旅途的開始。說真的，我已等了無數個年頭，忍受過生命中最痛苦的煎熬，自信對得起王家供桌上的列祖列宗。自從認識你後，我開始思考，最後的答案是：我不能把有限的青春，浪費在沒有結果的等待上；因此，在我生日的這個良辰裡，我接受你的祝福和深吻，我也曾經想過，要把自己這幾年來，未曾讓第二個男人碰觸過的身子給予你，但我只給予你一半，另一半不該在現在，而是將來。」

「是的，冬嬌姨，」營長柔聲地說：「我們不必急於此時、急於此刻，往後的日子還長呢。坦白說，反攻大陸回老家的美夢，在我內心裡早已破碎，能在異鄉碰到一個自己心儀的女子，的確是蒙受祖先的庇蔭。剛才雖然是衝動了點，但我心想，絕對會為自己的行為負起百分之百的責任。自從離家後，我和妳沒有兩樣，未曾和其他女人接觸過，未曾到過風花場所尋求某一方面的解脫。今天我很高興，在我們相識、相知的此時，妳竟那麼慷慨，給予我那麼甜蜜的一半，我會永永遠遠地銘記在心頭；當然，也期盼有一天，妳能實踐諾言，給予我另外的一半。」

「營長，我的心志永遠不會改變，我的諾言絕對會讓你兌現，除非王川東能在我尚未離開這個家的時侯回來，除非你現在就反攻大陸回家去，只因為我們已不再是一個心智未成熟的孩子，而是曾經擁有甜蜜婚姻、幸福歲月的成年人，沒有結果的等待不是甜蜜的，

而是苦澀和酸楚的！」

「妳的觀點很正確，對人生的看法和人性的分析也有獨到的見解，我常年在軍中，所學的僅是一些口號和理論，冬嬌姨，我擁有妳這位心地善良、處事圓融、面面俱到的知己，感到驕傲。今天，我們用深厚的感情做基礎；明天，我們同心協力，創造一個幸福美滿的新家園。」

營長說完後，他們相繼地站起來，兩人輕輕地擁抱在一起，剛才的激情，已化成此時的柔情，冬嬌姨的手環在營長的腰際，微弱的燈光，映照在她美麗的臉龐，營長低下頭，輕輕地托起她的下巴，情不自禁起在她的額上、頰上、唇上深情地吻著、吻著……。

## 11

突然地，營長被調職了，離開這個他永遠不能忘懷的小村落，到師部當參謀。

師部離此很遠，它座落在一個半山腰的坑道裡，如果步行，或許要一個多鐘頭，它必須經過一片茂密的叢林，穿過蜿蜒的小路，然後抄著塵土飛揚的大馬路，再往山上走。

營長的調職，很多人都感到訝異，因為他治兵嚴謹，學經歷豐富，在多種比賽和對抗都是營級第一，無論帶兵、訓練或管理，從無任何差錯，可說是未來副團長的熱門人選，

而此刻他任期未滿，又不是高陞，就這麼無緣無故地被調走，讓人感到惋惜。然而在軍中，服從命令是最基本的守則，一切職務輪不到自己來安排，在戰地又有那一位軍人膽敢抗命、膽敢說一句牢騷話、膽敢對自己的職務不滿意，如果說有這號人物，鐵定他是吃了熊心豹子膽，不怕軍法大刑伺候的瘋子。

營長是一位奉公守法的中級軍官，對自己突然被調職，表面上雖然沒有什麼不滿的怨言，但內心裡，似乎百感交集，其中必定有什麼原因和蹊蹺，但他並沒有刻意地去打聽，去查詢原委，他相信有一天會水落石出的；唯一讓他牽掛的是與冬嬌姨日漸成長的感情，不知會不會受到他調職的影響，這也是他一直感到憂心的，其他的事他一點也不在意，尤其是身為革命軍人，不管擔任任何職務，同樣是替國家做事，同樣是報效國家，況且參謀只是辦辦業務，沒有當主官的壓力大，他也可以趁機放鬆心情，休息休息，沒事時，站在坑道口的巨石上，看看一水之隔的故國河山，想想心儀中的冬嬌姨，這是一樁多麼美的事啊！

那天中午新舊營長交接過後，新營長另有要事又趕回老單位，廚房加了好幾道菜，為老營長餞行，一年多的相處，他們之間已培養出一份深厚的革命情感，況且，老營長待他們不薄，矮仔士官長蒙受他的照顧更多，因此，他自掏腰包，買了一瓶特級高粱酒，為這頓午餐，增添了更濃郁的離別色彩。

營長跟平常沒有兩樣，對部屬只有鼓勵和關懷，他不喜歡嘮叨，不喜歡講一堆沒有必要的廢話。而此時，他似乎更沉默，更沒有話說了；或許，大家都能體會到他低落的心情，只頻頻地以酒來向老長官表達敬意，讓這頓飯吃來倍加沉悶。

「保防官，」副營長對著一位面孔冷冷的軍官說：「大家都是老鄉嘛……。」他只把話說到一半，卻不再說下去，裡面隱藏著什麼，的確是有人清楚，有人不瞭解。

「來吧，」營指導員端起杯，「我們一起敬營長。」

大夥兒都把杯子舉得高高的，惟有保防官除外，營長見狀，並沒有異常的反應，只淡淡地說：「一起來吧，保防官。」

「謝謝營長。」保防官舉起杯，二話不說，一口氣把杯裡的酒全乾了，而後站了起來，對著營長說：「報告營長，你慢吃，我接值星去了。」說完，向營長敬了一個舉手禮，逕行離開。

營長看了一下腕錶，一點還不到接值星？他只微微地點點頭，其他人卻以一絲鄙夷的目光看著他離去。保防官的冷面、奸詐和不合群，營部的弟兄沒人不知、無人不曉，然而此次營長任期未滿被調職，是否與他有關呢？是否他打的小報告？是否有什麼不法的情事落在他的手中？

「丟他老母嗨，」保防官走後，作戰官卻罵了起來，「這個小人，這個王八蛋！報告

營長，你會被調職，就是保防官這個龜孫子打的小報告。」

「不要亂講，不要亂講。」營長連忙搖著手說：「或許我的能力和操守是有缺陷的，上級才會把我調走，這與任何人毫無關連。」

「營長⋯」作戰官又想補充什麼。

「好了。」營長微微地笑著，而後端起杯，「來、來、來，我們喝酒，以後如果有事到師部，不要忘了到參三找我。」營長一口乾下，「你們都是我的好弟兄！」

營長雖然喝了一點酒，但他並沒有喝醉，他的神智依然是那麼地清醒，精神依然是那麼地飽滿，沒有一絲兒酒後的疲憊，他由矮仔士官長陪伴著，走進川東雜貨店。

「沒午睡啊？」冬嬌姨看著他倆，神情愉快地說：「裡面坐，我給你們泡茶。」

營長走了進去，在冬嬌姨刻意地為他準備的老地方坐下，矮仔士官長並沒有跟進，自個兒在店裡，東張西望地看著置物架上的貨品。

「裡面坐啊，士官長。」冬嬌姨端著兩杯茶，笑咪咪地遞給他一杯。

「冬嬌姨，妳不必客氣，我在這裡站站，隨便看看。」矮仔士官長接過茶，禮貌地說。

「中午喝酒啦？」冬嬌姨走了進去，把茶遞給營長，仔細地打量了他一番說。

「廚房加了點菜，士官長弄來一瓶酒，大夥兒喝了點。」營長解釋著說。

「依我的判斷，何止一點。」冬嬌姨深情地看著他說：「記住，白天還要辦公，以後要少喝點。」

「我會的，今天是例外。」營長苦澀地一笑，淡淡地說：「我調差了。」

「調差？」冬嬌姨訝異地說：「怎麼沒聽你說過，調到那裡？」

「臨時通知的，」營長喝了一口茶，微嘆了一口氣說：「師部，參三。」

「什麼時候去報到？」冬嬌姨關心地問。

「下午。」營長簡潔地答。

「軍人嘛，調到那裡都一樣，」冬嬌姨看著他，看他那一臉的落寞和無奈，一點也沒有革命軍人的氣慨，倒像是一個打敗仗的老兵，「總不能一輩子當營長。」冬嬌姨安慰他說。

「或許是吧。」營長幽幽地說。

「人與人的距離是遠了一點，但心與心會更貼近。」

「這一調，離妳更遠了。」營長幽幽地說。

然而，營長所牽掛似乎不是這些，而是如何去查明調職的原委，果真如作戰官所言，是保防官打的小報告？或是長官聽信了讒言？但繼而地一想，調職已是既定的事實，雖然心中有一股憤怒的怨氣難消，如果把時間浪費在這些議題上，對一位沙場老兵來說，似乎

沒有什麼特殊的意義，因此，他決定不去計較這些，對自己的前途，對自己是否能在軍中繼續發展，他將以一顆平常心來面對，他自信對得起國家，對得起領袖，對得起一路拉拔的長官和朋友。他是陸官的正期生，他從排、連、營長一路走過來，學經歷完整，嘉獎、記功無數，得過好幾座勳章，並沒有犯下什麼大過錯，如果僅是一點雞毛蒜皮小事，把他調離，他是不服氣的。；然而，身在軍中，凡事能不服氣嗎？能有不服氣的權利嗎？他已渡過一段很長的軍旅生涯，對於它的內規，可說是清清楚楚、一目瞭然，此刻竟有如此的思維和想法，自己感到幼稚！

營長喝了一口茶，嘆了一口氣，伸展了一下筋骨，而後緩緩地站起。他含笑地看著冬嬌姨，眼前盡是一個美的化身，他好想一把把她摟進自己的懷裡，然後深深地吻著她，慢慢地吮吸著一粒火紅的小豆豆，就彷彿那夜，彷彿冬嬌姨生日的那一個纏綿的夜晚，讓他陶醉在一個神仙般的夢境裡。

「冬嬌姨，拎一條毛巾給我好嗎？」營長聲音低低地說：「我想擦把臉。」

冬嬌姨快速地轉身又回來，遞給他一條微黃的舊毛巾，營長攤開後，猛力地在他那張古銅色的臉上擦拭著，一遍遍地翻轉，一遍遍地擦拭，只因為這條老舊的毛巾裡，有冬嬌姨的粉香。

「我走了，」營長把毛巾遞還給她，「我已交代過士官長，有空他會常來看你們，如

果有急事，就請他打電話給我。」

「什麼時候來？」冬嬌姨深情地問。

「等業務進入狀況再說吧。」營長說著，緩緩地移動著腳步。

冬嬌姨目送他們離去，並沒有立即回到店內，她無神而落寞地凝視著遠方，她舉頭仰望一簇簇的白雲從她頭上掠過，它們是多麼逍遙自在地，在天空中遊盪；而她卻像一隻籠中鳥，在這方窄小的天地度過無數的日夜晨昏，何時何日始能獲得自由身，離開這個陰暗的地方，展翅飛向白雲處，尋找生命中的另一個春天。

## 12

「冬嬌姨、冬嬌姨！」一陣激烈的敲門聲過後，接著是鄰長樹叔仔的喊叫聲，「快開門啊，查戶口啦！」

查戶口，冬嬌姨心裡一怔，趕緊起床穿衣，當她開了門，卻發覺與已往的查戶口不同，以前只有鄰長、村指導員，配合軍方的一位軍官，二位荷槍的士兵，今天卻多了二位武裝憲兵，以及一位憲兵官。

冬嬌姨並不感到懼怕，一年總會查上好幾次戶口，她家的人口單純，只有她和阿忠兩

人，既沒有窩藏犯人，也沒有販賣違禁品，他們要怎麼查、怎麼搜，就由他們吧。然而這一次，的確與已往不同，除了核對與戶口名簿外，憲兵更是翻箱倒櫃地又搜又查，搜遍了房內的每一個地方、每一個角落，竟連床下也打著手電筒猛照，竟連鍋蓋也掀起來看看，這是一幅多麼恐怖的景象呀！冬嬌姨的心裡開始有強烈的反感，然而，再怎麼地反感，也敵不過這些荷槍「握權」的「革命」軍人。

終於，他們在櫃檯下，搜到了一罐用舊報紙包起來的軍用鰻魚罐頭，這是上一次營長和矮仔士官長帶來的，她一直捨不得把它吃了，然而，不捨有時卻是麻煩的製造者，憲兵官把罐頭往桌上一放，攤開公事夾，取出紙和筆，荷槍的憲兵，刺刀朝下，站在冬嬌姨的背後，其他人把她圍成一團，像似在審判犯人般地讓人心寒。

「這罐軍用魚罐頭，怎麼來的？」憲兵官露出一副猙獰的面孔疾聲地問。

「人家送的。」冬嬌姨細心地回答。

「誰送的？」憲兵官又問。

「時間久了，記不清楚。」

「胡說！」憲兵官把罐頭放在她的面前，依然疾聲地，「這罐魚罐頭明明是新品，為什麼說記不清楚？難道妳不知道收藏、買賣軍用品，都是犯法的行為？」

「我成天忙東忙西的，哪有時間記這些。」冬嬌姨不悅地，為自己辯解著說：「一個

鄉下婦人，她怎麼知道一罐小小的罐頭也會犯法，如果知道會犯法，早就把它吃了！」

「不要強辯，不要說理由，再不說實話就把妳關起來！」憲兵官威脅著說。

「我說的都是實話。」冬嬌姨心想，絕不能與這些狗官鬥，也不能說實話來陷害營長，因而她擺低了姿態，柔聲地說。

「胡扯！」憲兵官氣憤地，告訴身旁的武裝憲兵說：「把她押回憲兵隊！」

「不要押，我跟你們走！」冬嬌姨再也忍不下這口氣，突然高聲地說：「我既不是匪諜，又不是共產黨的同路人，被你們查到的又不是機槍大砲和彈藥，我就不相信沒有王法，為了一罐魚罐頭，會殺了我的頭！」

旁邊的人都看傻了眼，村指導員和鄰長，不知配合軍方查過多少次戶口，就從未遇見過類似情事，更未曾見過一位婦道人家，不做順民，膽敢與憲兵官頂嘴，她會吃虧的，她鐵定要吃虧的，他們都不約而同地想著。然而，經過冬嬌姨的咆哮，原先理直氣壯要押人的憲兵官，此刻卻軟化了下來，一罐魚罐頭就要把人押回憲兵隊，的確是有點小題大作，果真押了回去又能把她怎麼樣，況且，軍民同處在這個小島上，都有一份水乳交融的感情，剩餘的軍糧，有些單位還不是偷偷地把它賣給民間，用這筆錢做為月底的加菜金，只是大家睜一眼、閉一眼，不要出事就好；但今天的情況似乎不一樣，冬嬌姨私藏的軍用罐頭是被查到的，雖然只有一罐，卻是犯法的。

「指導員，」憲兵官轉而對著村指導員說：「這罐罐頭依法查扣，人犯由村公所自行處理。」

「是、是。」

「是。」村指導員立正站好，表情嚴肅地回答，繼而轉向冬嬌姨，「妳明天到村公所一趟。」

冬嬌姨看也不看他一眼，目視這二人走後，她用力地關上房門，心裡也非常懊惱，為什麼不早把這罐鰻魚罐頭吃掉，不捨有時是禍而不是福，幸好沒有波及任何人，明天到村公所，她的說辭會與剛才一樣，如果他們想追根究底，她將以：「上一個部隊的一位班長送的。」做為藉口，他們信也好，不信也罷，反正她想回應的，只有這句話。

第二天一大早，她主動到村公所報到，村長是沒有實權的，所有的狗屁事，都由指導員和一位村幹事負責辦理。

「冬嬌姨，妳請坐。」北貢退伍的指導員，用一副色瞇瞇的眼睛看著她說。

冬嬌姨坐在一張靠背椅上，村指導員卻嬉皮笑臉地踱著小步。

「其實這並不是一件什麼大不了的事，」突然，村指導員走到她的背後，輕輕地拍著她的肩，輕浮地說：「只要妳冬嬌姨聽我的話，保證讓妳沒事。」

冬嬌姨依然坐著，並沒有回應他的話。

「妳那個王川東，一走就是好幾年，何苦還替他守這個活寡，倒不如找個男人嫁

了。」村指導員說著、說著、東張張、西望望，眼見四處沒人，竟把手伸到冬嬌姨的胸前，摸了她一把。

「下賤！」冬嬌姨火冒三丈地從椅上站起，一個重重的耳光清脆地響在村指導員的頰上，而後尖聲地說：「你不要以為我這個女人好欺負，我要嫁人也不要你來管，你下賤！你不要臉！」

「算我不對，算我不對，就算我不對！」村指導員搖著手，點頭又鞠躬，低聲下氣地說：「冬嬌姨，拜託妳，不要那麼大聲叫，讓人聽見難為情啊。」

「你這個不要臉的男人，你這個畜生，還怕難為情？」冬嬌姨依然大聲地說著。

村指導員想也想不到會碰到這個潑婦，原以為這個活寡婦，很久沒有和男人相好了，很快就能把她勾引到手，今天又是一個不可多得的良機，只要她願意，他的床舖就在裡面，隨時可以陪著她上床呀！現在不但上不了床，如果冬嬌姨不放過他，把這種事宣揚出去，那是多麼地丟人現眼啊，如不幸讓上級知道，準被開除，村指導員開始憂心了。

「你調戲良家婦女，我要告你！」冬嬌姨依然怒氣未消。

或許她的警告產生了效果，聽到冬嬌姨要告他，村指導員的臉色有些蒼白，手腳也抖了起來，此刻如果冬嬌姨願意陪他上床，諒必他也只是一隻軟腳蝦，發揮不了任何功能。

「冬嬌姨，千萬不能這麼做，」村指導員雙手作揖，聲音顫抖，「要我下跪，要我叩

頭都可以，千萬不能這麼做！」

「堂堂男子漢，敢做要敢當！」冬嬌姨說完，「呸！」地一聲，在他面前，吐了一抹口水，而後轉身就走。

走出村公所，冬嬌姨的心情很惡劣，昨晚剛碰到鬼，今早卻遇見色魔，這種苦日子，不知還要捱多久，如果家有男人，什麼事都不會發生在她身上。每當想起這些不如意的事，冬嬌姨的內心只有恨；恨王川東這個沒有良心的查脯郎，恨自己是一個歹命的查某人，也因此，她對人生的看法有很大的改變，她不想獨守這個沒有男人的家，她不在意村人對她的評價和看法，她要為自己的存在而活。於是，她想起剛調離這個村落的營長，她相信營長是愛她的，當然她也對他有意，只因為他們同是這個時代的創傷者，一對歷盡淒風苦雨的同林鳥，他們將為重組一個家而努力，她的心也會從王川東的身影移轉到營長的身上，陪著營長共眠枕，相親相愛到白頭，但願他們置身的，不是一個虛幻的夢境，而是人生歲月，真實又能兌現的美夢。

營長的調職，冬嬌姨家被搜查，這兩件事是否有所關連，村人不但議論紛紛，而且還加油添醋。有人說：營長派人扛了一箱罐頭、揹了一包米送給冬嬌姨。有人說：不止這些，還有麵粉和口糧。有人說：營長在晚上戒嚴宵禁時，帶著「通行證」，偷溜出來和冬嬌姨睡覺。有人說：冬嬌姨「凍袂條」啦。有人說：冬嬌姨「討客兄」。許許多多的「有

人說」，也正式醜化了冬嬌姨美好的形象，但冬嬌姨並不計毀譽，也不理會村人的批評，最大的願望是能夠跳離傳統的束縛，重新找回失去的春天，與她相愛的營長廝守終生。然而幸福的追求，總是要付出痛苦的代價，人世間沒有不勞而獲的物品，亦無廉價的愛情，冬嬌姨從風雨中一路走過來，她當然知道這些粗淺的道理，只是不知道要如何來面對、一波未平又一波的突發事件。為了一罐鰻魚罐頭，憲兵官要押她，村指導員要佔她的便宜、吃她的豆腐，這些非常時期體制下的敗類，錯估了她，今生今世她的身軀，除了王川東以外，唯一想讓她無怨無悔、犧牲奉獻的只有營長一個人。雖然營長的年紀大了一點，但他的身體狀況一直很好，那晚他所展現的，更是一股傲人的男子雄風，但美的時辰未到，只讓他興奮地在她體外徘徊，絕不能讓他越雷池一步，儘管如此，她依然能體會到相擁時的快感，依然能感受到一具無名而堅硬的肉體在蠕動，這也是一個健康男人生理上的自然反應，何況她也是一個健康的女人，當然想擁有它，更想把它深深地植入自己的體內，以她的春水來滋潤他那株乾旱的林木，讓他重獲生之喜悅和樂趣，共同體會兩性激情過後的歡愉，如果能懷下一男半女，讓她真正嚐到為人母的甜蜜滋味，不知該有多好、多美，這也是她夢寐以求的，但願他們能在有限的人生歲月裡，揚起生命之帆，共同努力，向前航行，航向一個幸福美滿的港灣……。

13

冬嬌姨並沒有因「罐頭」事件被移送法辦，村指導員也不敢再傳喚她，這樁本來就是嚇唬老百姓的小事，也就不了了之。或許憲兵官所接獲的情報是錯誤的，上級交辦的檢舉事項也與事實有很大的出入，原以為能在冬嬌姨家搜查到很多軍用品，就像外面的傳言一樣，營長送她一箱罐頭，還有大米和口糧，一旦讓他搜查到，「記功」或「嘉獎」絕對跑不掉，對他的升遷、佔缺，絕對有加分的作用，萬萬沒想到，只搜到一罐不痛不癢的魚罐頭，又遇到一個嚇唬不了的潑婦，也逼不出那位送罐頭的人，這場勞師動眾的大搜查，的確讓他感到難堪，更難以向長官交代。當然，如以憲兵官的權責，隨便找一個理由，依然可以再到川東雜貨店搜查，冬嬌姨膽敢不接受，不關進「軍事看守所」才怪，而且憲兵官也撂下狠話，要冬嬌姨小心，不然的話，隨時會倒大楣。冬嬌姨心想，經過這場風暴，她會更小心的，往後如果有人送罐頭，她會和孩子一起分享，很快的把它吃進肚裡，免得橫生事端，只是營長已調了參謀，由主官變成幕僚，想帶一罐罐頭，也非易事。

坦白說，這場風暴最大的傷害者是營長，還要半年的時間，才算幹完營長的資歷，而今天卻莫名其妙地被調職，雖然自己的內心很坦然，但如果有機會幹幹副團長也是不錯

的；然這個機會似乎已離他愈來愈遠，於是他不再冀望於茫茫的前途，只要冬嬌姨願意和他生活在一起，他一定要設法申請退伍，對軍中這個革命的大家庭，絕不留戀。他將拿出畢生所有的儲蓄，和冬嬌姨組織一個甜蜜幸福的家園，從此，不再流浪、不再漂泊，過著與世無爭的神仙生活。

自從調到師部後，營長第一次來到川東雜貨店，冬嬌姨的雙眼閃爍著一絲興奮的淚光，喜悅的形色，也同時展露在她紅潤的臉龐。

「冬嬌姨，」營長久久地凝視著她，而後說：「好久不見了。」

「營長，」冬嬌姨的雙眼依然閃爍著淚光，營長帶磁的聲音，緊緊地扣住她的心弦，

「我們真的是好久不見了。」

他們沒有久別重逢時的熱情擁抱，也沒有用肉麻的言詞來表達思念的情懷，二句簡單的家常話，卻代表著二顆誠摯的心、二顆彼此愛慕的心、二顆在不久的將來，將要熔化成一體的心。

此刻的營長，他是光明磊落地進入川東雜貨店，已不必躲躲閃閃，也不再理會那些異樣的眼光，他的心已進入到冬嬌姨的心靈世界，只要她喜歡、只要他們兩情相悅，又有什麼不可以的呢。因而，當他目睹冬嬌姨正為生意忙碌時，他逕行入內，為自己沖了一杯茶，坐在那張他常坐的椅子上，儼若是這個家族中的成員，他要坐在距離冬嬌姨最近的地

方等待，以前是有目的沒有希望的等待，而此刻卻是他此生最美的等待，因為有了希望，也有了一個即將成真的美夢，一旦希望和夢想逐一實現，冬嬌姨將是他此生最好的伴侶，又何必等待反攻大陸回老家，又何必做著沒有希望的夢。人生在世，只不過是幾十年的光景，褪色的青春很快就會在他的鬢邊，抹上一片銀白的色彩，難道要在生命中最燦爛的金色年華裡，留下一片空白，讓無情的歲月腐蝕著他的身軀，而後回歸塵土。

冬嬌姨忙進忙出，恨不得現在就打烊，好陪營長聊聊天，然而生活是現實的，人也必須有原則，做什麼總要像什麼，才能在這個小島上生存、立足，尤其是一個守著活寡的女人，她面對的是險惡的人心和獸性，時時刻刻都必須接受挑戰，如果沒有堅強的毅力，隨時都會被擊倒。

臨近午時，來往的客人少了，冬嬌姨趕緊下廚，她要為營長準備一頓豐盛的午餐，她要讓營長體會出家的溫暖，她要讓營長知道，她是一位稱職的家庭主婦。然而，營長並不是一位大男人主義者，他跟著冬嬌姨進廚房，幫忙剖蔥又洗菜，一個甜蜜幸福的家，並非由一個人獨撐，而是雙方同心合力的結晶品，這個彌足珍貴的畫面，卻是第一次呈現在他們面前。

「阿忠呢？」當冬嬌為營長盛飯時，營長關心地問。

「士官長帶他出去了，可能又會在營部吃飯。」冬嬌姨笑著說：「你要不要喝點

酒？」

「不啦，下午還有事。」營長低聲地說：「當參謀雖然沒有當營長的壓力大，但業務很多，有時很煩。」他頓了一下，而後又說：「今天如果不抽空來看看妳，不知道又要延到什麼時候，聽說憲兵官帶隊來查戶口，妳沒事吧？」

「你上次帶來的那罐魚罐頭，一直捨不得吃，卻讓他們查扣了，但我並沒有供出是誰送的。」冬嬌姨解釋著說。

「這是一個不一樣的年代，打的是自由民主的口號，鬥爭的手法卻與共產黨沒什麼兩樣。」營長有些兒氣憤地說。

「吃飯吧，我們不談這些。」冬嬌姨安慰他說：「事情已經過去了，也沒有事了，尤其你身在軍中，千萬不要輕易地提起『共產黨』這三個字，那會有麻煩的。」

「說來也是，有時禍從口出而不自知。」營長似乎也感到自己失言了，「這一次妳被搜查，或許真與我有關；有人密告我把戰備罐頭，整箱整箱扛到妳家，還有戰備米麵和口糧，這也是他們來搜查的原因和動機。」

「你被調職，是不是與這件事有關？」冬嬌姨急促地問。

「有一天他們會還我公道的。」營長有點兒激動，但剎那間又恢復了平靜，「坦白說，冬嬌姨，如果能幸運地成一個家，我寧願退伍，『營長』這個頭銜對我來說，不會比

家重要。」營長說後，伸手挾了菜，吃下好大的一口飯。

「或許，我們都渴望一個幸福美滿的家，」冬嬌姨嘴中輕輕地嚼著飯，而後幽幽地說：「但凡事並非如我們想像的那麼容易。」

「怎麼說呢？」營長不解地問。

「首先我們面對的是彼此的身分問題，你是現役軍人，結婚要先報准，我的配偶欄裡記載的是王川東，雖然他現在生死不明，但在沒有取得任何文件，來證明他的生死存活時，在法律上我們依然是夫妻；試想，一位現役軍官與一個有夫之婦結婚，是法所不容的。況且，我們想要的是一個合法的家，我們所要追求的，必然也是一個有名有實的夫妻關係。如果沒有『合法』二字做根基，勉勉強強湊合在一起，這個家對我們來說，並沒有什麼意義。」

「冬嬌姨，我真的是大米吃多了，成了飯桶，」營長放下碗，微微地笑著說：「妳的思慮很週到，真讓我自嘆弗如啊！」

「問題還不止這些呢，」冬嬌姨也放下了碗，繼續地說：「我已打聽過，軍人在前線是不能結婚的，因此，我們必須遠離這個地方，到後方的台灣落地，而表哥把阿忠過繼給我，為了是要延續王家的香火，他肯讓阿忠跟我們到台灣去嗎？尤其是阿忠，從小由我一手撫養長大，雖然不是我親生的，但歲月已把我們孕育成一個不可分割的母子體系，我不

能沒有他，也不能失去他。」

「是的，這些都是我們必須面對的問題。」營長收起了笑容，嚴肅地說：「只要我們有信心、有毅力，一定能克服阻礙我們邁向幸福婚姻的每一道關卡。冬嬌姨，請妳相信我，絕對不會讓妳失望的。」

「營長，我相信你，也願意把下半生的幸福交給你。」冬嬌姨目不轉睛地看著他，

「或許我們還要等待，等待黑夜過後的天明。」

「有希望的等待是美的，黑夜絕對不會在人間停留太久，我們追求的是心靈中永恆的伴侶；冬嬌姨，千萬別忘了，我們要為未來的幸福堅持到底、奮鬥到底！」

「我的處境你是清楚的。原先只認為自己會孤孤單單地過一生，爾後雖然有阿忠來陪伴，但孩子只能做為我精神上的支柱，卻不能撫慰我寂寞的心靈。」冬嬌姨感性地說著，卻突然站了起來，跨向營長身旁，激動地拉起他的手說：「營長，我愛你，我需要你！」

營長也快速地站起，從貨架的空隙處瞄了外面一眼，在沒人進來購物下，他讓冬嬌姨退向隱密處，雙手環過她的腰，緊緊地把她摟住，而冬嬌姨雙眼微閉，衷心地接受營長在她體膚上的每一個角落，深情地吻著吻著……。繼而地，營長的手已從冬嬌姨的背部，上下左右不停地游移和摸索，然而隨著時間的躍動，營長的右手已伸入冬嬌姨的腋下游移到胸前，冬嬌姨豐滿而高挺的雙乳，已在營長的掌中蠕動，而營長蠢蠢欲動的那話兒，卻

緊緊地挺住冬嬌姨的下腹，這是他們最難忍的時刻，這是他們的心身即將崩潰的時候，如果沒有親沐其中，又有誰能體會出箇中滋味。或許，這只不過是一對健康男女生理上的自然反應，長久忍受著性的壓抑和心靈上的空虛，此刻的相擁、相撫、相吻，的確能讓他們體會出生之喜悅和快感，然而他們卻只能侷限在這裡，尚不能進入到他們夢想中的成人世界，重溫一個原始的舊夢。

客人的叫聲把他們從甜蜜中驚醒，冬嬌姨快速地推開營長，理了一下散亂的長髮，快步走了出去。

「冬嬌姨，買包煙！」

「是宋班長啊，」冬嬌姨故做鎮靜地說：「好久不見了，買包什麼煙？」

「剛闊飽，來包雙喜，」宋班長把錢放在櫃檯上，「生意還好吧？」

「馬馬虎虎啦！」冬嬌姨遞給他一包煙，率真地說。

「營長有沒有來看妳？」宋班長含笑地問。

「沒有啦，」雖然她與營長的來往，已是一個公開的秘密，但她依然含羞地撒著謊，「自從調走後就沒來過。」

「可能忙吧，」宋班長由低聲轉為激仰，「丟他老母嗨，都是保防官那個王八蛋打的小報告，害營長被調職，大夥兒一談起這件事，都想揍他！」

「事情過去也就算了。」冬嬌姨安慰著說。況且，軍中的許多事她並不明瞭，何能評論人家的是非。

「妳忙吧，冬嬌姨，」宋班長移動著腳步，「如果見到營長，就說大夥兒都很想念他。」說完又轉過頭來，說了一聲：「再見！」

宋班長一走，冬嬌姨也鬆了一口氣，明明營長在裡頭，卻說好久沒來過，萬一謊言被拆穿，不丟人才怪。她快步地往內走，營長早已展開雙臂迎接著她，當然，他們剛才的談話，營長是聽得清清楚楚的。

「我也該走了，」營長輕輕地理著她的髮絲，「改天再來吧。」

冬嬌姨雙手緊緊地勾著營長的脖子，烏黑明亮的大眼盯著他不放，只因為他的眼眸，閃爍著一道愛的光芒，她將在這道光芒的引領下，尋找幸福人生的另一個源頭，雖然距離目的地尚遠，但幸福的果實似乎已在他們眼前了，要如何來擷取，正考驗著他們的智慧和信心……。

14

冬嬌姨和營長「相好」的事，在這個小小的村落已是家喻戶曉、人人皆知，並非是什

麼重大的新聞。然而外面的繪聲繪影、加油添醋，簡直把她醜化成現實社會裡，人人欲誅之的「歹查某」，他與營長僅止於體外的溫存，鄰家的長舌婦則說她已懷了營長的孩子，營長經常在她家睡覺，她「討」營長已是不爭的事實，冬嬌姨耳聞這些傳言，簡直是哭笑不得。然而，在這個保守的村落，那會無風不起浪，冬嬌姨再怎麼地解釋和辯白，依然是徒勞無功，誰會聽她的，只有讓她「討客兄」的醜事，在這個小島上，不斷地擴散和流傳。

終於，她的舅舅找上門來了，在尚未交談時，冬嬌姨是不明白他的來意的，但心裡有數。

「冬嬌仔，」舅舅開門見山就問：「妳到底跟那個營長怎麼樣啦？」

「舅舅，」冬嬌姨為他奉上茶，遞上煙，「沒有怎麼樣啦！」

「外面風言風語，講得很難聽，」舅舅點燃一支煙，猛吸了好幾口，「說妳準備跟人家跑，到底有沒有這回事啊？」

「舅舅，他們亂講啦，」冬嬌姨手指著置物架說：「你看我店裡貨那麼多，生意也不錯，又有阿忠和我做伴，我要跑到那裡去死呀！」

「人家說我肚子大了，是不是？」冬嬌姨搶著說：「舅舅，你看、你看，」她掀起衣服，拍拍自己的小腹說：「這樣叫著大肚子嗎？」

「人家……」舅舅說了一半。

「冬嬌仔，舅舅不是不相信妳，」舅舅輕啜了一口茶，「自從川東那個了尾仔囝失去音訊後，看妳一直乖乖地守著這個家，我和妳阿母都很高興，」舅舅吸了一口煙，「雖然妳阿母不能陪妳一輩子，但我再三地說服妳表哥，把阿忠過繼給妳，一方面延續王家的香火，另一方面和妳做個伴，將來老了也有一個依靠。」

「我明白舅舅您的苦心，但我也為這個家盡了心力。」冬嬌姨聲音低低地，像似有滿懷委屈地說。

「這點我知道，」舅舅移動了一下坐姿，吐出一圈圈白茫茫的煙霧，而後說：「女人最可貴的是她的貞節和名譽，雖然我一直相信妳，也從來沒有懷疑過妳，但外面的流言實在很可怕，冬嬌仔，妳要做人，舅舅也要做人！」

「舅舅，坦白說，營長對我和阿忠都很照顧，我們只是較談得來而已，沒有像外面流傳的那麼難聽。」冬嬌姨神情黯然地解釋著。

「俗話說：無風不起浪，如果對自己的言行不加以檢點，不懂得保護和珍惜自己得來不易的聲譽，將來受傷害的不懂是妳，還有孩子。」舅舅語重心長地說。

「嘴是人家的，他們要怎麼說是他們的事，我自信沒有越軌。」冬嬌姨為自己辯解著說。

「難道妳真有新的打算？」舅舅猛力地吸了一口煙問。

「舅舅，您的意思呢？」冬嬌姨反問他。

「妳的歲數也不小了，苦日子也熬過來了，的確也不適合再婚，如果能留在原鄉，把阿忠撫養長大成人，繼承王家的香火，這是我最樂意見到的。」舅舅極端感性地說。

「是的，舅舅，」冬嬌姨不悅地說：「苦日子已經過去了，我會再等二十年、三十年，好讓子孫為我立下一座貞節牌坊！」

「說不定再等個兩、三年，川東就會回……。」舅舅尚未說完。

「我不敢奢望，」冬嬌姨咬牙切齒地搶著說：「對川東我早已死了心！如果他還有一點良心的話，不管是生還是死，應該祝福我才對，不該讓我再承受心身的雙重折磨。」

「從妳的言談中，我已看出了一些端倪，」舅舅飲了一口茶，微微地嘆了一口氣，

「外面的傳言或許有幾分吧。」

「做生意的地方，本來就是人多嘴雜，」冬嬌姨說著、說著，也微嘆了一口氣，「如果舅舅您要全盤聽信，我也沒辦法。」

「坦白說，延續妳們王家的香火比什麼都重要，如果妳另有打算，我這個做舅舅的也無權來干涉，但妳要認清這個世界，才不會受騙。」

「謝謝舅舅您的提醒，我不是一個不懂事的小孩，不會胡裏胡塗地，就跟著人家跑，您也不要聽信外面的謠言，一切尚言之過早。」

「冬嬌仔，」舅舅又重新燃起一支煙，吸進的煙霧又從鼻孔中噴出，「不過我們得把話說在前頭，妳願意跟誰走、到什麼地方去，我無權過問，但阿忠不能跟妳走，他必須留在這塊土地上。」

「什麼？」冬嬌姨訝異地，「舅舅，阿忠他不是已經過繼給我了嗎？為什麼不能跟著我？我始終把他當成自己的親生骨肉啊！」

「我知道妳疼他，我也清楚妳在他身上所付出的心血，但他必須植根在這塊土地上，來傳承王家的香火，才對得起供桌上的列祖列宗。」舅舅輕啜了一口茶，而後又說：「當初要把他過繼給妳，妳表哥表嫂原就不捨，經過我再三地勸說，一旦妳把他帶走，叫我如何向他們交代啊！」

「舅舅，您是知道的，我不能沒有阿忠，我不會離開他，我們母子會永永遠遠生活在一起，絕對不會分離！」冬嬌姨有些兒激動地說。

「魚與熊掌是不能兼得的，凡事要三思啊，」舅舅嘆了一口氣，彈了一下煙灰，「像妳這種情形，在我們這個貧窮的小島上可說多得很，但改嫁的、或跟人走的，似乎並不多，守一輩子清寡的卻大有人在；如果能留下一個清名，讓後代子孫永恆的懷念，那也是美事一椿啊！」

「會的，舅舅。」冬嬌姨不悅地說：「我會為王家留下一個清名，一個讓後代子孫永

恆懷念的清名！」

「妳不要用這種口氣跟我說話！」舅舅也有點兒不高興地說：「我的話只讓妳做一個參考，並非責備和阻止，如果妳聽不進去，從此以後，我不說、也不管了！」

「對不起舅舅，我太激動了一點。」冬嬌姨自知理虧，放低了身段，柔聲地說。

「老實說，這幾年來的確是苦了妳，一個女人獨撐一個家，並非易事，如果妳有意要找個伴，應當找一個本地人較適合；妳有沒有想過，那位北貢營長會把妳帶到什麼地方去？」

冬嬌姨默不出聲，睜大著雙眼，看著舅舅。

「妳知道妳阿爸喬仔是怎麼死的嗎？」舅舅的聲音略為大了一點。

「我阿爸怎麼死的？」冬嬌姨低聲而不解地問。

「妳阿爸就是被國民黨那些北貢特務折磨死的！」舅舅高聲地說：「北貢沒有一個是好東西！」

「北貢沒有一個是好東西？」冬嬌姨喃喃自語地說，但她心裡想，營長和他們是不一樣的。以前的副官，現在的矮仔士官長、宋班長、王班長、排副、汽車官、補給官、副營長、營指導員，以及所有的士官兵都是北貢，但他們對她都很客氣、很照顧，這些北貢兵在她心目中，絕對沒有「不是好東西」這種形象，舅舅的氣話，雖然是為阿爸抱不平，但

阿爸已死了那麼多年，這些仇恨似乎不該再記在心頭，也不該一竿子打翻一條船，何不讓它隨著歲月的腳步，消失在人間。

「舅舅，您坐坐，我去準備午飯。」冬嬌姨從椅上站起，她不想在舅舅的氣頭上火上加油，讓舅舅平靜一下激動的情緒，如果想在一瞬間，改變他對北貢的想法和看法，或許是較艱難的，也可以說是一件不可能的事，因而，冬嬌姨改變了話題，沒有回應舅舅的話，希望以時間來淡化一些較有爭議的議題，以免傷了舅甥的和氣。

「不用了，我也該走啦。」舅舅站起身，又燃起一支煙，連續吸了兩大口，而後嘆了一口氣說：「該說的我都說了，但願妳好自為之，千萬不要被那些北貢騙了，不要忘了北貢沒有一個好東西，他們離家久了，只想在外面玩玩女人，騙騙女人的感情，永遠不可能帶妳回大陸的！」

冬嬌姨向舅舅點點頭，無奈地笑笑，這個世界實在太恐怖了，往後她所要面對的，將是一道比一道還難過的關卡；外面的謠言、親情的壓力、族群的對立，都是她邁向幸福人生的絆腳石。她對營長只有愛，沒有懷疑，她更相信營長的為人和操守，果真能和他生活在一起，幸福是可預期的。舅舅是封建社會裡，一位典型的老人，對於他老人家的提醒和規勸，冬嬌姨依然感激在心，然而她也深信，任何的阻力，都無法拆散她和阿忠的母子深情。或許舅舅的忠告和提醒，反而能化成一道無形的力量，讓她用這股力量來護衛阿忠、

帶走阿忠，讓阿忠和她連成一體，永遠不分離，這也是她的心願，是她永恆不變的心願，相信她能做到，一定能做到！

送走了舅舅，冬嬌姨依舊坐在椅上沉思著，她反覆思考舅舅說過的每一句話，最難釋懷的，莫過於阿爸是被北貢特務折磨死的這句話；阿爸不知犯了什麼法？怎麼死的？從來就沒有聽阿母講過，前些時候，她也親眼目睹憲兵官帶隊搜查她家的情景，相同的時代，不一樣的背景，弱肉總會遭到強食，尤其是在極權掌控的社會裡，人民已失去了與生俱來的自由，任由那些嘍囉和爪牙，胡作非為，但這些畢竟是少數，似乎不能完全歸咎於北貢，舅舅因為阿爸的死，把北貢恨之入骨，實在有欠公允。當然，冬嬌姨她也想過，如果有一天，營長真的要把她帶離這個地方，舅舅和表哥他們會以什麼方式，來阻止阿忠和她一起遠離？這件事必須要有週詳的計劃，才能成功，相信營長會有妥善的安排；除非營長這個北貢，誠如舅舅所言：「沒有一個是好東西」，只想玩玩她，騙騙她，不帶她們走，這是冬嬌姨不得不深思的問題。

冬嬌姨並沒有怪舅舅的多事，但一位上了年紀的老年人，他的思想是老舊的、是保守的，他墨守的是傳統的規範，他想看的是優雅的門風和女性的貞節，他不希望有人背叛，他不希望王家的聲譽，在一夕間敗壞在冬嬌姨的手中，尤其是冬嬌姨「討」北貢的傳言，最令他難以忍受，不管是東村西村，南莊北莊，幾乎人人都知道冬嬌姨跟營長「相好」

的情事。或許唯一不知道的只有冬嬌姨本人，誰願意在她的面前指指點點，儘管她還守著清白身，未曾讓營長越過界線，但終究是敵不過外人對她的醜化，不管是人言可畏或罪有應得，冬嬌姨「討」營長，冬嬌姨跟營長「相好」的事，跳到黃河也洗不清。然而冬嬌姨何曾想過要洗刷這些罪名，她日日夜夜想著營長，時時刻刻夢想與營長共組一個幸福美滿的家庭。每當夜深人靜，每當風雨交加，每當野貓在門外叫春，更是她寂寞上心頭的思春時刻，於是她想起一個能夠紓解、能夠安慰她寂寞心靈的男人，當然，這個男人不是生死不明的夫婿王川東，而是曾經和她繾綣纏綿過的「客兄公」。有些時候，她曾經想過，也後悔過，在她生日的那一夜，當營長緩緩地褪下她的褻衣時，為什麼又要把它拉上，為什麼要把營長推開，為什麼不坦然地接受營長火熱又膨脹的下身，和她的身軀連成一體，好讓她孤單寂寞又乾燥的心靈，得到一絲兒滋潤，得到一絲兒紓解。而此時，這個良機已錯過，新的機會尚未到來，可憐的舅舅，他是一個守著傳統道德的老人，他永遠不瞭解女人，他永遠不瞭解一個守著活寡、忍受心靈與肉體雙重痛苦的女人，徒留一個虛有的聲名有何用，一座貞節牌坊又能值幾文，是否要目睹她的身軀和心靈，被寂寞腐蝕才高興、才甘心、才能以擁有一位守一輩子活寡的甥女為榮。可悲的人類，可嘆的人類，可憐的舅舅，為什麼不替可憐的冬嬌想一想，別忘了冬嬌是人，也別忘了冬嬌是一個需要男人的女人，更別忘了冬嬌是一個不能沒有男人的女人！冬嬌姨想著想著，情不自禁地淚流滿臉，

涙流滿臉………。

## 15

辦了幾個月參謀業務，營長又接到調職的命令，雖然不是高陞，卻是調任直屬營營長，無論人員和裝備，與一般步兵營是有很大差距的，上級不但肯定他的能力，當然也還給他清白，然而營長並沒有太大的喜悅，依然以一顆平常心接任新職，唯一的是他透過關係，把矮仔士官長調到自己身邊，除了就近照顧，也讓矮仔士官長幫他處理一些行政事務。

營長有一部公務吉普車，但辦些私務未嘗不可以，當然也不能太離譜，軍車嚴禁搭載老百姓，冬嬌姨如果想坐，那是違法的，而營長坐公務車來看冬嬌姨，並非不可，為了不願目標太大，他會囑咐駕駛，把車停在掩蔽處，不要停在冬嬌姨的店門口，以免惹來非議。

上級透過安全部門的反映，當然也知道營長在公餘時，常到冬嬌姨的店裡走動走動，然而他們並沒有做違法的事，也沒有製造軍民糾紛，如果說有，那也是兩情相悅的男女情事，因而，並不能禁止與限制營長的行動和自由。有了車，讓營長更加方便，他和冬嬌姨

的感情也加速地進展，遇到假日，更有回家的喜悅和感覺，阿忠和他也培養出一份情同父子的深情，冬嬌姨和營長也慢慢地計劃著未來，但他們的計劃是秘密的，是不能公開討論的，因為他們知道，有一股無名的力量在壓迫著他們，企圖要她在孩子和幸福之間做一個抉擇，然而他們卻沒有選擇的餘地，孩子與幸福都要兼得，任何一方都不能割捨，任何一方都不能受到傷害，他們要的是兩全其美，他們決心要為孩子和幸福而奮鬥，不惜付出任何代價！然而可能嗎？往往，幸福的後面是痛苦的，但如果沒有付出痛苦的代價，焉能得到幸福，這是他們常感矛盾的地方。

小島因受到西南氣流的影響，連日來大雨小雨落不停，但這是一個難得的假日，儘管戶外滿地泥濘、風雨交加、視線不良，駕駛兵依然小心地，把營長送到冬嬌姨的家門口，並約定晚點名前，來接他回去。

冬嬌姨店門半掩，心裡想著，雖然是假日，但這種打狗、狗也不出門的天氣，有誰會出來買東西，而且營長來了，總得陪他聊聊、準備午餐，如此的安排，相信比開門看天色還有意義吧！

靜坐喝杯茶，鬆弛一下緊張的情緒，是營長日常生活中最感愜意的事。他不吸煙，又不打牌，只是偶而地品點酒，但喝得最多的似乎就在冬嬌姨家，是否面對著冬嬌姨，才能引起他的酒興？而品點酒，似乎更能拉近他與冬嬌姨之間的距離，有時一打開話匣子，

天南地北說也說不完、談也談不了，冬嬌姨也毫不顧忌地把內心想說的話，一一地告訴營長，當然營長也是如此的，唯一不談的，或許是反攻大陸的事吧。

「如果按照舅舅的說法，我們辛苦建立的感情，或許要被宣判成死刑。」冬嬌姨向營長陳敘後，無奈地說。

「死刑有時能改判成無罪，囚犯有時能越獄成功，這世界隨時都充滿著變數，如果別人的一席話，就能改變我們的一生，顯然地，我們的感情基礎不夠雄厚，有待我們來努力。」營長回應她說。

「你說我和孩子，有越獄逃跑的本錢嗎？」冬嬌姨滿臉疑惑地問。

「當然有，」營長肯定地答，「除了這條路，別無選擇。」

冬嬌姨無言地凝視著營長。

「我有一位情同手足的老同事，到台灣不久後他就退伍了，現在已成家，定居在桃園的楊梅，自己有了房屋、有了地，生活過得不錯，暫時安置妳們母子倆，絕對沒有問題。」營長看看冬嬌姨，而後又低聲地說：「再過幾個月，部隊就要輪調了，趁著現在我還沒走，可以透過管道、運用關係，找老長官幫忙，為妳們辦手續，但千萬要保密，免得到時舅舅他們出來阻擋，非但走不成，還會鬧得滿城風雨。」

冬嬌姨沒出聲，依然聚精會神地聆聽著。

「一旦到了台灣，所有的事情幾乎已經解決了一半，妳可以依照現行規定，登報要求王川東在法定期限內出面，六個月後如果沒有回應，再向法院聲請，宣告王川東失蹤或死亡，然後就是我們邁向幸福人生的開始。」營長說完後，突然地握住她的手，「冬嬌姨，妳高興嗎？」

「營長，我高興，我當然高興！」冬嬌姨眼裡，閃爍著一絲喜悅的淚光，「但願我的美夢能成真！」

「店裡少進一點貨，但也不能露出破綻，時機一成熟，必須立即啟程，妳要有心裡上的準備，不要到時慌了手腳。」營長叮嚀著、也鼓勵著說：「只要我們能堅持下去，不為外來的因素所阻繞，冬嬌姨，相信我們的美夢一定能成真！」

冬嬌姨點點頭，看看他，卻情不自禁地把臉斜靠在他的胸前。營長低下頭，輕輕地吻著她的髮絲，輕輕地揉著她的背，而後低聲地問：

「阿忠呢？」

「表嫂帶他回去玩，明後天、天氣一晴朗，就會送他回來。」冬嬌姨說著，雙手同時環過營長的腰。

門外的風聲雨聲依然，門內陰陰暗暗，只有從半掩的門縫露出一絲微光，營長撫著、揉著、摸著、搓著、捏著冬嬌姨成熟飽滿、潔白柔軟的身軀，他想從其中撫出什麼？揉

出什麼？摸出什麼？搓出什麼？捏出什麼？他已從冬嬌姨起初的嬌羞，而後的滿足和快感，得到答案；只因為他們是人，是凡人，而不是聖人，與個人的身分和官階毫無關連，大凡一對身心健康的男女，少不了有人性中的七情六慾，而其中最令人難以自拔的莫過於性愛，尤其是一對長期受到性壓抑的男女，他們對性的苛求更是強烈，當然這其中必須有愛、必須有感情做根基，才能迸出愛的火花，才能燃起心中那把扣人心弦的性慾之火。

於是，營長輕輕地鬆開冬嬌姨，快速地把半掩的店門門上，火速地轉回身，摟著冬嬌姨的腰，兩人相擁著，一步步，緩緩地走向冬嬌姨的房裡……。

歷經戰火洗禮的營長，飽受心靈空虛的冬嬌姨，他們已重新找到愛，不久的將來，他們將組成一個甜蜜快樂的小家庭，因而，在這個美好的時光裡，他們不再有任何的顧忌，幽暗的房裡，只有他們兩人，在理智被感情擊敗的那一刻，營長的手已解開冬嬌姨的衣釦，冬嬌姨高挺的乳房，有營長火熱的舌尖在蠕動，冬嬌姨雪白光澤的肌膚，有營長溫柔的手在游移，這是一場多麼美麗的男女戰爭，這是一場多麼令人忘懷的成人遊戲，冬嬌姨沒有掙扎，冬嬌姨沒有拒絕，只感到體內的血液加速地循環，只感到她深鎖很久的那一扇門，即將被營長堅硬如鋼的鑰匙打開，冬嬌姨已忍受不住長久被壓抑，而得不到解脫的性煎熬，營長何嘗不是也如此，他痛苦地閉上眼睛，火熱的唇不停地磨擦著冬嬌姨雪白的肌膚，從左到右，由唇到頸，從乳房上那一顆紅色的小豆豆，到肚臍下那一片令他神魂顛倒

的草原。營長晃動著頭，冬嬌姨微微地扭動著身軀，臉上雖有痛苦的表情，內心卻有喜悅的微笑。終於，營長把一條草綠色的軍用內褲擲向床角，充血的陽物一瞬間就滑進冬嬌姨的體內，沒有留下一點點空間，完完全全沉沒在一個無底的深淵裡。屋外的雨聲，營長的喘息聲，而冬嬌姨卻陶醉在無聲勝有聲的甜蜜意境裡，讓她重溫新婚之夜愉人的春夢，讓她置身在人間的仙境裡，讓她深刻地感受到中年男性的溫柔和穩重，卻也想起王川東青年時期的熱情和奔放，兩個不同的男人，讓她體會出兩種不一樣的滋味，只是那舊有的時光已過，未來她將在營長柔情的懷抱裡，享受人生歲月最美麗、最消魂的春宵。

「營長，我們這樣做，不知是對、還是錯？」當營長從她身上翻下時，冬嬌姨柔聲地問。

「冬嬌姨，這是愛的最高昇華，」營長用手輕輕地撫著她的臉，「我們做的事，只有對，沒有錯。」

「但似乎是早了一點。」

「不，不早！」營長肯定地說：「經過這一次心與心的相印，我們的愛會更彌堅、更牢靠！」

「或許我們的內心，已盈滿著喜悅和幸福。」冬嬌姨嬌嗔地說：「雖然我們曾經擁有婚姻，但畢竟是過去的淡淡的回憶，今天彷彿是我們人生歲月，另一段旅程的開始。」

「是的，冬嬌姨，這就是我們夢寐以求的幸福人生。」營長又翻起了身，順手理理她散亂的髮絲，而後在她的耳旁，低聲地說：「我們的身軀，在風雨的見證下，已溶成了一體。相信我們的內心，只有愛、沒有恨，只有包容、永不後悔。」

「這是我們生命中的第二個春天，」冬嬌姨緊緊地把他抱住，「但願我們能善加珍惜；別忘了，營長，我的體內有你的血液在循環，讓我空虛的心靈，獲得長久未曾有過的滿足。」

「我的感受和妳一樣，對一位正常的男女來說，性和愛同時重要，只因為我們是人，必須面對真實的人生，不能有半點虛假。」營長真情地說：「冬嬌姨，未來的歲月，相信我們都能滿足彼此的需求，好彌補我們空虛已久的肉體和心靈。」

「營長，今天我赤裸裸地躺在你身旁，和你相擁在一起，當生命中的春雷再次乍響的那一刻，我毫不猶豫地敞開心胸，奉上你急於獲得的糧草，來滿足你精神和肉體的雙重需求，往後的時光，只要能得到你的愛，我死亦無憾。」

「或許，我們都有相同的感受，我想得到的，也是妳想獲得的。今天，我們乾旱的心田，終於獲得春雨的滋潤，讓即將枯萎的草原重獲生機，讓我們重新擁有一個美麗的人生歲月。冬嬌姨，我愛妳，我會永遠愛著妳的！」營長說完，猛而地一翻身，又一次地讓冬嬌姨，承受生命中，願意承受和樂意接受的重。

屋外的風雨依稀，又有什麼能與這場風雨相媲美，又有誰能在這幽暗的小屋，渡過

短暫而美麗的人生歲月，或許，只有歷經心靈與肉體雙重苦難的營長和冬嬌姨。然而，

風雨是否就此停歇，明天是一個燦爛的艷陽天，還是又有一場風暴要來臨？未來的日子還

長呢，況且還有許多關卡未通過，一時的歡愉，並非永遠的快樂，距離美麗的人生歲月尚

遠，未來的路要怎麼走，相信他們已立下一個正確的方向。

他們已整裝併立在窗前，親密地相偎依，儼若是一對甜甜蜜蜜的戀人，儼若是一對

新婚不久的夫妻，然而什麼也不是，冬嬌姨「討」營長已是不爭的事實，村人的謠言終成

真，而他們的美夢呢，或許，亦有成真的一天吧！

窗外風雨依稀。

窗外風雨依稀……。

# 尾聲

冬嬌姨跑了。

冬嬌姨跟老北貢跑了。

村裡大大小小、男男女女都知道冬嬌姨跑了，因為她已經好幾天沒開店門。她的舅

舅，她的表哥、表嫂，四處尋找她和阿忠，都沒有她們母子的下落和蹤影，只聽鄰居說：

在一個深夜裡，冬嬌姨家門口，有吉普車來往啟動的聲音，其他的事似乎沒人知道，也沒人清楚。在不得已的情況下，舅舅和表哥不得不撬開川東雜貨店的門鎖，只見置物架上的貨品，整整齊齊地排列在外沿，裡面卻是空盪盪的，而且好多是空罐、空瓶和空盒子，臥房裡的被褥衣物，大部份都已打包帶走，顯然地，是經過長期的計劃，絕非是臨時的決定。

「我早知道會有今天的，」舅舅對著焦慮的表哥說：「外面的傳言假不了，冬嬌這個查某忍受不了寂寞、變款了；她要跟人家跑，也得把阿忠留下啊！」

「這個不要臉的女人，祖宗都不要了，她怎麼會把阿忠留下！」表哥氣憤地說。

「被那個北貢營長拐跑的，一定是被那個北貢營長拐跑的！」舅舅斷定地說，而後略有所思地，「走，我們到村公所請指導員幫忙，一起去找營長算帳，向他要人！」

「阿爸，人家部隊正在移防，據說打前仗的已經走了，到處是一片亂，我們到那裡去找人啊。」表哥說。

「走！」舅舅一轉身，跨大了腳步，「總得找他問個清楚、問個明白！」

父子倆氣沖沖地來到村公所，向指導員說明原委，雖然舅舅不屬於這個村，但冬嬌姨卻是這裡的村民，村民跟人跑了，指導員也不得不關心。然而，指導員曾經與冬嬌姨有點

過節，開門見山地，就在他們的面前數落她一番。

「我知道這個不正經的女人，遲早會出事。」指導員以一種鄙夷的語氣說：「表面裝得像聖女，暗地裡卻和那個營長暗通款曲，像這種不要臉的女人，早走早好，讓村人圖個清靜，你們還找她幹什麼！」

「我那個小孫子也被她帶走了，」舅舅低調地說：「請你幫個忙，帶我們找找那營長，好知道她們的下落。」

「你們以為我這個村指導員，官大、還是神？」指導員有點兒不悅，「人家營部在山上，是禁區，現在正忙著移防，又沒有車，我怎麼帶你們去！」

舅舅和表哥啞口無語地站著。

「你們先回去吧！」指導員向他們揮揮手，「等一下我打電話幫你們打聽打聽。」

經過指導員打聽的結果，營長已在前幾天，隨著打前仗的先遣部隊走了，目的地當然是後方的台灣，而冬嬌姨和阿忠，是否和營長同在一艘軍艦上，沒人看見，也沒人知道⋯⋯⋯⋯

幾天後，舅舅收到一封寄自桃園楊梅的信，雖然它只是一封普通的郵件，卻是冬嬌姨的心聲。

舅舅：：

首先請恕我不告而別。

我和阿忠已於日前安抵台灣，並在營長的安排下，暫居桃園楊梅，請勿掛念。

如依傳統，我是不該選擇離開孕育我長大成人的故鄉；論情論理，我也不該把阿忠帶走，讓您和表哥、表嫂憂心。然而人生在世，只不過是短短的幾十年光景，我不能忍受世俗的白眼，也不能忍受心靈的空虛和內心的寂寞，因此，對故鄉這份情，我必須割捨，轉而換取我後半生的幸福。

我和阿忠，早已培養出一份濃郁的母子深情，我不能沒有他，也不能失去他，我的不告而別，其原因是深恐舅舅您，不肯讓阿忠跟著我走。我的最終目標是阿忠和幸福要同時得到，但在我獲得幸福的時候，我也會加倍地用心，來照顧、來養育阿忠成人，請舅舅您放心。

王家列祖列宗的神主牌位，均在我旅外的行囊中，當我把家安頓好，定必盡速地，把祂們供奉在神桌上，並以一顆虔誠之心，來膜拜、來延續王家的香火，以慰九泉下的阿爸和阿母。

雖然營長是來自大陸的北貢，但他與舅舅您所想像中的北貢是不一樣的，他為人誠懇，允文允武，身體健康，也略有儲蓄，相信我們母子和他，一定能組成一個幸福

美滿的家庭。

時間之故，欲述者尚有萬千，請代問候表哥、表嫂好，恕不另言，餘待後述。

祝您

福安

甥女
冬嬌敬上

看完冬嬌姨的信，舅舅沒有不悅的表情，內心反而感到前所未有的欣慰，他雙手合十，仰望藍天，口中唸唸有詞，默默地為冬嬌姨，獻上永恆的祝福和祈禱……。

原載二〇〇二年四月廿九日至五月三十一日《浯江副刊》

國家圖書館出版品預行編目

陳長慶作品集. 小說卷 / 陳長慶作. -- 一版.
　-- 臺北市：秀威資訊科技, 2006- [民95
　- ]
　　冊 ；　公分. -- (語言文學類 ; PG0084)

　　ISBN 978-986-7080-33-2(第5冊：平裝)

857.63　　　　　　　　　　　95001362

語言文學類　　PG0084

## 【陳長慶作品集】——小說卷・五

作　　者 / 陳長慶
發 行 人 / 宋政坤
執行編輯 / 李坤城
圖文排版 / 張慧雯
封面設計 / 郭雅雯
數位轉譯 / 徐真玉　沈裕閔
圖書銷售 / 林怡君
網路服務 / 徐國晉
出版印製 / 秀威資訊科技股份有限公司
　　　　　　台北市內湖區瑞光路 583 巷 25 號 1 樓
　　　　　　電話：02-2657-9211　　　傳真：02-2657-9106
　　　　　　E-mail：service@showwe.com.tw
經 銷 商 / 紅螞蟻圖書有限公司
　　　　　　台北市內湖區舊宗路二段 121 巷 28、32 號 4 樓
　　　　　　電話：02-2795-3656　　　傳真：02-2795-4100
　　　　　　http://www.e-redant.com


2006 年 7 月 BOD 再刷
定價：320 元

・請尊重著作權・

# 讀 者 回 函 卡

感謝您購買本書，為提升服務品質，煩請填寫以下問卷，收到您的寶貴意見後，我們會仔細收藏記錄並回贈紀念品，謝謝！

1. 您購買的書名：＿＿＿＿＿＿＿＿＿＿＿＿＿＿＿＿＿＿

2. 您從何得知本書的消息？

　　□網路書店　　□部落格　　□資料庫搜尋　　□書訊　　□電子報　　□書店

　　□平面媒體　　□ 朋友推薦　　□網站推薦　□其他＿＿＿＿＿＿

3. 您對本書的評價：(請填代號　1.非常滿意 2.滿意 3.尚可 4.再改進)

　　封面設計＿＿　版面編排＿＿　內容＿＿　文/譯筆＿＿　價格＿＿

4. 讀完書後您覺得：

　　□很有收獲　　□有收獲　　□收獲不多　　□沒收獲

5. 您會推薦本書給朋友嗎？

　　□會　□不會，為什麼？＿＿＿＿＿＿＿＿＿＿＿＿＿＿＿＿

6. 其他寶貴的意見：＿＿＿＿＿＿＿＿＿＿＿＿＿＿＿＿

＿＿＿＿＿＿＿＿＿＿＿＿＿＿＿＿＿＿＿＿＿＿＿＿＿＿

＿＿＿＿＿＿＿＿＿＿＿＿＿＿＿＿＿＿＿＿＿＿＿＿＿＿

＿＿＿＿＿＿＿＿＿＿＿＿＿＿＿＿＿＿＿＿＿＿＿＿＿＿

## 讀者基本資料

姓名：＿＿＿＿＿＿＿＿　年齡：＿＿＿　性別：□女 □男

聯絡電話：＿＿＿＿＿＿＿　E-mail：＿＿＿＿＿＿＿＿＿

地址：＿＿＿＿＿＿＿＿＿＿＿＿＿＿＿＿＿＿＿＿＿

學歷：□高中(含)以下　　□高中　　□專科學校　　□大學

　　　□研究所(含)以上 □其他＿＿＿＿＿＿＿

職業：□製造業 □金融業 □資訊業 □軍警 □傳播業 □自由業

　　　□服務業 □公務員 □教職　　□學生 □其他＿＿＿＿

--------------------------------------------

(請沿線對摺寄回,謝謝!)

## 秀威與 BOD

BOD（Books On Demand）是數位出版的大趨勢，秀威資訊率先運用 POD 數位印刷設備來生產書籍，並提供作者全程數位出版服務，致使書籍產銷零庫存，知識傳承不絕版，目前已開闢以下書系：

一、BOD 學術著作—專業論述的閱讀延伸
二、BOD 個人著作—分享生命的心路歷程
三、BOD 旅遊著作—個人深度旅遊文學創作
四、BOD 大陸學者—大陸專業學者學術出版
五、POD 獨家經銷—數位產製的代發行書籍

BOD 秀威網路書店：www.showwe.com.tw

政府出版品網路書店：www.govbooks.com.tw

　　永不絕版的故事·自己寫·永不休止的音符·自己唱